LIESTALER GOLD

Ina Haller lebt mit ihrer Familie im Kanton Aargau, Schweiz. Nach dem Abitur studierte sie Geologie. Seit der Geburt ihrer drei Kinder ist sie «Vollzeit-Familienmanagerin» und Autorin. Zu ihrem Repertoire gehören Kriminalromane sowie Kurz- und Kindergeschichten.

www.inahaller.ch
www.facebook.com/autorininahaller
www.instagram.com/ina.haller.autorin
www.twitter.com/IHaller_Autorin

 Ab S. 266 finden sich Rezepte und ein Glossar.

INA HALLER

LIESTALER GOLD

Kriminalroman

emons:

Bibliografische Information der Deutschen Nationalbibliothek
Die Deutsche Nationalbibliothek verzeichnet diese Publikation in der Deutschen Nationalbibliografie; detaillierte bibliografische Daten sind im Internet über http://dnb.d-nb.de abrufbar.

MIX
Papier aus verantwortungsvollen Quellen
FSC® C083411
FSC
www.fsc.org

Umschlagmotiv: Montage aus Sturrax/Pixabay.com, Ron Rev Fenomeno/Pixabay
Umschlaggestaltung: Nina Schäfer, nach einem Konzept von Leonardo Magrelli und Nina Schäfer
Umsetzung: Tobias Doetsch
Gestaltung Innenteil: DÜDE Satz und Grafik, Odenthal
Druck und Bindung: CPI – Clausen & Bosse, Leck
Printed in Germany 2022
ISBN 978-3-7408-1439-7
Originalausgabe

Für Pascalina

Prolog

Sie sprechen Schweizerdeutsch, dachte er und versuchte, die Information in seinem Kopf abzuspeichern. Das war schwierig angesichts der Panik, die ihn zu ersticken drohte.

Du musst dich konzentrieren, damit du der Polizei so viele Details wie möglich sagen kannst. Falls du hier lebend herauskommst … Eine neue Woge der Panik brach über ihn herein.

«Wo ist der Schlüssel?», herrschte ihn der Grössere der beiden an.

«Ich –»

Der kleinere Korpulente nahm das Messer in die Hand und schlug mit der Seite auf seine Handinnenfläche. Die Augen, das Einzige, das die Maske freiliess, waren zu schmalen Schlitzen verengt.

«In der rechten Gesässtasche», flüsterte er.

Grob wurde er auf die Seite gedreht und die auf dem Rücken gefesselten Hände weggeschoben. Der Grosse zerrte den Schlüssel aus der Hosentasche heraus.

Der Mann liess von ihm ab und verschwand in den hinteren Raum. Zielgerichtet. Alles andere liess er links liegen. Dabei hatte das, was sich in diesem Raum befand, bereits einen immensen Wert. Sie verfügten offenbar über Insiderwissen.

Er verfluchte sich, weil er diesen Auftrag angenommen hatte. Damals hatte alles so verlockend ausgesehen. Der in Aussicht gestellte Gewinn hatte seine Bedenken in den Hintergrund gedrängt. Mit diesem einen Auftrag hätte er einen Umsatz gemacht, den er normalerweise in drei Jahren erzielte.

Wer konnte davon wissen? Viele, kam ihm in den Sinn.

Anfangs war er vorsichtig gewesen. Das Material hatte er über mehrere Wochen versetzt geliefert erhalten. Bewusst, um kein Aufsehen zu erregen. Bis ihm alles zu Kopf gestiegen war.

Er bereute es, damit geprahlt zu haben. Sogar verschiedene Zeitungen hatten über ihn berichtet. Die ideale Werbung, hatte er gedacht. Das hatte er nun davon. Ihm hätte klar sein müssen, nicht nur einen positiven Effekt zu erreichen. Die beiden konnten jeder sein. Kollegen, jemand von der Konkurrenz oder jemand, der die Zeitung gelesen hatte.

Er versuchte die beiden Männer einzuordnen.

Egal, wie er sich anstrengte, es kam ihm keiner in den Sinn, der sich hinter der Maske verbergen konnte. Kurz blitzte eine Idee auf, aber ehe er den Gedanken ausformuliert hatte, war er verschwunden. Das Gleiche galt für die Stimmen der beiden. Er hatte sie früher schon einmal gehört. Nur, wann war das gewesen? Und zuordnen konnte er sie nicht.

Der Korpulente lehnte sich lässig gegen den Tisch und behielt ihn im Auge.

Fieberhaft überlegte er, wie es ihm gelingen könnte, an den Alarmschalter zu kommen. Aussichtslos, wenn ihm sein Leben lieb war. Die zwei Meter zum Tisch schienen unüberwindbar.

Warum hatte er sich darauf eingelassen? Er hätte wissen müssen, dass mit dem neuen potenziellen Kunden etwas nicht stimmen konnte, wenn er auf einen Termin nach einundzwanzig Uhr bestand.

Wieder hörte er die sonore Stimme: «Ich kann nicht früher, da ich in dieser Woche Spätdienst habe. Da aber der Geburtstag meiner Mutter am nächsten Wochenende ist, wäre ich froh, wenn Sie eine Ausnahme machen würden.»

Der Grosse kehrte zurück. So wie er die Tasche hielt, hatte er offenbar Erfolg gehabt.

Ein Schmerz breitete sich in seinem Inneren aus. War Überfall in seiner Versicherungspolice inbegriffen? Eigentlich sollte es das, aber er befürchtete, die Versicherung werde nach einem Ausweg suchen, damit sie nicht zahlen musste. Es wäre nicht das erste Mal.

«Gehen wir», sagte der Grosse und drehte sich um. Dabei blieb er mit der Maske an dem Kleiderhaken hängen. Sie riss und entblösste das Gesicht.

«Du?», stiess er fassungslos hervor.

«Verdammt!»

Der Korpulente reagierte sofort. Mit einer Schnelligkeit, die er dem untersetzten Mann nicht zugetraut hatte, war dieser bei ihm und riss seinen Kopf nach hinten. Keine Sekunde später folgte ein Brennen an der Kehle. Der Schrei endete in einem Blubbern. Sein Herzschlag schnellte hoch, sofern das überhaupt noch möglich war, und mit jedem Schlag sprudelte sein Leben aus ihm heraus.

Das Letzte, zu dem er fähig war, war, das Bild seiner Frau und seiner beiden Söhne vor seinem inneren Auge heraufzubeschwören, bevor er in endgültiger Dunkelheit versank.

EINS

«Ich glaube, wir haben alles», sagte Samantha und betrachtete prüfend den gedeckten Tisch. Normalerweise war sie nicht der Typ für grossartige Dekorationen an Festtagen wie Ostern oder Weihnachten. Aber sie musste zugeben, es hatte ihr Spass gemacht, den Tisch schön herzurichten. Sie hatte einen kleinen Strauss aus Zweigen eines Korkenzieherhaselnussbusches auf den Tisch gestellt und mit Holzeiern geschmückt. Gefärbte Eier und welche aus Schokolade hatte sie auf dem Tisch verteilt. Vor den Tellern, auf denen sie je einen Hasen aus dunkler Schokolade platziert hatte, befanden sich kleine Töpfe, die mit Osterglocken bepflanzt waren.

Samantha schnitt zwei Stücke vom Zopf ab, den sie gestern Abend gebacken hatte. Joel öffnete die Proseccoflasche.

«Ein Sektfrühstück wäre eine feine Sache», hatte er gestern erklärt, als er zu Samanthas Verwunderung eine Flasche in den Kühlschrank gestellt hatte.

Zudem wartete er mit Räucherlachs auf. Samantha hatte überlegt, was es ausser Ostern zu feiern gab, war aber zu keinem Schluss gekommen.

«Setz dich», sagte Joel. «Ich mache den Cappuccino.»

Samantha liess sich auf einem Stuhl nieder und wandte ihr Gesicht der Sonne zu. An Ostern draussen frühstücken zu können kam nicht häufig vor, und sie empfand es heute als Privileg. Es war erstaunlich mild für Anfang April. Meteo Schweiz hatte einen Prachtstag von knapp über zwanzig Grad versprochen.

Am Mittag waren sie bei Joels Eltern eingeladen. Joels Schwester Simona würde mit ihrer Familie ebenfalls kommen. Samantha hatte für Simonas fast zweijährigen Sohn Nico ein Osternest vorbereitet, das sie im Garten verstecken wollte.

Kaffeeduft stieg in Samanthas Nase, und sie öffnete die Augen. Joel stellte die Tassen auf den Tisch und setzte sich. Die Sonne brachte den Kastanienton in seinen Haaren zum Leuchten.

Manch einer würde ihn um diese Haarfarbe beneiden. Er goss den Schaumwein in die Gläser.

«Auf ein Jahr bei Amry Cosmetics», sagte er und stiess gegen Samanthas Glas.

«Das Jubiläum ist erst in drei Wochen», erwiderte sie.

«Macht nichts.» Joel gab Samantha einen Kuss.

War es wirklich ein Jahr her, seitdem Samantha bei dem kleinen Familienbetrieb in Liestal angefangen hatte? Der Firma, die vorwiegend Bodylotionen, Gesichts- und Sonnencremen sowie Hautreinigungsprodukte herstellte? Amry Cosmetics war vor zehn Jahren von Franz Ammann und Annemarie Ryser gegründet worden. Sie hatte sich inzwischen zurückgezogen und die Firma ihrem Bruder überlassen.

Heute beschäftigte der Betrieb zehn Mitarbeiter. Samantha gefiel an ihrem Job, dass sie zur Allrounderin wurde und nicht nur wie bei dem um einiges grösseren Pharmaunternehmen AarePharm für die Qualitätssicherung zuständig war.

Franz Ammann legte grossen Wert auf die Natürlichkeit und Nachhaltigkeit seiner Produkte. Auch das gefiel Samantha. Franz war zudem ein angenehmer Chef, obwohl es sich für Samantha weiterhin seltsam anfühlte, direkt dem Eigentümer unterstellt zu sein.

Samantha hatte bei AarePharm gekündigt, nachdem sie und ihr Vorgesetzter Joel ein Paar geworden waren. Diese Konstellation war ihr nicht als vorteilhaft erschienen, und rückblickend war die Entscheidung zu gehen richtig gewesen.

Bei Amry Cosmetics war sie nicht nur für die Sicherung der Qualität der Rohstoffe zuständig, sondern für alles, was mit Qualität und Sicherheit zu tun hatte, und sie arbeitete an der Entwicklung und Verbesserung der Cremen und Lotionen mit.

Joel setzte sich ihr gegenüber und schaute sie lange an. Es war, als wisse er nicht, was er als Nächstes sagen wollte. Er griff nach einem Stück Zopf und nahm eine Lachstranche.

«Du bist die meiste Zeit in Liestal …», sagte er kauend.

«Ja?» Samantha hielt in der Bewegung inne. Der Löffel mit dem Milchschaum verharrte auf halbem Weg zum Mund.

«... und so gut wie gar nicht mehr in Lenzburg», fuhr Joel fort.

Es musste Gedankenübertragung sein. Ihr war es vorgestern bewusst geworden, als Christa Ott, die mit ihrem Mann die Wohnung unter Samanthas bewohnte, anrief und fragte, was sie mit der Post machen solle, die sich angesammelt hatte. Seit zwei Wochen war sie nicht mehr in ihrer Wohnung gewesen.

Seitdem sie in Liestal arbeitete, war es immer öfter vorgekommen, dass sie am Abend nicht mehr nach Lenzburg gefahren war. Ein schleichender Prozess. Mit dem Auto war es zwar nur eine Dreiviertelstunde, was machbar war, aber regelmässig steckte sie im Stau. Zugfahren hatte sie ebenfalls ausprobiert. Einmal in der Stunde gab es einen durchgehenden Zug. Meistens musste sie jedoch in Olten umsteigen, was sie mit der Zeit als mühsam empfand.

«Das heisst, du wohnst eigentlich mehr hier.» Ein Lächeln umspielte seine Lippen, und auf einmal war Samantha klar, worauf er hinauswollte.

War sie dazu bereit? Eigentlich ja, musste sie zugeben. Wenn sie sagte, ich fahre nach Hause, hatte sie in der Regel Joels Haus vor Augen und nicht mehr ihre kleine Wohnung in der Lenzburger Altstadt. Trotzdem hatte sie Mühe, sich von ihrer gemütlichen Wohnung zu trennen.

Joel neigte den Kopf zur Seite, als wolle er sie auffordern zu sagen: «Okay, ich ziehe ganz zu dir.»

Bevor Samantha antworten konnte, erklang ein markerschütternder Schrei.

Erschrocken starrten Joel und Samantha einander an. Joel fing sich als Erster. Er rannte um das Haus herum. Samantha folgte ihm einige Sekunden später und fragte sich, warum Joel annahm, der Schrei käme von dieser Seite.

Sie erreichte die Strasse und stellte sich neben Joel, der unschlüssig nach rechts und links schaute.

Ein neuer Schrei, der nach «Hilfe» klang. Dieses Mal konnte Samantha die Richtung zuordnen, aus der er kam. Sie folgte Joel die Treppe entlang zu dem Einfamilienhaus hoch, das sich seinem gegenüber befand.

Die Haustür wurde aufgerissen, und ein älterer Mann torkelte heraus. Sie hatte ihn noch nie gesehen.

Er stolperte auf sie zu, verfehlte eine Stufe und verlor das Gleichgewicht. Knapp konnte Joel ihn auffangen.

«Kurt, was ist passiert?»

«Josefina», stiess er hervor.

«Was ist mit ihr?», fragte Joel.

«Josefina», wiederholte der Mann und schaute zum Haus. Seine Beine gaben nach, und Joel liess ihn sich vorsichtig auf eine Stufe setzen.

Aus dem Haus neben Josefinas traten ein Mann und eine Frau: Rita und Oliver Marti. Sie liefen zu ihnen. Rita umfasste ihren inzwischen voluminösen Bauch. Sie musste im sechsten Schwangerschaftsmonat sein, wenn Samantha das richtig in Erinnerung hatte. Sie ging vor dem Mann in die Hocke.

«Bleibt ihr bitte bei Josefinas Vater», sagte Joel. Samantha folgte ihm zum Haus.

Die Haustür war angelehnt. Samantha betrat hinter Joel einen düster wirkenden Gang. Stille umfing sie, und Samantha hatte das Gefühl, sie würden in eine andere Welt eintauchen. Wären nicht die Jacken an der Garderobe und die Schuhe darunter gewesen, hätte man das Haus für unbewohnt halten können.

«Josefina?», rief Joel.

Keine Antwort.

«Josefina? Wir sind es. Joel und Sammy.»

Stille.

«Schaust du oben nach?», fragte Joel.

Anstelle einer Antwort eilte Samantha die Treppe in den ersten Stock hoch. Die Türen zu den vier Zimmern waren angelehnt.

«Josefina?», sagte Samantha und klopfte gegen eine der Türen. Da sie keine Antwort bekam, stiess sie die Tür ganz auf und erschrak. In dem Schlafzimmer herrschte ein einziges Chaos. Bettdecke und Kissen lagen am Boden und waren aufgeschlitzt worden. Das Gleiche galt für die Matratze. Die Schranktüren waren offen und die Kleider herausgerissen worden. Der Inhalt der beiden Nachttischchen war über den Boden verteilt.

«Josefina!», rief Samantha und lief zum nächsten Zimmer, das offenbar das Arbeitszimmer war. Hier bot sich das gleiche Bild der Verwüstung.

Samantha rannte weiter. Das nächste Zimmer war zu ihrem Erstaunen leer. Die vierte Tür führte ins Badezimmer. Wie im Schlaf- und Arbeitszimmer herrschte hier Unordnung. Der Inhalt des Spiegelschranks lag auf dem Boden. Vor dem WC lag eine zerbrochene Parfümflasche. Süsslicher Duft hatte sich im Raum verbreitet und verursachte Samantha Übelkeit.

Sie hob den Kopf und schrie auf, als sie eine Person im Spiegel sah. Erst auf den zweiten Blick erkannte sie, dass die hellhäutige Inderin mit den dichten schwarzen, zu einem Rossschwanz gebundenen Haaren und den weit aufgerissenen grünen Augen sie selbst war.

Josefina. Wo war sie? War sie entführt worden? War das Chaos im oberen Stock auf einen Kampf zurückzuführen? Hatte Kurt Dobler den Täter überrascht? War der Täter im Haus?

Wo?

Unten?

Joel!

Bitte nicht.

«Sammy?»

Samantha erschrak.

«Sammy?», kam es erneut. Das war Joel.

Die Starre wich aus Samantha, und sie rannte die Treppe nach unten.

«Das totale Chaos.» Joel erwartete sie unten an der Treppe. «Hast du Josefina gefunden?»

Samantha schüttelte den Kopf. «Wir müssen die Polizei rufen», stiess sie hervor.

Das Knarren einer Tür liess sie gleichzeitig herumfahren. Die Tür, die in den Keller führen musste, schwang ein Stück auf. Offenbar aufgrund eines Luftzugs. Das Ganze wirkte wie eine inszenierte Einladung.

«Vorher schauen wir im Keller nach.»

«Nein.» Samantha hielt ihn am Arm fest.

«Sie könnte die Treppe hinuntergestürzt und verletzt liegen geblieben sein.»

«Wie erklärst du dir das Chaos? Derjenige, der dafür verantwortlich ist, könnte unten warten.»

Joel zögerte. «Nein», sagte er nach einigen Sekunden bestimmt. «Sollte Kurt ihn überrascht haben, wird er das Weite gesucht haben.» Joel verschwand im Keller.

Samantha teilte seine Meinung nicht. Sie drängte die Angst in den Hintergrund und folgte Joel die enge Treppe nach unten. Sie gelangte in einen kleinen fensterlosen Raum, von dem zwei Türen abgingen. Die Deckenlampe verbreitete schummriges Licht.

«Joel?»

Sein Kopf tauchte in der Tür auf, die in den Raum geradeaus führte. Samantha folgte ihm und fand sich in einer Waschküche wieder. Wenigstens hatte es hier ein Fenster, und durch den Schacht drang Tageslicht herein. Neben dem Fenster stand ein Wäscheturm. Die Tür der Waschmaschine war geöffnet, und ein Lappen lag darüber ausgebreitet. Die vom Trockner war geschlossen. Pullover, Hosen und T-Shirts hingen auf der Leine. Alles machte einen normalen Eindruck.

Joel schob die Kleidungsstücke zur Seite, und Samantha bemerkte am Ende des Raumes eine weitere Tür. Licht schimmerte unter der Tür durch.

«Josefina?», rief Joel.

Keine Antwort.

Joel stiess gegen die Tür. Sie liess sich nur ein kleines Stück öffnen, als ob sich jemand in dem Raum verschanzt hätte und die Tür zuhielte.

«Wir sind es nur, Sammy und Joel», sagte er erneut.

Samantha fasste seinen Arm, aber er ignorierte sie und drückte fester gegen die Tür. Es gelang ihm, sie ein Stück weiter zu öffnen, sodass er den Kopf durch den Spalt schieben konnte.

«Scheisse!»

Er warf sich fest gegen die Tür, die nachgab. Joel stolperte in den Raum. Samantha erkannte Steine als typischen Bodenbelag von Naturkellern älterer Häuser. Sie linste hinein, aber Joel versperrte ihr den Blick. Samantha quetschte sich an ihm vorbei und erblickte Beine, die vor der Tür lagen und diese blockiert haben mussten.

Die Frau lag auf dem Bauch. Ihr Oberkörper war zwischen den Regalen eingeklemmt. Um sie herum lagen Konfitürengläser auf dem Boden verteilt, von denen einige zerbrochen waren. Von Samanthas Standpunkt aus gesehen, befand sich der Kopf im Schatten. Doch sie konnte die dunkelrote Farbe, die die blonden Haare durchtränkt hatte, gut erkennen.

Joel zwängte sich neben die Frau und tastete nach dem Puls. Sekunden verstrichen, die Samantha wie eine Ewigkeit vorkamen.

«Sie ist tot», flüsterte er.

***

Jan Nussbaum von der Kantonspolizei Basel-Landschaft zog einen Stuhl heran und setzte sich an den Terrassentisch.

Samantha hatte ihn vor über einem Jahr zum letzten Mal gesehen. Obwohl er sich ihr gegenüber freundlich verhalten hatte, hatte sie nicht das Bedürfnis gehabt, ihn je wiederzutreffen.

Verstohlen musterte sie ihn. Der drahtig gebaute Mann Mitte vierzig hatte sich nicht verändert. Seine dunkelblonden Haare standen wirr vom Kopf ab, als sei er gerade aufgestanden. Dafür machten seine blaugrauen Augen einen hellwachen Eindruck, und der Blick war abwechselnd auf Samantha und auf Joel gerichtet.

Er schob einige der Schokoladeneier auf die Seite, die sich dabei verformten.

Geschmolzen, dachte Samantha. Wie die Schokoladenhasen. Nur anhand der Ohren konnte man noch erkennen, was die Schokoladenmasse einmal gewesen war. Kein Wunder, sie lagen seit dem versuchten Frühstück in der prallen Sonne.

Wenigstens hatte Samantha es geschafft, den Lachs in den Kühlschrank zu bringen, während sie auf das Eintreffen der Polizei gewartet hatten. Samantha war froh gewesen, dass Rita und Oliver Josefinas Vater mit zu sich genommen hatten und Samantha sich zurückziehen konnte. Joel hatte vor Josefinas Haus gewartet, bis die Beamten eingetroffen waren.

«Bitte schildern Sie mir aus Ihrer Sicht, wie Sie Josefina Dobler gefunden haben.»

«Nicht wir haben sie gefunden, sondern ihr Vater», korrigierte Joel.

Samantha war froh, dass er die Beantwortung der Fragen übernahm. Er berichtete von dem Schrei und wie sie Kurt Dobler angetroffen hatten, als er aus dem Haus getorkelt war.

«Warum haben Sie nicht sofort die Polizei alarmiert?»

Samantha war sich nicht sicher, ob sie einen Vorwurf zwischen den Zeilen heraushörte. Nussbaums Gesicht war neutral.

«Aus Kurt haben wir kein Wort herausgebracht, was passiert war. Ich dachte, Josefina sei verletzt. Mit dem, was ich – wir», er schaute in Samanthas Richtung, «vorgefunden haben, hatte ich nicht gerechnet.»

«Haben Sie etwas angefasst oder verändert, als Sie nach Frau Dobler gesucht haben?»

«Nein», antwortete Joel.

«Die Türen, als ich sie geöffnet habe», sagte Samantha.

«Stimmt, das habe ich auch. Und ich habe nach dem Puls getastet», fügte Joel hinzu.

«Die Position der Leiche haben Sie nicht verändert?»

«Nicht wissentlich. Nachdem ich sie berührt hatte, wusste ich sofort, dass sie nicht mehr lebt. Ihre Haut war kalt und …» Er schaute Samantha entschuldigend an. Offenbar musste sie entsetzt aussehen. Ihr wurde übel. Reiss dich zusammen, dachte sie.

«Was haben Sie von gestern Abend bis heute Morgen gemacht?»

Wollte er etwa ein Alibi?

Joel lehnte sich nach hinten und verschränkte die Arme vor der Brust. Die Frage gefiel ihm offenbar genauso wenig wie Samantha. Kurz führte er aus, wie sie nach dem Nachtessen einen Spaziergang gemacht hatten, die Nacht über nicht fortgewesen waren, ausgeschlafen hatten und auf der Terrasse frühstücken wollten. Nussbaum machte einige Notizen, nachdem Joel geendet hatte.

«Ist Ihnen am Morgen oder in der vergangenen Nacht etwas aufgefallen?», fragte Nussbaum weiter.

«Nein», antwortete Joel und schaute erneut in Samanthas Richtung. Zu mehr, als den Kopf zu schütteln, war sie nicht fähig.

«Hat Frau Dobler sich in der letzten Zeit seltsam verhalten? War sie zum Beispiel ängstlich?»

«Ich habe sie länger nicht mehr gesehen», sagte Joel.

«Was meinen Sie mit ‹länger›?»

«Vor einer oder zwei Wochen habe ich sie auf der Strasse getroffen. Wir haben uns gegrüsst. Sie kam gerade vom Einkaufen nach Hause und trug alles ins Haus.»

Er wusste so genau, was sie bei ihrem letzten Treffen getan hatte, wunderte Samantha sich.

«Ihr Papiersack ist gerissen, und alles ist auf den Boden gefallen. Ein Apfel ist bis vor meine Füsse gerollt. Ich habe ihr beim Zusammensammeln geholfen.» Das klang, als müsse Joel sich verteidigen.

«Im Haus waren Sie nicht?»

«Ich hatte ihr angeboten, beim Hineintragen zu helfen, aber sie hatte abgewunken und sich bedankt.»

Nussbaum machte eine weitere Notiz und schaute Samantha an. Es gehörte dazu, sich Stichworte zu der Befragung zu notieren. Dennoch machte es sie nervös, weil sie das Gefühl hatte, er schrieb jedes Detail auf.

Nussbaums Blick war weiterhin auf sie gerichtet, und seine Frage war deutlich.

«Ich weiss nicht, wann ich ihr zuletzt begegnet bin», sagte Samantha.

«Wie gut kannten Sie Frau Dobler?», fragte er und tippte mit dem Stift ein Schokoladenei an. Prompt gab es eine Delle in der weichen Masse.

«Wir grüssten einander und wechselten einige Worte betreffend Wetter und Ähnliches.»

Nussbaum klopfte mit dem Ende seines Kugelschreibers auf

den Tisch. Es klickte, wenn die Mine aus- und eingefahren wurde. Das Geräusch zerrte an Samanthas Nerven. Am liebsten hätte sie ihn gebeten, damit aufzuhören.

«Moment», sagte Joel. «Mir kommt gerade in den Sinn, am vergangenen Mittwoch habe ich sie auch gesehen.»

Erstaunen blitzte in Nussbaums Gesicht auf. Die unausgesprochene Frage, warum Joel das erst jetzt einfiel, hing zwischen ihnen.

«Wie wirkte sie auf Sie?», fragte er.

«Wie immer. Sie bepflanzte gerade Töpfe neben ihrer Haustür mit Osterglocken, Primeln und Hyazinthen. Wir haben darüber gesprochen, dass es an Ostern offenbar wunderbares Wetter geben sollte. Und darüber, was wir planen.»

«Hat sie von ihren Plänen berichtet?»

«Sie sagte, sie wolle mit ihrem Vater einen Ausflug machen. Seine Frau ist vergangenen November nach kurzer schwerer Krankheit gestorben. Danach ist er in ein tiefes Loch gefallen. Soweit ich weiss, hat sie regelmässig etwas mit ihm unternommen: Wanderungen in der Gegend, Ausflüge nach Basel. Sie sagte mir, endlich mache es den Anschein, als würde er zurück ins Leben finden.»

Joels Handy, das auf dem Tisch lag, klingelte. Nussbaums Missbilligung war deutlich.

«Das ist mein Vater», sagte Joel. «Darf ich das Gespräch bitte entgegennehmen. Wir sind bei meinen Eltern zum Mittagessen eingeladen. Sie wundern sich vermutlich, wo wir bleiben.»

Nussbaum machte mit der Hand eine Geste zum Telefon. «Ich habe im Moment keine weiteren Fragen. Bitte halten Sie sich zur Verfügung.»

ZWEI

Samantha nahm im Kreisel beim Campus die erste Ausfahrt Richtung Unterführung. Sie bremste ab, als die Ampel von Grün auf Gelb wechselte, und hielt an.

Sie starrte das rote Signallicht an. Ihren momentanen Zustand konnte sie nicht als fahrtauglich bezeichnen. Immer wenn sie in Brugg war, besuchte sie das Grab ihrer Adoptiveltern und geriet danach aus der Spur. Sie fragte sich, ob das jemals besser würde. Heute war es richtig schlimm. Vermutlich lag es an Ostern. Ostern waren sie immer gemeinsam weggefahren, auch als Samantha längst ausgezogen war.

Reiss dich zusammen, dachte sie und bog links ab, als die Ampel auf Grün wechselte. Sie fuhr am Bahnhof vorbei und folgte weiter dem Verlauf der Aarauerstrasse. Sie bog in die Badstrasse ein und hielt kurz darauf vor dem Einfamilienhaus in der Nähe des Hallenbades, das Lorena und Cédric bewohnten. Sie stellte den Motor ab und wartete einige Sekunden, bis sie ausstieg. Bevor sie klingeln konnte, wurde die Haustür geöffnet. Lorena schaute sie prüfend an.

«Du warst am Grab», sagte sie und umarmte Samantha.

Ihr konnte sie nichts vormachen. Samantha kannte Lorena seit dem Kindergarten und war mit ihr gemeinsam zur Schule gegangen.

«Es ist also dringend, dich auf andere Gedanken zu bringen», sagte Lorena und dirigierte Samantha in die Küche. Dort warteten Cédric und sein Bruder Lucien.

«Möchte jemand etwas trinken: Wasser, Cappuccino, Kaffee, Espresso oder einen Tee?», fragte Lorena.

«Einen Espresso», erwiderten Lucien und Cédric wie aus einem Mund.

Lorena schaute Samantha an. «Wenn du mich so fragst, nehme ich gerne einen Cappuccino.»

Samantha beobachtete Lorena, wie sie die zischende Kaffeemaschine zum Leben erweckte. Das Sonnenlicht, das durch das Fenster flutete, liess ihren roten Lockenkopf wie ein Feuer leuchten.

Seit Cédric Lorena vor einem Monat gefragt hatte, ob sie ihn heiraten wolle, schien sie nicht zu wissen, wohin mit ihrer Energie, und strahlte ununterbrochen gute Laune aus. In Samantha klang Lorenas sich vor Freude überschlagende Stimme nach, als sie Samantha von dem Antrag erzählt und sie gefragt hatte, ob sie Brautführerin sein wolle. Den Job des Brautführers übernahm Cédrics jüngerer Bruder Lucien. Heute hatten sie sich verabredet, um einen ersten Plan zu machen.

Die Hochzeit sollte im Oktober stattfinden. An dem Tag, an dem Lorena und Cédric vor fast zehn Jahren zusammengekommen waren.

Samantha hatte keine Ahnung, wie viel Aufwand eine Hochzeitsvorbereitung bedeutete, aber sie fand, in einem halben Jahr alles zu organisieren war ein recht sportliches Vorhaben. Sie nahm den Entwurf des Textes und die Vorlage für die Einladungskarte in die Hand. Lorena war künstlerisch begabt. Sie hatte zwei ineinander verschlungene Ringe gezeichnet, auf denen Brautleute tanzten. Daneben lag die Liste der einzuladenden Personen. Über hundert sollten dabei sein.

«Wir brauchen zuerst die Kirche und das Restaurant», sagte Lucien.

«Wir sind dran», erwiderte Cédric. «Vieles ist bereits ausgebucht.»

Samantha sah sich in ihrer Annahme bestätigt, wie knapp alles war.

«Ein Schlachtplan wäre zudem nicht schlecht», fuhr Lucien fort.

«Dafür seid ihr ja hier.» Lorena stellte die Tassen auf ein Tablett und deutete mit dem Kopf nach draussen. Sie folgten ihr zur Terrasse.

Das Wetter war heute gleich phantastisch wie gestern. In der Sonne war es beinahe zu warm. Cédric kurbelte die Storen heraus und setzte sich neben Lorena. Er hatte wie sie feuerrote Haare und einen wilden Lockenkopf. Im Gegensatz dazu war Lucien blond und hatte gerade Haare. Wenn man es nicht wusste, würde man die beiden nie für Geschwister halten.

Samantha blickte in den Garten: Tulpen, Osterglocken, Primeln und eine Menge Polsterpflanzen blühten in den verschiedensten Farben. Die Knospen der Magnolie waren fast offen, und um das kleine Mandelbäumchen schwirrten Hummeln und Bienen. Wie häufig beneidete sie Lorena um ihren grünen Daumen. Wenigstens hatte Samantha es geschafft, in den Kübeln auf Joels Terrasse Kräuter anzupflanzen, die bis jetzt ihre Pflege überlebt hatten.

Lucien wedelte mit der Hand vor seinem Gesicht.

«Luc, das ist nur eine Wildbiene», sagte Cédric. Er deutete auf das Insekt, das zu einem der Insektenhotels flog, die Lorena an der Hauswand aufgehängt hatte.

«Stechen lassen möchte ich mich nicht.»

«Die tut dir nichts.»

«Wer weiss. Wie habt ihr Ostern überlebt?», fragte er und griff in die Schale mit den Schokoladeneiern, die Lorena auf den Tisch gestellt hatte.

«Mindestens fünf Kilo plus», stöhnte Lorena und griff in die Schale.

«Sieht man nicht», sagte Lucien.

«Charmeur.»

«Unsere wurden zum Glück zu Schokoladensauce», sagte Samantha.

«Schoggisauce? Wie das?», fragte Cédric.

«Sie standen in der Sonne, als –» Samantha brach ab. Über das, was gestern Vormittag in Joels Nachbarschaft passiert war, hatte sie nicht reden wollen. Nicht bei einer Planung zu einer Hochzeit.

«Ja?», fragten die drei anderen gleichzeitig.

«Die Nachbarin schräg gegenüber wurde ermordet.»

«Oh Scheisse!», erwiderte Lucien.

«Schon wieder?», fügte Lorena an.

«Was heisst hier schon wieder?», kam Cédric Samantha zuvor.

«Immerhin liegt das letzte kriminalistische Abenteuer über ein Jahr zurück.»

«Kriminelles Abenteuer?», fragte Lucien.

«Sammy zieht so was an», sagte Cédric.

«Auf ein neues kann ich gerne verzichten.»

«Welche Nachbarin? Dieser Drachen, der in dem Schuhgeschäft arbeitet?», fragte Cédric. «Um die wäre es nicht schade.»

Samantha brauchte eine Weile, bis ihr klar wurde, dass Cédric Charlotte Häfliger meinte, die im gleichen Haus wie sie in der Lenzburger Altstadt eine Wohnung hatte. Sie mochte Samantha nicht und liess nie aus, was sie von Ausländern hielt, wenn sie Samantha traf. Nach jeder Schimpftirade sackte Samantha in ein tiefes Loch und spürte ihre Zerrissenheit, Wurzeln in zwei Ländern zu haben.

«Nein, die Frau, die Joel gegenüber in Liestal wohnt.»

«Gegenüber von Joel», sagte Lorena gedehnt und verzog das Gesicht.

Von Anfang an hatte Lorena Joel nicht gemocht. Zunächst hatte Samantha gedacht, es läge daran, dass Joel ihr Vorgesetzter war und Lorena das Gefühl hatte, er werde sie für eine billige Affäre ausnutzen. Nachdem sich das geklärt hatte, hatte sich Lorenas Haltung Joel gegenüber aber nicht geändert. Sie fand neue Anschuldigungen und gab ihm die Schuld, dass sich Samantha damals genötigt gefühlt hatte, bei AarePharm zu kündigen, und lange keinen Job gefunden hatte. Eine Begründung für ihre Ablehnung gegenüber Joel hatte sie bisher nicht geliefert. Vermutlich beruhte es einfach auf gegenseitiger Antipathie. Auch Joel mochte Lorena nicht, hielt sich aber zurück und respektierte sie als Samanthas beste Freundin. Wenigstens gab es von Lorena keine ätzenden Kommentare mehr in seiner Gegenwart, und es herrschte eine Art Waffenstillstand zwischen ihnen.

«Ein Mord in der Nachbarschaft, wie gruselig», sagte Cédric. «Erzähl.»

Samantha tat ihm den Gefallen, obwohl sie keine Lust dazu hatte. Zu sehr steckte ihr der Schock noch in den Gliedern.

«Moment», unterbrach Lucien sie. «Sagtest du Josefina?»

«Ja, ihr Name ist Josefina Dobler», entgegnete Samantha.

«Ist das die, die in deiner Klasse war?», wandte Cédric sich an Lucien.

«Strassenköterblond, Brille mit Gläsern wie Flaschenböden und nicht gerade mit Schönheit gesegnet?», fragte Lucien.

«Luc!», rief Lorena.

«Besonders hübsch war sie nicht und blind wie ein Maulwurf.»

«Das ist diskriminierend. Was schön ist und was nicht, ist Geschmackssache.»

«Ihre Haare waren hellblond.» Deutlich sah Samantha den Hinterkopf der Frau vor sich, durch deren Haare das Blut gesickert war.

«Haare kann man sich färben.»

Stimmt. Samantha meinte sich zu erinnern, hin und wieder einen dunkleren Haaransatz gesehen zu haben. Auch hatte Josefina einmal erwähnt, ohne Sehhilfe aufgeschmissen zu sein. Meistens trug sie Kontaktlinsen.

«Ihr Vater heisst Kurt», sagte Samantha.

«In diesem Fall ist sie es», sagte Lucien. «Früher oder später hat es so mit ihr enden müssen.»

«Wieso das?», fragte Lorena.

«Eine tragische Geschichte», kam Cédric seinem Bruder zuvor. «Ihr wart in der sechsten Klasse oder so, als ihre Mutter mit ihrer Schwester bei einem Autounfall tödlich verunglückt ist.»

«Kein Autounfall», sagte Lucien. «Es war ein Badeunfall. Sie waren mit einem Boot auf dem Hallwilersee unterwegs. Die Mutter und die Schwester sassen in dem einen und der Vater mit Josefina in dem anderen. Es wurde nie geklärt, was genau passiert ist. Der Vater hat gesagt, nicht achtgegeben zu haben. Die Boote seien auseinandergetrieben worden. Abends fand die Seepolizei das leere Schlauchboot im Bereich der Uferschutzzone. Die beiden Leichen haben Taucher später geborgen.»

«Das ist eine schreckliche Geschichte», sagte Lorena.

«Der Vater machte sich Vorwürfe», sagte Lucien. «Er wurde überängstlich, was seine zweite Tochter betraf. Sie durfte keinen Schritt machen, ohne dass er wusste, wo sie sich aufhielt. Vor einigen Jahren habe ich Josefina zufällig am Zürcher Hauptbahnhof getroffen. Sie erzählte mir, sie würde mit ihrem Freund zusammenziehen. Offenbar hat sie es geschafft, von zu Hause auszuziehen und ein eigenes Leben aufzubauen.» Lucien rückte mit dem Stuhl ein Stück nach rechts aus der Sonne. «Stimmt, sie hat gesagt, sie werde nach Liestal ziehen. Wie klein die Welt ist, dass sie ausgerechnet in der Nachbarschaft deines Freundes gelandet ist, Sammy.»

«Soviel ich weiss, hatte sie keinen Freund und wohnte allein in dem Haus.»

Samantha dachte an die Male, denen sie Josefina begegnet war. Nie hatte sie Josefina in Begleitung eines Mannes gesehen. Joel hatte gesagt, sie würde zurückgezogen leben und verlasse das Haus nur, wenn sie zur Arbeit fuhr. Von einem Freund hatte er nichts gesagt.

«Fertig mit dem Thema», sagte Lorena energisch. «Ihr seid aus einem anderen Grund hier. Zuerst möchten wir euch danken, dass ihr den Job als Brautführer übernehmt ...»

«Ich frage mich, wie es dazu kommen konnte, mich dafür breitschlagen zu lassen», stöhnte Lucien. «Besonders wenn ich an die ganze Arbeit denke, die wir im Rekordtempo erledigen müssen – oh Mann!»

«Blödmann!» Lorena warf zusammengerolltes Folienpapier eines Schokoladeneis nach ihm. Es prallte an Luciens Stirn. Er verdrehte die Augen und liess sich mit grossem Gejammer gegen die Stuhllehne fallen.

Samantha konnte nur halbherzig in das Gelächter der anderen einstimmen. Ihre Gedanken verweilten bei Josefina, und sie fragte sich, wer ihr das angetan hatte.

***

«Wusstest du von dem Unglück, das Josefinas Mutter und ihrer Schwester widerfahren ist?», fragte Samantha Joel.

Sie pflanzte die Kräuter aus den Kübeln in das Hochbeet um. Letzte Woche hatte Joel sie mit den Bauteilen für ein Hochbeet überrascht. In die Kübel könne man Zierpflanzen wie Oleander und ein Zitronenbäumchen pflanzen, hatte er erklärt. Am Karfreitag hatte er das treppenförmige Beet zusammengebaut und neben die Terrasse gestellt. Die oberen Beete waren für die Kräuter reserviert, und auf dem unteren wollte Samantha sich an Salat versuchen. Nie hätte sie gedacht, sich einmal intensiver mit Pflanzen zu beschäftigen.

Joel brach die Ohren des Schokoladenhasen ab, den Lorena ihr heute geschenkt hatte, und biss hinein. «Nein», sagte er kauend. «Josefina lebte zurückgezogen. Sie war höflich und hilfsbereit. Viel haben wir nicht miteinander gesprochen.»

«Und was ist mit dem Freund, mit dem sie gemäss Luc zusammengezogen ist?»

«Das muss gewesen sein, bevor ich hier einzog», sagte Joel. «Sie werden sich getrennt haben. Hat es geklingelt?» Er schaute Richtung Terrassentür.

«Ich habe nichts gehört.»

Joel verschwand im Haus und kehrte kurze Zeit später mit Kurt Dobler zurück. Er trug eine braune Stoffhose und eine graue Strickjacke. Die weissen Haare, die einen Kranz um seine Glatze bildeten, standen wirr ab.

«Es tut mir leid, wenn ich euch störe, aber ich wollte euch danken für das, was ihr getan habt.»

«Leider haben wir nicht helfen können.»

«Die Geste ist, was zählt.» Er setzte sich auf einen Stuhl, stützte die Ellenbogen auf die Tischplatte und liess den Kopf auf die Hände sinken.

«Weiss die Polizei mehr?» Joel klang, als taste er sich vorsichtig an dieses Thema heran.

«Nein.»

Schweigen dehnte sich aus. Samantha fühlte sich unwohl. «Möchten Sie etwas trinken?»

Kurt hob den Kopf. «Ein Glas Wasser bitte.»

Erleichtert huschte Samantha ins Haus. Sie füllte einen Krug mit Hahnenwasser und kehrte mit drei Gläsern zur Terrasse zurück.

«Jetzt bin ich allein», sagte Kurt Dobler. «Alle, die mir lieb sind, sterben. Seit Sabines und Nicoles Tod sieht es aus, als läge ein Fluch über mir. Sogar Magda durfte nicht lange bei mir bleiben.»

Joel sah verwirrt aus. Offenbar bemerkte Kurt Dobler ihre unausgesprochenen Fragen. «Magda war meine zweite Frau. Meine erste Frau Sabine starb mit meiner älteren Tochter bei einem Badeausflug.»

Er berichtete das Gleiche, das Samantha am Nachmittag von Lucien erfahren hatte. «Es hat lange gedauert, bis Josefina und ich in ein mehr oder weniger normales Leben zurückkehren konnten. Das war uns erst möglich, als ich Magda kennengelernt habe.» Er trank einen Schluck und starrte auf das Glas. «Magda schaffte es, dass Josefina endlich auf eigenen Füssen stehen konnte. Josefina hatte zu den Klassenbesten gehört. Nach dem Tod ihrer Mutter sackte sie schulisch ab. Knapp hat sie die Realschule geschafft. Sie schloss ihre Lehre als Floristin ab und holte berufsbegleitend die Matura nach. Sie begann mit einem Informatikstudium.»

Wow, dachte Samantha. Was für ein Werdegang.

«An der Uni lernte Josefina David kennen. Sie fanden in Basel einen Job und zogen zusammen. Sie hatten Gelegenheit, das Haus zu mieten.» Er deutete mit dem Daumen hinter sich. «Obwohl David nicht meine erste Wahl als Schwiegersohn war, dachte ich oder eher hoffte ich, sie würden heiraten. Ich habe mir für Josefina gewünscht, sie werde glücklich. Aber die beiden trennten sich. Warum, hat Josefina mir nie gesagt.» Er schaute auf einen Punkt hinter Samantha. «Ich vermute, es war eine andere Frau im Spiel. Und jetzt das. Warum Josefina?»

Der Schmerz in seinen Augen war zu viel für Samantha, und sie musste sich abwenden.

«Und dem ist nicht genug. Die Polizei stellt diese Fragen. Persönliches Zeug. Vom Unfall und ... Das hat keinen zu interessieren und diese Leute am wenigsten.»

«Das müssen sie, wenn sie den Mörder finden wollen», sagte Joel. Er hatte sich neben Kurt Dobler gesetzt und legte die Hand auf dessen Unterarm.

«Das müssen sie nicht», rief er heftig. «Warum müssen sie in der Vergangenheit graben und alles von Neuem aufwühlen? Was soll Sabines und Nicoles Tod mit Josefinas von heute zu tun haben. Nichts!»

***

Samantha fuhr aus dem Schlaf. Dunkelheit hüllte sie ein. Ihr Herz raste, und ihr Atem ging stossweise.

Neben ihr ertönte ein Seufzen, dem lange Atemzüge folgten. Joel schlief anscheinend tief und fest.

Warum war sie aus dem Schlaf geschreckt, und warum diese Panik? Samantha konzentrierte sich auf ihren Atem. Nach einigen Sekunden gelang es ihr, gleichmässig zu atmen.

Dieser Traum. Das musste es gewesen sein. Samantha konnte sich nur an Bruchstücke erinnern, aber die reichten als Erklärung. Sie hatte das Haus ihrer Adoptiveltern über die Terrasse betreten. Ihr Vater lag in einer Blutlache. Ihre Mutter erschlagen im Bad unter dem Lavabo. Es war über ein Jahr her, als Samantha das letzte Mal von dem Doppelmord geträumt hatte. Wieso passierte das ausgerechnet nach so langer Zeit wieder?

Samantha drehte sich auf die Seite. Sie konnte den Schemen von Joels Körper ausmachen. Seine Atemzüge hatten sich nicht verändert.

Samantha lag unbeweglich da und versuchte, Joels Ruhe und Entspanntheit auf sich zu übertragen, was nicht funktionierte.

Der Traum musste mit dem Mord an Josefina zu tun haben. Sie war erschlagen worden. Das hatte zwar niemand gesagt, aber die Wunde am Hinterkopf war für Samantha eindeutig. Wie bei ihrer Mutter.

Die Dunkelheit wurde zu einer Leinwand, auf der das Bild ihrer ermordeten Mutter auftauchte. Die weissen Haare blutdurchtränkt. Das Bild änderte sich, und Samantha sah Josefina im Naturkeller. Mord. In der Nachbarschaft. Ganz nah …

Der Puls, der abgeflacht war, schoss wieder hoch. Sie presste die Augen zusammen, aber das Bild wurde sie nicht los.

Sie brauchte einen Ortswechsel. Das hatte ihr bei früheren derartigen Attacken geholfen. Samantha schlüpfte aus dem Bett und schlich nach unten in die Küche. Sie unterdrückte ein Seufzen, als sie die Digitalanzeige beim Ofen erblickte. Kurz vor drei Uhr. Morgen oder besser heute würde sie gerädert sein, wie sie aus Erfahrung wusste.

Das Licht der Strassenlaterne reichte, um sich zu orientieren. Sie füllte Wasser in den Teekocher und hielt die Teeverpackungen hoch, damit sie im Lichtstrahl von draussen die Sorte erkennen konnte. Entspannungstee. Nicht ihre bevorzugte Kräutermischung, aber heute Nacht eine gute Wahl.

Nachdem sie den Tee aufgegossen und einen Löffel Honig hineingegeben hatte, trat sie ans Fenster. Sie nippte am Tee und schaute auf die Strasse. Alles machte einen friedlichen Eindruck. Eine Katze huschte aus dem Gebüsch. Sie blieb einen Moment stehen, bevor sie im Garten der Martis verschwand.

Samantha schaute auf das Gebüsch. Die Katze konnte unmöglich der Grund für ihr Unbehagen sein, das sich verstärkte. Was stimmte an der ruhigen Szenerie da draussen nicht?

Samantha brauchte einen Augenblick, bis sie begriff, was. Im Haus von Josefina brannte Licht. Sie blinzelte. Jetzt war es dunkel.

«Die Phantasie hat dir einen Streich gespielt», flüsterte sie.

Wer sollte in dem Haus sein? Es war von der Polizei versiegelt worden. Ihre Unruhe nahm zu. Die Fenster blieben dunkel.

Hör auf damit. Deine Nerven liegen blank, sagte sie sich und wollte sich abwenden. Ein Lichtstrahl blitzte auf. Wie der einer Taschenlampe. Samantha wagte nicht zu atmen. Es war definitiv jemand in Josefinas Haus. Kurt Dobler war es bestimmt nicht. Dieser hatte keinen Grund, mitten in der Nacht herzukommen, das Licht nicht einzuschalten und stattdessen mit einer Taschenlampe durch das Haus zu geistern.

Samantha trat näher an das Fenster. Einbrecher? Nein. Es musste der Mörder sein. Warum war er zurückgekehrt?

Ein Auto fuhr heran und bog in die Einfahrt der Martis ein. Der Fahrer stieg aus und lief zum Haus. Das Licht neben der Haustür ging an, und Samantha erkannte Oliver.

Wo kommst du mitten in der Nacht her, dachte sie.

«Hier steckst du.»

Vor Schreck liess Samantha beinahe die Tasse fallen. Tee schwappte auf ihre Hand. Ein Schmerz schoss über die Haut. Schnell stellte Samantha die Tasse ab und hielt die Hand unter das kalte Wasser.

«Ich wollte dich nicht erschrecken», sagte Joel und stellte sich neben sie.

«Ich konnte nicht schlafen.»

«Hattest du deinen Traum?»

«Ja.»

«So etwas Dummes.» Er legte den Arm um ihre Schulter und drückte sie an sich.

«Ich werde es überleben.» Samantha versuchte locker zu klingen. «In Josefinas Haus ist jemand.»

«In Josefinas Haus? Da ist alles dunkel.»

«Vorhin war Licht. Es sah aus wie das einer Taschenlampe.»

«Bist du sicher?»

«Es blitzte nur kurz auf. Danach war alles wieder dunkel.»

Bei den Martis schaltete sich erneut das Licht im Hauseingang ein. Oliver kehrte zum Wagen zurück. Als er anfuhr, traf das Licht seines Autos die Fensterscheiben von Josefinas Haus.

«Vielleicht hast du das Reflektieren gesehen», sagte Joel.

Die Erklärung klang logisch, obwohl Samantha nach wie vor sicher war, das Licht sei aus dem Haus gekommen und habe sich nicht nur im Fenster gespiegelt. Ausserdem war zu diesem Zeitpunkt kein Auto vorbeigefahren. Wirklich? Zweifel regten sich.

«Wo will Oliver überhaupt hin? Er ist gerade nach Hause gekommen.»

«Ich denke, zum Flughafen. Geschäftsreise.»

«Er ist gerade nach Hause gekommen», wiederholte Samantha.

«Er könnte etwas vergessen haben.»

Guter Punkt. Aber … «Um diese Zeit will er zum Flughafen?»

So viel Samantha wusste, arbeitete Oliver als Verkäufer in einer Firma, die Maschinenteile in die ganze Welt lieferte.

«Wer weiss, wann der Flug geht und wann er vorher da sein muss.»

«Besser er als ich», murmelte Samantha und gähnte.

«Ich stimme dir zu. Ich hätte eine bessere Idee, wo wir beide gerade wach sind.» Joels Arme umfassten Samantha von hinten. Er küsste ihren Nacken. «So bringe ich dich auf andere Gedanken.»

Seine Hand glitt den Hals entlang zum Schlüsselbein und tastete sich weiter abwärts, bis sie über Samanthas Brust strich. Ein Schauer durchlief Samanthas Körper. Sie lehnte sich nach hinten und seufzte auf, als Joel ihre Brust zu liebkosen begann.

«Gehen wir nach oben», flüsterte er dicht neben ihrem Ohr.

DREI

Samantha unterdrückte ein Gähnen, als sie das Firmengebäude betrat.

Wie in der vergangenen Nacht befürchtet war sie hundemüde, und sie fragte sich, wie sie den Tag überstehen sollte.

Sie ging den Gang entlang. Der anthrazitfarbene Teppich dämpfte ihre Schritte. Es war still. Sie blickte durch die gläsernen Türen, die Franz Ammann hatte einbauen lassen, damit es heller und freundlicher wirkte. Alle Räume waren leer, nur der Computer von Franz Ammann war eingeschaltet. Er war grundsätzlich der Erste. Bis jetzt habe es keiner geschafft, früher als der Eigentümer da zu sein, hatte man Samantha erzählt.

Auf dem Bildschirm flimmerten bunte Kreise und Quadrate. Samantha öffnete die Tür zu ihrem Büro, das sie sich mit Christian Probst teilte, der für den Verkauf zuständig war. Samantha setzte sich und schaltete ihren Computer ein. Sie legte die Hände in den Nacken und blickte zur Decke, während der Computer hochfuhr.

Sie erschrak, als es klopfte und die Tür gleich darauf geöffnet wurde. Jasmin Hofer streckte den Kopf herein. «Hast du Christian und David gesehen?», fragte sie.

«Ich bin erst vor fünf Minuten gekommen.» Samantha deutete auf Christians Platz. «Es sieht so aus, als sei er noch nicht da. Warum suchst du sie?»

«Ich brauche Christian wegen einer Marketingkampagne, und unser IT-Genie David sollte sich meinen Computer anschauen. Der will nicht starten. Du hast nicht zufällig auch Probleme?»

Jasmin trat zwei Schritte näher und schaute über Samanthas Schulter.

«Keine Ahnung.» Samantha musterte ihren Bildschirm. «Er war schon schneller, scheint aber hochzufahren.»

«Du konntest dich immerhin einloggen. So weit bin ich nicht gekommen.» Sie setzte sich auf die Tischkante. Ihre kinnlangen dunkelblonden Haare hatte sie nach hinten gesteckt. Eine Strähne stand beinahe senkrecht vom Kopf ab. Öfter hatte sich die vierzigjährige Frau beschwert, ihre Haare seien so geschmeidig wie Draht.

«Du siehst ziemlich zerknautscht aus», sagte Jasmin.

«Vielen Dank für das Kompliment», brummte Samantha.

«Waren es für dich keine erholsamen Ostern?» Sie hob die Hände. «Entschuldige, aber ich wollte dir nicht zu nahe treten.»

Samantha zwang sich zu einem Lächeln. «Es geht. Das heisst, bis zu dem Zeitpunkt, an dem wir unsere Nachbarin tot aufgefunden haben, war alles bestens.»

«Deine Nachbarin? Du meinst damit aber nicht die Frau, die erschlagen wurde.»

«Woher –»

«Das steht in allen Zeitungen.»

Darauf hätte Samantha selbst kommen können. «Doch.»

«Du bist hoffentlich nicht mit der Frau gemeint, die dabei war, als die Leiche gefunden wurde.»

«Ihr Vater hat sie entdeckt. Er hat um Hilfe gerufen, und Joel und ich ...» Samantha brach ab. Details wollte sie beim besten Willen nicht erzählen.

Die Tür öffnete sich. Christian betrat den Raum. Er nickte Jasmin und Samantha zu und startete seinen Computer. «Das Mistding von Computer ...», fluchte er. «Wie sieht es bei euch aus?»

Franz Ammann streckte seinen Kopf ins Büro. «Könnt ihr eure Computer hochfahren?»

Samanthas Bildschirm wurde schwarz.

«Was soll das?», rief sie.

Entsetzt reckte Franz den Kopf in den Gang und spähte zu seinem Büro. Die Flüche, die folgten, passten nicht zu dem Mann Ende fünfzig, der mit seiner Nickelbrille, den grauen, gekrausten, vollen Haaren und dem grauen Bart wie ein Teddybär aussah.

«Wir haben anscheinend ein gröberes Problem», sagte Jasmin und zupfte an der Strähne.

Wie zur Bestätigung stürmte David Gerber herein. «Funktionieren eure Computer?», rief er.

Synchrones Kopfschütteln. Mit einem derben Fluch stürzte David wieder raus.

«Zwangspause», sagte Jasmin.

«Ich habe noch gar nicht angefangen», brummte Christian.

«Lass uns die Zeit für einen Kaffee nutzen. Du siehst zumindest so aus, als ob du einen gebrauchen könntest», wandte Jasmin sich an Samantha.

Samantha liess sich mit fortziehen. Christian kam nach. Er murmelte etwas, das sie nicht verstand. Vor der Kaffeemaschine trafen sie auf Dominik Eichinger, der für den Einkauf der Rohstoffe verantwortlich war. Er fuhr sich über seinen kahl rasierten Schädel, auf dem einzelne Stoppeln seines spärlichen Haarwuchses auszumachen waren.

«Ich fürchte, aus dem Kaffee wird nichts», sagte er. «Keine Chance, das Ding zum Leben zu erwecken. Wie es aussieht, haben wir einen Stromausfall.»

«Stromausfall?», fragte Jasmin entsetzt.

«Es funktioniert rein gar nichts mehr.»

«Ich brauche einen Koffeinschub», stöhnte Jasmin.

«Hier sind unter anderem Mocca-Eier drin», sagte Dominik und schob eine grosse Schüssel mit Schokoladeneiern in Jasmins Richtung. «Die überbrücken den Koffeintiefstand in deinem Blut.»

«Ohne Strom kann ich IT-mässig nichts machen», sagte David und gesellte sich mit Franz zu ihnen. Er griff in die Schüssel und schob sich ein Ei in den Mund.

«Wie lange hält dieser Zustand an?», fragte Franz. Er war sichtlich genervt.

«Wenn ich das wüsste.»

«Das heisst, du hast genug Zeit, von der Leiche in eurer Nachbarschaft zu erzählen», wandte Jasmin sich an Samantha. In ihren Augen blitzte es.

Samantha unterdrückte ein Stöhnen.

«Leiche?», fragte Franz.

«In ihrer Nachbarschaft wurde eine Frau getötet, und Samantha hat das Opfer gefunden.»

«Das stimmt nicht», sagte Samantha. Widerwillig berichtete sie, was am Ostersonntag vorgefallen war.

«Sagtest du Josefina?», unterbrach David sie auf einmal.

«Ja», erwiderte Samantha.

«Josefina Dobler?»

«Ja», wiederholte Samantha.

David schlug mit der flachen Hand auf den Tisch. Abrupt stand er auf und trat ans Fenster. Samantha war erstaunt, als sie seine verkrampfte Körperhaltung wahrnahm.

«Kennst du sie?», fragte sie vorsichtig.

«Sie ist meine Ex», flüsterte er.

***

«Moment, nochmals von vorne», sagte Joel, nachdem Samantha von dem Stromausfall, der ungefähr eine Stunde gedauert hatte, und von ihrer Zwangspause, in der sie fast die ganze Schüssel Schokoladeneier geleert hatten, erzählt hatte.

Wenn Samantha daran dachte, wurde ihr schlecht. Sie war überzeugt, mindestens ein Jahr keine Schokolade mehr anrühren zu können.

«Dein IT-David ist der Ex-Freund von Josefina?»

«Ja. Sie oder besser er hat sich vor drei oder vier Jahren von ihr getrennt. Den Grund hat er nicht gesagt. Wenn ich das jedoch zwischen den Zeilen richtig gelesen habe, war eine andere Frau im Spiel. Die, mit der er heute zusammenlebt und eine zweijährige Tochter hat.»

«Das klingt nach einer unschönen Trennung.»

«Keine Ahnung. Er hat sich dazu nicht geäussert, und ich habe nicht nachgehakt. Geht mich nichts an.»

«Wieso wusste er nichts von der Ermordung? Ich denke, die Polizei wird ihn aufgesucht haben.»

«Woher sollte sie von ihm wissen?»

«Die Polizei wird Kurt nach aktuellen und früheren Freunden gefragt haben.»

Wusste Kurt, wo David lebte? Hatte er Davids Kontaktdaten?

Die würde die Polizei auch ohne seine Angaben herausfinden können, dachte Samantha.

«David sagt, sie seien am Ostersonntag nach Vaduz zu den Schwiegereltern gefahren. Spontan haben sie beschlossen, über Nacht in der Ferienwohnung zu bleiben, die sie am Bodensee haben, weil sie spät von Vaduz aufgebrochen sind. Sie sind erst gestern am späten Abend nach Hause gekommen. Die Polizei hatte somit keine Chance, ihn zu vernehmen.»

«Heutzutage hat man ein Handy», sagte Joel. «Und heute hatte Herr Nussbaum den ganzen Tag Gelegenheit, mit David in Kontakt zu treten.»

«Keine Ahnung, ob er David tagsüber angerufen hat.»

Joel schwieg kurz, bevor er fortfuhr: «Das, was David erzählt hat, klingt in Anbetracht der Umstände seltsam.»

«Willst du sagen, es stimmt nicht?»

«Hm.»

Samantha musste ihm recht geben. Davids Aussage klang konstruiert. Sie konnte sich nicht vorstellen, dass er nichts davon gehört hatte. Josefinas Name war zwar nicht genannt worden, aber für David musste es genügend Anzeichen gegeben haben, auch dass sich der Vorfall in dem Quartier ereignet hatte, in dem er mit Josefina gewohnt hatte.

«Am Samstag war er in Liestal», spann Joel seinen Gedankengang weiter. «Ich habe gelesen, Josefina sei in der Nacht auf den Sonntag gestorben.»

«Du meinst, er hat seine Ex-Freundin auf dem Gewissen?», fragte Samantha. Das klang zu einfach und wäre eine krasse Vorverurteilung.

Bevor sie Joel ihre Bedenken mitteilen konnte, klingelte es an der Tür. Joel warf einen Blick auf seine Armbanduhr und brummte etwas, das wie «Kurz vor neun Uhr. Wer stört um diese Zeit?» klang.

Samantha war wie Joel nicht erfreut, und sie war froh, dass er nachschauen ging.

«Ungern», hörte sie Joel sagen.

Die Männerstimme, die antwortete, kam ihr bekannt vor, und

sie wusste, wer es war, bevor Joel mit zwei Männern das Wohnzimmer betrat.

«Es tut mir leid, wenn wir Sie um diese Zeit noch stören», sagte Nussbaum anstelle einer Begrüssung. Er deutete auf den zweiten Mann. «Das ist mein Kollege Lorenz Bühler.»

Ein bemerkenswerter Mann, fand Samantha. Sie schätzte ihn auf Mitte fünfzig. Seine dunkelblonden, vollen Haare standen im Kontrast zu dem schneeweissen Vollbart. Die schwarz umrandete Brille setzte einen zusätzlichen Akzent in seinem markanten Gesicht. Sie wunderte sich, warum Nussbaum ihn mitbrachte und nicht Molina. Das Duo hatte bisher zusammengearbeitet und war von Samantha als eingespieltes Team eingestuft worden.

«Herr Molina hatte vor einem halben Jahr einen Herzinfarkt und muss seitdem kürzertreten», sagte Nussbaum, als habe er geahnt, was in Samanthas Kopf vor sich ging.

Das hatte früher oder später passieren müssen, dachte Samantha und sah den übergewichtigen Mann vor sich, dessen Gesicht sich bei der geringsten Anstrengung rot verfärbt hatte.

«Bitte richten Sie ihm gute Besserung aus», sagte Samantha.

«Das werde ich, vielen Dank.» Nussbaum zog einen Stuhl heran und setzte sich an den Esszimmertisch, ohne dazu aufgefordert worden zu sein. «Bitte nehmen Sie Platz», sagte er.

Joel kam der Aufforderung nach, obwohl es ihm eindeutig missfiel.

Das mulmige Gefühl, das sich in Samantha breitgemacht hatte, als die Männer den Raum betreten hatten, war zurück. Der Grund ihres Besuchs konnte kein angenehmer sein.

«Haben Sie das Haus von Josefina Dobler betreten?», fragte Nussbaum.

Erstaunt blickten Samantha und Joel einander an. Das hatten sie bei der ersten Befragung beantwortet.

«Ja, am Ostersonntag», antwortete Joel.

«Ich meine danach? Gestern? Heute?»

«Nein. Warum sollten wir das Haus betreten?»

«Das möchte ich von Ihnen wissen.» Das klang wie ein Peitschenknall. Glaubte er Joel nicht?

«Dazu gab es keinen Grund.»

«Es muss jemand im Haus gewesen sein, da das polizeiliche Siegel entfernt worden ist.» Sein Blick bohrte sich abwechselnd in Joels und in Samanthas Augen.

Warum klang das so, als hätten ausgerechnet sie das getan? Es gab andere Leute, die eher einen Grund gehabt haben könnten. Zum Beispiel Kurt Dobler. Oder David. Samantha sah ihn vor sich, wie er blass geworden war, als sie von Josefinas Ermordung gesprochen hatte. Erneut fragte sie sich, ob er nichts gewusst hatte oder ob er ein guter Schauspieler war.

«Ich denke, es war jemand von Ihren Leuten.» Joel verschränkte die Arme vor der Brust. Sogleich ging ein Ruck durch seinen Körper, und er schaute Samantha an. Der Schrecken in seinem Gesicht war deutlich. «Himmel, du hattest recht.»

Samantha brauchte einige Sekunden, bis sie verstand.

«Ich habe mich nicht getäuscht», flüsterte sie.

«Offenbar nicht», gab er zurück.

«Darf ich fragen, wovon Sie sprechen?»

«Vergangene Nacht hatte ich das Gefühl, es sei jemand im Haus.»

«Bei Frau Dobler?»

«Ja.»

«Wann?»

«Zwischen drei und vier Uhr am Morgen. Ich konnte nicht schlafen und bin aufgestanden, um mir einen Tee zu machen. Da habe ich Licht gesehen.»

«Warum haben Sie das nicht gemeldet?»

«Das Licht war sogleich wieder verschwunden, und ich nahm an, ich hätte es mir eingebildet. Da danach ein Auto vorbeifuhr und dessen Scheinwerfer sich in den Fenstern spiegelten, sah ich mich in dieser Annahme bestätigt.»

«Ein Auto? Woher kam es?»

«Es war Oliver Martis Wagen oder genauer, er kam aus seiner Einfahrt», sagte Joel.

Warum relativierte er diese Aussage auf einmal? In der Nacht hatte er überzeugt gewirkt, es sei Olivers Wagen, der vorbeigefahren war. Allerdings hatte seine Vermutung mit der Dienstreise von letzter Nacht nicht gestimmt.

Als Samantha am Abend nach Hause gekommen war, hatte sie gesehen, wie Oliver gerade in seinem Haus verschwand. Er trug mit Erde verschmierte Jeans und hatte offenbar in seinem Garten gearbeitet. Wo war er mitten in der Nacht hingefahren? Selbst für eine eintägige Geschäftsreise fand Samantha es sportlich, am frühen Abend zurück zu sein und im Garten zu arbeiten.

«Woher wissen Sie das?», mischte sich Bühler in das Gespräch ein. Er hatte eine tiefe Stimme. «Waren Sie in der Küche?»

«Ich habe nachgeschaut, wo Samantha ist.»

«Das Licht gegenüber haben Sie nicht bemerkt, wenn ich das richtig verstehe?»

Joel verneinte.

«Hatten Sie gestern das Gefühl, es sei jemand auf Frau Doblers Grundstück oder es stimme etwas nicht?»

Joel sah Samantha an, als wolle er sie fragen, ob er oder sie antworten sollte. Schliesslich übernahm er, indem er abermals verneinte.

Bühlers Blick wanderte zu Samantha.

«Mir ist nichts aufgefallen», sagte sie. «Ich habe nicht darauf geachtet», fügte sie nach einigen Sekunden an.

«Sie haben dem Haus keine Beachtung geschenkt, obwohl dort ein Mord geschehen ist?», fragte Bühler.

Dieser Tonfall war irritierend. Samantha revidierte ihre Meinung über ihn. Mit einem Schlag war er ihr unsympathisch. In die Schublade «neugierige Nachbarin, die nichts anderes zu tun hatte, als das Nachbarhaus zu beobachten» gesteckt zu werden, ging ihr eindeutig gegen den Strich.

«Ich habe sicher einmal rübergeschaut, da mich das Ganze mitgenommen hat», fauchte sie. «Ich gehöre aber nicht automatisch zu der Sorte Nachbarn, die sich auf die Lauer legen und alles ausspionieren.»

Ein süffisantes Grinsen zuckte um Bühlers Mund. Nussbaum setzte eine unbeteiligte Miene auf, was ihm offenbar schwerfiel. Auch er konnte das Grinsen nicht ganz unterdrücken.

«Ich arbeite zwischendurch.»

«Sie haben inzwischen einen Job?», fragte Nussbaum.

Was sollte das heissen? Die Meinung, die er von ihr hatte, schien nicht gross zu sein, wenn er davon ausging, dass sie den ganzen Tag herumhing. Mit Mühe konnte Samantha eine neue patzige Antwort zurückhalten. Sie wollen dich aus der Reserve locken, sagte sie sich und holte tief Luft.

«Seit einem Jahr liege ich dem Steuerzahler nicht mehr als Arbeitslose auf dem Portemonnaie.» Das kam schnippischer, als sie beabsichtigt hatte, und sie verfluchte sich, sich nicht besser unter Kontrolle zu haben.

«Wo arbeiten Sie?»

Was hatte das mit dem Mord an Josefina Dobler zu tun?

«Bei Amry Cosmetics.»

«Dem kleinen Kosmetik-Familienunternehmen im Schildareal in Liestal?»

«Genau dem.»

«Sie haben vorher als studierte Biologin in der Pharmabranche gearbeitet, was ich als Laie seltsam fand.» Er wusste ihre Berufsausbildung noch? «Aber ein Kosmetikunternehmen?»

«Die benötigen auch jemanden in der QA.»

«In bitte was?»

«Quality Assurance, also Qualitätssicherung. Für Reinigungsmilch, Aknemittel, Körperlotionen, Gesichts- und Sonnencremen muss genau auf die Qualität der Rohstoffe geachtet werden. Besonders wenn die Produkte aus natürlichen Stoffen gefertigt werden und das Ganze zudem nachhaltig sein soll.» Samantha reckte das Kinn und verwünschte sich, weil sie sich weiterhin provozieren liess. «Was hat das mit Josefina Dobler zu tun?»

«Sie hat vor einigen Jahren ein Kosmetikstudio eröffnet.»

«Hat sie nicht eine Lehre als Floristin gemacht und später IT studiert?», wandte Samantha sich an Joel.

«Das hat Kurt gestern so erzählt.»

Und dann wurde sie Kosmetikerin? Interessanter Werdegang, dachte Samantha, liess es aber unausgesprochen.

«Wir hatten keinen engen Kontakt, und sie wird nicht alles erzählt haben», fügte Joel an.

Das fand Samantha eigenartig. Wenn sie selbstständig wäre, würde sie es allen erzählen, um Werbung zu machen. Josefinas Verhalten wurde in ihren Augen immer seltsamer.

«Gemäss ihrem Vater hat sie sich neu orientieren wollen und eine Intensivausbildung in Zürich gemacht», sagte Nussbaum. «Als sie die Gelegenheit hatte, im Stedtli die Fläche für das Studio zu mieten, hat sie sofort zugeschlagen. In dem Studio sind Produkte Ihrer Firma.» Er nickte Samantha zu. Bevor er weitersprechen konnte, schallte «We Are the Champions» durch den Raum. Hektisch tastete Nussbaum seine Jackentasche ab.

«Hat dein Neffe mit deinem Handy gespielt?», fragte Bühler.

«Ich sollte es endlich ändern.»

«Es gibt schlimmere Songs.»

Nussbaum nahm das Gespräch entgegen. «Was? Wir sind sofort unterwegs.» Er steckte das Handy weg. «Im Stedtli hat es einen versuchten Überfall mit einer Schiesserei gegeben», wandte er sich an Bühler. «Wie es aussieht, ist ein Passant zu Schaden gekommen.»

«Eine Schiesserei in Liestal?», fragte Samantha, nachdem sie die Tür hinter den beiden Beamten geschlossen hatte.

Joel schaltete das Radio ein.

«... der Grund für den Schusswechsel in der Rathausstrasse ist nicht geklärt», sagte der Nachrichtensprecher. «Ein Augenzeuge berichtete, dass er zwei maskierte Männer gesehen habe, die in verschiedene Läden gespäht hätten. Ein anderer Mann habe die beiden zur Rede gestellt, worauf einer der Maskierten eine Waffe gezogen habe, mehrere Schüsse abgab und die beiden flüchteten. Die Rathausstrasse wurde grossräumig abgesperrt und die Anwohner gebeten, die Häuser nicht zu verlassen.»

«Das in unserem beschaulichen Stedtli», rief Joel fassungslos und stellte das Radio aus. Er begann im Raum auf und ab zu laufen, während Samantha sich nicht rühren konnte.

«Als ob das mit Josefina nicht reicht», murmelte Joel und

machte beim Kühlschrank kehrt. Er kam Samantha wie eine Raubkatze in ihrem Käfig vor. Nach der fünften Runde blieb Joel stehen.

«Ich muss raus», sagte er.

«Wohin?» Samantha folgte ihm in den Gang.

«Egal, einfach eine Runde laufen.»

Regelmässig machten sie am Abend einen kurzen Spaziergang durch das Quartier. Es half abzuschalten, und die Bewegung tat gut, wenn man den ganzen Tag am Computer sass. Heute hatte Samantha kein Ziehen nach draussen.

Trotzdem trat sie hinter Joel aus dem Haus. Während er die Tür abschloss, schaute sie in die Richtung von Martis Haus.

«Mir geht Oliver nicht aus dem Kopf. Wo wollte er mitten in der Nacht hin?»

«Vielleicht war etwas mit Ritas Baby, und sie sind ins Spital gefahren», sagte Joel.

«Rita habe ich gesehen, als ich nach Hause kam. Sie leerte den Briefkasten. Ihrer Kleidung nach zu urteilen, war sie arbeiten.»

«In dem Fall war er doch geschäftlich weg.»

Hand in Hand schlenderten sie die Strasse entlang.

«Das muss ein kurzer Kundenbesuch gewesen sein, wenn er am Nachmittag zurück ist und im Garten arbeitet. So verschmiert, wie er aussah, war er bereits länger beschäftigt.» Samantha blieb vor Martis Garten stehen, als ihr der Erdhaufen mitten auf der Wiese auffiel. «Was machen die überhaupt?»

«Rita hat mir vor einigen Tagen erzählt, sie wollten zum Nachbarn terrassierte Beete machen.» Joel deutete auf den Garten.

Samantha erkannte die übereinandergeschichteten Kalksteine. Die Beete schienen fertig zu sein, und die Pflanzen in den Töpfen, die davorstanden, warteten offenbar darauf, gepflanzt zu werden. Samantha erinnerte sich, wie Rita vor längerer Zeit von Gartenumgestaltung gesprochen hatte. Sie wollten einiges selbst machen, um Kosten zu sparen. Die Offerte des Gärtners war ihnen zu teuer gewesen.

«Was gibt das?», fragte Samantha und deutete auf zwei Löcher, die je einen Durchmesser von zwei bis drei Metern hatten und sich mitten in der Wiese befanden. Die beiden waren neu. Anhand des Erdhaufens daneben mussten die Löcher recht tief sein. Neben einem der Haufen steckte der Spaten im Boden. Einige Schritte weiter erkannte Samantha an zwei Stellen leichte Hügel in der Wiese mit einem ähnlichen Durchmesser, als ob dort Löcher zugeschüttet worden wären.

«Keine Ahnung», sagte Joel und nahm ihre Hand. «Einen Teich?»

«Wenn ich ein Kind erwarten würde, würde ich nicht gerade einen Teich anlegen.»

Sie setzten den Weg Richtung Seltisbergerstrasse fort. Als sie diese erreichten, folgten sie ihr bergauf.

«Du hast recht», sagte Joel. «Und ich würde nicht wahllos Löcher buddeln, um sie gleich darauf wieder zuzuschütten.»

Süsslicher Duft wehte zu ihnen. Samantha blieb stehen und schnupperte. «Irgendwas blüht hier», sagte sie und sah sich um. Diese unmittelbar auftauchenden Duftwolken liebte Samantha besonders am Frühling. Sie entdeckte die Quelle und trat an einen Busch mit kugelförmigen weissen Blüten, dessen Ast über den Zaun hing. Sie roch daran. «Himmlisch», seufzte sie.

«Die ganze Sache mit Josefina macht keinen Sinn», sagte Joel. Samantha schaute ihn verwundert wegen dieses Gedankensprungs an. «Diese Kombination von Floristin, IT-Fachfrau und Kosmetikerin passt nicht zusammen.»

«Ich finde ihren Werdegang auch speziell», sagte sie und überquerte neben Joel die Strasse. «Heute ist dies allerdings ausbildungstechnisch möglich. Ich kenne einige, die heute einen ganz anderen Beruf ausüben als den, den sie zuerst erlernt hatten, weil sie entweder in ihrem gelernten Job keine Anstellung mehr fanden oder weil sie dem Wunsch nachgingen und in ihren Traumberuf wechselten. So wie es offenbar Josefina getan hat. Obwohl ich dir zustimmen muss, diese Kombination ist speziell.»

«Ich frage mich, wieso sie im Keller war. Ist sie vor dem Täter geflohen?», sagte Joel.

«Ausgerechnet in den Keller?», fragte Samantha zurück. «Ich

wäre an ihrer Stelle aus dem Haus gerannt. Sie könnte dort unten gewesen sein und zum Beispiel die Wäsche aufgehängt haben, als der Täter ins Haus kam.»

Sie bogen links ab. Seit sie von zu Hause losgezogen waren, war ihnen keine Person begegnet. Durch einzelne erleuchtete Fenster sah Samantha die Bewohner. Einige sassen am Tisch und assen zu Nacht. Andere schauten fern. Die Büsche und Bäume auf der rechten Seite hatten erste hellgrüne Blätter, soweit Samantha es in der Dunkelheit erkennen konnte. Von den Gärten wehte hin und wieder eine neue Duftwolke zu ihnen. Obwohl es inzwischen halb zehn war, war die Luft mild – fast wie in einer Sommernacht.

Sie folgten dem Strassenverlauf hangaufwärts und erreichten wieder die Seltisbergerstrasse.

«Du meinst, der Täter ist in den Keller gegangen, weil er sie dort unten gehört hat, als sie die Wäsche aufhängte?»

«Ja», erwiderte Samantha.

«Dann wäre es vorsätzlicher Mord gewesen.»

«Wieso?»

«Er hätte die Kellertür abschliessen können und danach nach dem suchen, was der Grund für seinen Einbruch war.»

«Josefina hätte durch das Kellerfenster über den Schacht ins Freie fliehen können, um Hilfe zu holen.»

«Hm», war alles, was Joel dazu sagte.

«Warum die Verwüstungen im Haus?», fuhr Samantha fort. «Das sah nicht nach Kampf aus, sondern als habe jemand alles gründlich durchsucht. Zumindest im ersten Stock.»

«Es passt alles nicht zusammen», stimmte Joel ihr zu. «Ich frage mich die ganze Zeit, ob Josefina ein Zufallsopfer war oder ob der Täter sie bewusst ausgesucht hat.»

VIER

«Grüezi, Frau Gyger.»

Samantha brauchte einen Augenblick, bis sie realisierte, dass sie gemeint war. Sie richtete sich auf und klopfte die Erde von ihrer Jeans. Vor ihr stand Kurt Dobler.

«Kälin», sagte sie. Das klang barsch, obwohl sie es nicht beabsichtigt hatte. Sie überlegte, was sie sagen konnte, um ihre Reaktion abzuschwächen. Das Wetter schien ihr zu banal.

Kurt Dobler trat von einem Bein auf das andere, als wisse er nicht, wie er reagieren sollte. «Das Unkraut spriesst gut», sagte er und deutete auf das Beet neben dem Weg, der zu Joels Haustür führte.

Obwohl Samantha keinen grünen Daumen hatte, hatte sie im vergangenen Jahr einige Versuche unternommen, Joels Garten zu verschönern. Die Kräuter in den Kübeln auf der Terrasse und die Polsterpflanzen in dem Beet neben dem Weg hatten überlebt und einen kleinen grünen Teppich gebildet, der an einzelnen Stellen zu blühen begann. Sogar die Tulpen, Osterglocken und Hyazinthen, deren Zwiebeln sie im vergangenen Herbst in die Erde gesetzt hatten, hatten beschlossen, ihre Mühe zu belohnen und zu blühen. Aber auch dem Unkraut gefiel es, und Samantha hatte sich heute Abend aufgerafft zu jäten, bis Joel heimkam. Sie hatte sogar extra früher Feierabend gemacht.

Samantha warf einen Blick zum Kübel, dessen Boden inzwischen mit Gräsern und Pflänzchen bedeckt war, die von Samantha als Unkraut definiert worden waren und ihrer Ansicht nach nichts in dem Beet zu suchen hatten. Diese Arbeit würde es nie auf die Liste ihrer Lieblingsbeschäftigungen schaffen.

«Ja, das Unkraut wächst schneller als alles andere», erwiderte sie.

«Josefina hat sich nichts aus Gartenarbeit gemacht.»

Das war offensichtlich. Der Streifen Erde neben dem Weg, der zu Josefinas Haus führte, war mit Gras überwuchert. Die

Büsche sahen aus, als seien sie länger nicht zurechtgeschnitten worden. Einige ihrer Äste ragten über den Weg, und einzelne waren abgebrochen von dem ungewöhnlich vielen Schnee, den es in der ersten Januarhälfte gegeben hatte.

«Wenn ich wüsste, was ich mit Josefinas Sachen machen soll. Ich muss das Haus geräumt bekommen, aber es übersteigt meine Kräfte. Körperlich wie psychisch.»

Verstohlen musterte sie den Mann. Er musste Ende siebzig sein und machte einen zerbrechlichen Eindruck. Sie konnte gut nachvollziehen, dass die Räumung von Josefinas Haus eine Herkulesaufgabe für ihn war. Sie wusste nicht, wann der Kündigungstermin war, aber sie nahm an, es eile nicht. Trotzdem war es nachvollziehbar, wenn er es so rasch wie möglich erledigt haben wollte.

Samantha war sich unklar, wie sie mit der Offenheit umgehen sollte. Immerhin kannte sie den Mann nicht. Am Ostersonntag, vor drei Tagen, hatte sie ihn zum ersten Mal getroffen. Es wunderte sie, dass er zu ihr herübergekommen war. Wahrscheinlich brauchte er jemanden zum Reden.

«Es gibt solche Unternehmen, die Räumungen übernehmen», sagte Samantha vorsichtig und dachte daran, wie sie vor dem gleichen Problem gestanden war, als sie das Haus ihrer Adoptiveltern nach deren Ermordung hatte räumen müssen.

«Die schmeissen alles fort, und das wäre schade.»

«Es gibt gemeinnützige Organisationen, die Möbel an Bedürftige weitergeben.»

«Das wäre sicher in Josefinas Sinn.» Kurz hellte sich sein Gesicht auf.

«Vorher suchen Sie sich das heraus, was Sie von Ihrer Tochter behalten wollen.»

«Das wäre eventuell eine Lösung. Dazu muss ich aber in das Haus.»

«Dürfen Sie das? Ich meine, hat die Polizei es freigegeben?»

Samantha dachte an Nussbaum, wie ärgerlich er gewesen war, weil das polizeiliche Siegel abgenommen worden und offenbar jemand im Haus gewesen war. War es Josefinas Vater gewesen?

Nach wie vor konnte sie sich keinen Grund vorstellen, warum er nachts mit einer Taschenlampe durch das Haus geistern sollte.

«Sie haben mir heute Morgen Bescheid gegeben, ich dürfe rein. Den Vermieter habe ich über Josefinas ... Tod informiert. Er war alles andere als angetan und hat Angst, es könnte abschrecken, und er werde keinen neuen Mieter finden. Er bat mich, das Haus so schnell wie möglich zu räumen und zu putzen. Der nächste Kündigungstermin ist Ende April. Wenn ich den verpasse, muss ich drei Monate bis zum nächsten warten. So lange möchte ich keine Miete zahlen.» Sein Adamsapfel hüpfte auf und ab, als er schluckte. «Er möchte schnell einen Nachmieter finden. Er werde sich mit mir wegen des Stichtages in Verbindung setzen, an dem alles seine Ordnung haben muss.»

Obwohl Samantha die Bedenken des Vermieters nachvollziehen konnte, klang es wenig einfühlsam, sofern er das so gesagt hatte, wie Kurt Dobler berichtete.

Kurt Dobler holte einen Schlüssel hervor und liess ihn von der rechten in die linke Hand gleiten. «Ich habe Angst. Ich verkrafte es nicht, wenn ich da allein reingehe.» Schweissperlen sammelten sich an der Stirn, und sein Gesicht war blass geworden.

«Soll ich Sie begleiten?» Der Satz war heraus, bevor Samantha ihn zu Ende gedacht hatte.

Doblers Gesicht hellte sich für einen kurzen Augenblick auf. Er musste auf ihr Angebot gehofft haben.

«Das würden Sie tun?»

Ein Rückzieher wäre alles andere als höflich gewesen. Samantha folgte ihm, obwohl sie das Haus lieber nie mehr betreten hätte.

Kurt Dobler schloss die Tür auf. Er atmete geräuschvoll ein, als er das Chaos erblickte, das im Haus herrschte. Offenbar betrat er das Haus zum ersten Mal, seitdem er Josefina gefunden hatte. Er schwankte und stützte sich an der Wand ab.

Hoffentlich erleidet er keinen Schwächeanfall, dachte Samantha und beschloss, in seiner Nähe zu bleiben.

Es roch muffig, und es war kühl. Samantha folgte ihm ins Wohnzimmer. Die Sonnenstrahlen, die durch die Fenster in den

Raum fielen, erhellten ihn nicht richtig, was an den dunklen Möbeln und dem dunklen Plattenboden liegen musste. Die schweren weinroten Vorhänge waren halb zugezogen. Diese Einrichtung passte nicht zu einer Frau Anfang dreissig.

Samantha musste an David denken. Zu ihm passte sie ebenfalls nicht. War das Haus bereits so eingerichtet gewesen, als er hier gewohnt hatte, oder hatte Josefina nach seinem Auszug neue Möbel gekauft?

Die Türen des Buffets waren aufgerissen und der Inhalt herausgefegt worden. Weingläser lagen zerbrochen auf dem Boden. Servietten waren durch den ganzen Raum verteilt. DVDs lagen verstreut. Stühle waren umgekippt.

«So unordentlich war Josefina nicht», sagte Kurt Dobler und stiess mit dem Fuss ein Buch zur Seite.

Hatte die Polizei ihn nicht vorbereitet, was er antreffen würde, wenn er das Haus betrat? Bestimmt hatte die Spurensicherung bei ihren Untersuchungen das Chaos vergrössert. Sie hätten ihm sagen müssen, wie der oder die Täter gewütet hatten. Andererseits musste er das Chaos am Ostersonntag gesehen haben. Samantha ging nicht davon aus, dass er als Erstes in den Keller gegangen war.

Kurt Dobler stellte einen Stuhl auf und liess sich daraufsinken. Seine Hand zitterte, als er sich über das Gesicht fuhr. Es war keine gute Idee gewesen, ihn das Haus betreten zu lassen. Eine andere Wahl hatte er jedoch nicht. Wenn er das Haus Ende April kündigen und bis dahin räumen musste, musste er sich dem früher oder später stellen.

Samantha durchquerte den Raum und bemühte sich, nirgends draufzutreten. Sie öffnete die Terrassentür. Mit Blütenduft geschwängerte Luft wehte ins Innere.

«Möchten Sie etwas zu trinken?»

«Gerne.» Er war kaum zu verstehen.

Samantha bahnte sich einen Weg in die Küche. Hier sah es aus, als ob eine Bombe eingeschlagen hätte. Zerbrochenes Geschirr war überall verteilt. Samantha dachte an die obere Etage, die sie inspiziert hatte, als sie mit Joel nach Josefina gesucht hatte. Erneut tauchte die Frage auf, die sie sich mehrmals gestellt hatte. Wer jagte eine alleinstehende Frau durch ihr Haus, erschlug sie im Keller und verwüstete alles?

Samantha fand zwei Gläser, die heil geblieben waren, und füllte sie mit Leitungswasser. Sie kehrte ins Wohnzimmer zurück und setzte sich Kurt Dobler gegenüber. Er nippte an dem Glas.

«Als die Polizei mich fragte, ob ich mir vorstellen könnte, wer meiner Tochter das angetan hat, kam mir nur David in den Sinn.»

«David Gerber?»

«Ja, ihr Ex-Freund, wie man das heute nennt. Kennen Sie ihn?» Das klang, als hielte er das für abwegig.

«Er arbeitet in der gleichen Firma wie ich.»

«In dem Fall muss ich nichts erklären.»

Samantha zog es vor, zu schweigen und ihm nicht zu sagen, dass David ein netter und freundlicher Kollege war.

«Als sie ihn mir damals vorgestellt hatte, hatte ich ein ungutes Gefühl», sagte Kurt Dobler nach einigen Sekunden Schweigen.

«Soweit ich weiss, hat er geheiratet und eine Tochter», sagte Samantha.

«Geheiratet stimmt nicht. Er lebt mit ihr zusammen. Es wundert mich, dass er bei dem Flittchen geblieben ist und sich nicht davongemacht hat wie bei Josefina, nachdem er von ihrer Schwangerschaft erfahren hatte.»

Moment, hatte sie das richtig verstanden? «Josefina war schwanger?»

Davon hatte David nichts gesagt. Hatte er nichts von der Schwangerschaft gewusst?

«Sie hat das Kind drei oder vier Wochen nach der Trennung verloren», fuhr Kurt Dobler fort. «Wobei ich inzwischen sicher bin, David hat nachgeholfen, damit er keine Alimente zahlen muss.»

Nachgeholfen, wiederholte Samantha im Kopf. Wie sollte David das angestellt haben? Hatte er sie zur Abtreibung gezwungen? Sie konnte sich nicht vorstellen, dass er ihr etwas ins Essen gemischt hätte, das einen Abort zur Folge gehabt hätte.

Samantha sah ihren Kollegen vor sich. Das, was Josefinas Vater durchklingen liess, konnte sie nicht mit dem David, den sie kannte, in Verbindung bringen.

«Ich war dagegen, als sie damals zusammenziehen wollten. Das ging in meinen Augen zu schnell. Aber Josefina war bis über beide Ohren verliebt. Ich versuchte ihr nicht dreinzureden, da ich meine Kleine glücklich sehen wollte. Nach einem Jahr begannen die Probleme. Josefina sagte, er würde sie betrügen. Als sie ihm sagte, ein Kind zu erwarten, unterstellte er ihr, sie habe es von einem anderen. Es gab eine Menge unschöner Szenen, und ich hatte mehr als einmal Angst um meine Kleine. Sie habe es im Griff, hat sie mir regelmässig beteuert. Ich solle mich nicht einmischen.» Er fuhr mit dem Finger über den Rand des Glases. «Es ist für mich eindeutig. David hat bei seinen Unterstellungen von sich auf andere geschlossen. Josefina war die treuste Seele, die es gibt.»

Wirklich, dachte Samantha. Trennungen hatten häufig die Tendenz, unschön zu werden, indem jeder dem anderen böse Absichten unterstellte und die Schuld am Scheitern der Beziehung gab. Gab es nicht eine einfache Erklärung? Josefina und David hatten sich auseinandergelebt, und jeder war seinen eigenen Weg gegangen. Hatte Josefina jemanden kennengelernt? Soweit Samantha wusste, lebte sie allein in diesem Haus, und wenn sie Joel richtig verstanden hatte, gab es keinen Mann in ihrem Leben. Das musste nichts heissen. Sie konnte sich inzwischen auch wieder von Davids Nachfolger getrennt haben.

«Die Trennung und der Verlust des Babys haben sie in ein tiefes seelisches Loch katapultiert. Nach der Trennung wollte sie ihre Ruhe haben. Sie hat sich immer mehr abgekapselt», sagte Kurt Dobler, und Samantha realisierte, dass er weitergesprochen hatte. «Sie hat sich von ihren Freunden zurückgezogen und verabredete sich nicht mehr. Wenn ich sie darauf ansprach, wurde sie aufbrausend.» Er stand auf und trat ans Fenster. «Als sie die Ausbildung zur Kosmetikerin absolvierte und ihr Kosmetikstudio eröffnete, habe ich Hoffnung geschöpft, sie sei über den Berg und habe den Mut zu einem Neuanfang gefasst. Und nun das.» Seine Schultern hoben und senkten sich, als habe er Mühe mit dem Atmen. «Nach aussen erscheint David freundlich, aber er ist nur auf seine Vorteile bedacht. Er muss ihr das Leben zur Hölle gemacht haben. Nicht nur während der Trennung, sondern auch später.»

***

«Hast du etwas von den Streitereien mitbekommen?», fragte Samantha Joel, nachdem sie von dem Gespräch mit Kurt Dobler erzählt hatte. Joel sass auf dem Sofa. Samantha hatte sich hingelegt und ihren Kopf auf Joels Schoss platziert. Er fuhr mit dem Zeigefinger ihre Augenbrauen nach.

«Das muss alles gewesen sein, bevor ich hier einzog», sagte Joel. «Zu diesem Zeitpunkt wohnte sie allein. Josefina war zurückhaltend mir gegenüber. Mehr als Small Talk gab es nicht. Du kannst besser beurteilen, wie wahrscheinlich Kurt Doblers Beschuldigungen sind.»

«Für mich ist David ein netter Kollege. Ich kenne ihn nicht näher. Doch ich kann mir nicht vorstellen, dass es stimmt, was Josefinas Vater über ihn sagt.»

«So krass, wie er es schildert, wird es nicht sein. Wahrscheinlich wird ein Funken Wahrheit drinstecken. Ich denke, er nimmt ihm die Trennung übel, oder David ist sein Sündenbock, weil es mit Josefina und ihm nicht geklappt hat.»

«Du meinst, er braucht jemanden, dem er die Schuld geben kann, damit es leichter für ihn wird?»

«So in etwa. Ich kann es sogar nachvollziehen. Kurt steht allein da. Damit hat er vermutlich nie gerechnet.» Joels Finger verharrte zwischen Samanthas Augenbrauen. «Ich glaube, so zurückgezogen war Josefina nicht, wie ihr Vater es angedeutet hat. Sie muss einige Bekannte gehabt haben. Hin und wieder stand ein Auto in ihrer Einfahrt. Und vor einigen Wochen wurde ich von einem Mann gefragt, wo Josefina Dobler wohne.»

«Du meinst, sie hatte einen neuen Freund?»

«Na ja, er war bestimmt fünfzehn Jahre älter als sie.»

«Das ist kein Kriterium.»

«Auch wahr. Allerdings waren es verschiedene Autos, die in der Einfahrt gestanden waren.»

Das war ihm aufgefallen? Obwohl, da Joel es ansprach, meinte sie sich zu erinnern, ab und an einen Wagen vor Josefinas Haus gesehen zu haben. Aber Samantha hatte nicht darauf geachtet, ob es immer der gleiche gewesen war. Und ob die Fahrer bei Josefina zu Besuch waren oder nur der Wagen dort geparkt war.

«Meinst du, die Polizei hat Kenntnis von einem Freund oder den Bekannten, die Josefina besucht haben?»

«Ich gehe davon aus, aber ich werde Herrn Nussbaum morgen darauf ansprechen.»

FÜNF

«Danke, dass du mitkommst», sagte David.

«Das mache ich gerne», erwiderte Samantha und fragte sich gleichzeitig, warum sie sich dazu hatte überreden lassen.

Wiederholt hatte sie an das denken müssen, was Kurt Dobler ihr über David erzählt hatte. Sie konnte es nach wie vor nicht mit diesem Mann in Einklang bringen.

Kurz hatte sie erwogen, David auf die Vorwürfe anzusprechen, hatte es am Ende lieber sein gelassen. Sie wollte ihr gutes kollegiales Verhältnis nicht aufs Spiel setzen. Trotzdem hätte sie zu gerne gewusst, ob an den Vorwürfen etwas dran war oder ob sie nur aus Kurt Doblers Wut resultierten. Vermutlich war dies herauszufinden der Grund, weshalb sie zugesagt hatte, David in der Mittagspause zu Josefinas Kosmetikstudio zwecks Bestandesaufnahme zu begleiten.

Unterwegs hatten sie ein Sandwich gekauft. Samantha musste sich eingestehen, den Spaziergang bei dem schönen frühsommerlich anmutenden Wetter zu geniessen.

«Wieso machst du das?», fragte Samantha.

«Kurt hat mich darum gebeten.»

Diese Aussage versetzte Samantha in Erstaunen. Warum bat Kurt ausgerechnet David, in Josefinas Studio zu gehen? Das passte nicht zu dem gestrigen Gespräch mit ihm. Er hatte David unterstellt, Josefina getötet zu haben. Stimmte das nicht, was Kurt von David behauptete, oder log David? Falsche Behauptungen … Das passte zu keinem von beiden. Samantha äusserte sich nicht dazu.

Sie gingen die Rathausstrasse entlang Richtung Törli. Der Sonnenschein hatte viele Leute vor die Türen gelockt, die entweder an den Schaufenstern entlangflanierten oder sich einen Kaffee oder einen Imbiss in einem der Restaurants gönnten, die ihre Tische draussen aufgestellt hatten. Sie näherten sich dem roten, mit Malereien verzierten Rathaus. Die Stimmung war friedlich.

Nichts war von der nächtlichen Attacke von Dienstagabend zu erkennen.

David blieb vor dem Studio stehen und kramte in seiner Hosentasche. «Wo ist dieser verflixte Schlüssel?», brummte er und klopfte die Taschen seines Kittels ab.

Samantha warf einen Blick in die Schaufenster des Nachbargeschäfts. Ringe, Ketten, Armbänder und Kettenanhänger lagen in den Vitrinen. Samantha trat dichter an das Fenster heran. Das sah nicht nach Nullachtfünfzehn-Schmuck aus. Jedes schien ein von Hand gefertigtes Einzelstück zu sein.

«Chiaras Schmuckstücke sind wahre Kunstwerke», sagte David.

«Ich war oft im Stedtli, aber der Laden ist mir bis anhin nie aufgefallen.» Samantha las den goldenen Schriftzug, der am Schaufenster aufgeklebt war: «Chiaras Goldstube».

«Beide Läden sind nicht besonders gross», sagte David und deutete abwechselnd auf Josefinas Studio und Chiaras Goldschmiede. «Früher war hier ein Metzger drin, wenn ich mich richtig erinnere. Nachdem der vor einigen Jahren dichtgemacht hat, hat der Eigentümer den Laden geteilt.»

«Daraus sind das Kosmetikstudio und der Goldschmiedeladen entstanden?», fragte Samantha.

«Genau. Soviel ich weiss, war Josefina froh, eine kleine Fläche mieten zu können. Ihr Startkapital war nicht gross.»

«Wart ihr zu diesem Zeitpunkt noch zusammen?», wagte Samantha einen Vorstoss.

«Nein. Unsere Trennung liegt länger zurück. Das heisst aber nicht, dass wir keinen Kontakt mehr hatten. Schliesslich sind wir nicht im Streit auseinandergegangen, sondern hatten uns einfach auseinandergelebt.»

Das wich deutlich von der Schilderung von Josefinas Vater ab. Wieder keimte die Frage auf, wer hier log. Oder log keiner, und es waren einfach verschiedene Ansichten der Situation? Wusste David, was Josefinas Vater von ihm hielt?

«Josefina hatte die Idee schon länger. Ich fand das Ganze schräg. Eine Informatikerin, die auf Kosmetikerin umsattelt.

Manchmal waren ihre Ideen schwer nachvollziehbar. Sie wolle sich selbst verwirklichen, hat sie mir damals erklärt. Sie wolle nicht nur mit Geräten ihren Tag verbringen, sondern mit Menschen direkt zu tun haben.»

«Als Informatikerin ist man nicht unbedingt abgeschottet und hat nur mit Maschinen zu tun», sagte Samantha. «Du hast schliesslich mit uns Kontakt.»

«Josefina arbeitete beim Helpdesk eines Websitenproviders. Dort hatte sie zwar Kundenkontakt, aber das reichte ihr nicht. Sie wollte mit den Menschen von Angesicht zu Angesicht arbeiten. So kam sie auf die Idee mit dem Kosmetikstudio. Es könnte an ihrer Mutter gelegen haben. Die hatte, glaube ich, auch ein Kosmetikstudio. Josefina hat alles durchgezogen, was sie sich in den Kopf gesetzt hat. Soweit ich das mitbekommen habe, ist sie richtig aufgeblüht, nachdem sie das Studio eröffnet hatte. Es hat ihr gutgetan.»

Das liess sich für Samantha mit dem Bild, das sie von Josefina hatte, schwer vereinbaren. Sie hatte Josefina als graue Maus empfunden. Wenn sie ihr begegnet war, war sie nicht geschminkt gewesen. Die Haare waren lieblos zu einem Rossschwanz gebunden. Sie trug Jeans und Schlabberpullis. Das Auftreten passte zu keiner Kosmetikerin. Samantha fragte sich, wie diese zurückhaltende, introvertierte Frau in einen Beruf gepasst hatte, in dem sie direkten Kundenkontakt hatte und auf eine gepflegte Erscheinung achten musste.

David hob seine Hand, an dessen Zeigefinger ein Schlüssel baumelte. Samantha fragte sich, woher er den Schlüssel hatte. Hatte Kurt Dobler ihn ihm gegeben?

Er schloss die in Holz eingefasste Glastür auf. Glöckchen klingelten, als er sie aufstiess. Samantha betrat hinter ihm den länglichen Raum, der nicht mehr als drei oder vier Meter breit war. Ein süssliches Duftgemisch schlug ihr entgegen.

Die Glöckchen bimmelten ein weiteres Mal, als David die Tür schloss.

Samantha sah sich um. Der Boden war mit sandfarbenen Platten belegt. Die Wände waren weiss gestrichen. Auf der einen Seite stand ein dunkler Holztisch. Über ihm war ein runder Spiegel mit goldenem Rahmen aufgehängt. Vor dem Tisch stand eine beige Kosmetikliege, die in halb liegender Position eingestellt war, mit einem runden Hocker, der vier Rollen besass, und einer verstellbaren Stehlampe daneben. Auf der gegenüberliegenden Seite befand sich eine schmale, halbhohe Kommode mit diversen Schubladen, die farblich zum Tisch passte. Eine weisse Schale, die mit Rosenblättern gefüllt war, und mehrere kleine Tuben, Flaschen und Dosen standen säuberlich aufgereiht darauf. An der Wand über der Kommode stand «Carpe diem» in einem braunen, schnörkligen Schriftzug.

Vor dem grossen Fenster, das zur Strasse zeigte, waren zwei moderne Sessel in der gleichen Farbe wie die Liege mit einem runden Glastischchen dazwischen, auf dem eine Sukkulente stand. David trat zum Fenster und zog den weissen Vorhang ein Stück zur Seite.

Die Einrichtung des Studios stand im völligen Gegensatz zu dem Einrichtungsstil, den Samantha in Josefinas Haus vorgefunden hatte.

Der hintere Teil des Raumes war mit einer spanischen Wand aus Holz abgetrennt. David verschwand dahinter. Zögernd folgte Samantha ihm. Die Rückwand war mit Sandstein nachempfundenen Plättli belegt. An der linken Seite hatte es ein Lavabo, und gegenüber befand sich ein weiss lasierter Schrank, der auf rustikal getrimmt war.

David zog einen weissen Vorhang zur Seite und gab somit den Blick auf einen Hinterraum frei. Auf Regalen standen weitere Flaschen, Tuben und Dosen. In einzelnen erkannte Samantha Produkte von Amry Cosmetics. In einem Schrank mit gläsernen Türen waren Schminkutensilien wie Lippenstifte, Lidschatten, Mascara und andere Tuben und Tiegel aufgereiht. Neben dem Schrank stand ein Tischchen mit einer Kaffeemaschine, und darunter befand sich ein kleiner Kühlschrank. Neben dem Tischchen führte eine Tür zum WC.

David stand unschlüssig mitten im Raum.

«Was machen wir hier genau?», fragte Samantha, die sich nach wie vor nicht klar war, was David mit «eine Bestandesaufnahme machen» gemeint hatte. «Dürfen wir hier überhaupt rein?»

«Wieso nicht?»

«Hat die Polizei nichts dagegen?» Statt einer Antwort erhielt Samantha einen fragenden Blick. «Haben sie das Studio nicht untersucht?»

«Es wurde inzwischen freigegeben.»

Samantha wunderte sich, wie sauber es war. Die Spurensicherung würde nicht putzen, wenn sie ihre Untersuchungen beendet hatte, nahm sie an. Überhaupt erinnerte nichts daran, dass hier jemand gewesen war. Alles sah aus, wie Josefina es vermutlich vor Ostern zurückgelassen hatte.

«Unsere Nachbarin kennt jemanden, der alles übernehmen würde», sagte David in die Stille hinein.

«Übernehmen?»

«Sie kennt jemanden, der jemanden kennt, der wiederum von einer Frau weiss, die sich gerne als Kosmetikerin selbstständig machen würde.»

«Was?» Samantha brauchte einen Moment, bis sie die Information im Kopf sortiert hatte. «Du willst das so kurz nach Josefinas Tod in die Wege leiten?»

«Wieso nicht?» Er funkelte sie an. «Ist das etwa verboten? Es kostet nur und wäre für alle Beteiligten die beste Lösung.»

War das nicht die Aufgabe von Kurt Dobler? David gehörte schliesslich nicht zu Josefinas Angehörigen und konnte, wenn überhaupt, nur als Bekannter durchgehen. Einen Nachlass zu verwalten war definitiv nicht die Aufgabe von Bekannten.

«Kurt bat mich, das zu übernehmen», erinnerte David sie, als ahne er, was Samantha dachte.

Nach wie vor konnte Samantha sich das nicht vorstellen. Diese Familie war ihr ein Rätsel. Ein Widerspruch folgte dem nächsten.

«Er muss sich um das Haus kümmern und ist damit total überfordert.» Das bestätigte Samanthas Eindruck von gestern. «Ich habe keine Ahnung, wie viel ich für das Inventar verlangen soll.» Er verschränkte die Arme vor der Brust und liess seinen Blick durch den Raum wandern. Es lag etwas Abschätziges darin.

«Ich werde entsprechende Erkundigungen einziehen müssen. Schliesslich sollte das Gerüm… nichts unter dem Wert verkauft werden.»

Hatte er Gerümpel sagen wollen?

Davids Gesicht verzog sich zu einem Lächeln. Entschuldigend, wie es schien. «Kurt kann das Geld gut gebrauchen. Also muss ich aus dem hier möglichst viel herausschlagen.»

Samantha war erstaunt, wie schnell David zur Tagesordnung überging. Als sie sich auf den Weg gemacht hatten, war er niedergeschlagen über den Tod seiner Ex gewesen, und sozusagen keine Minute später liess er den knallharten Geschäftsmann heraushängen.

«Josefinas Vater muss ein Mitspracherecht haben, was den Preis betrifft.»

«Der hat, wie gesagt, mit der Hausräumung genügend am Hals und ist erleichtert, wenn er hiermit nichts zu tun hat.» Seine Handbewegung schloss das gesamte Studio ein. «Weisst du, Josefina hatte gegen Ende unserer Beziehung messiehafte Züge entwickelt. Das war unter anderem ein Grund, weshalb wir uns getrennt hatten. Ich möchte nicht an Kurts Stelle sein und das alles auflösen müssen.»

Samantha dachte an das Chaos in Josefinas Haus. Es stand im deutlichen Kontrast zu dem aufgeräumten Studio. Sie hatte aber nicht das Gefühl gehabt, einen Messie-Haushalt zu betreten. Die Unordnung führte sie auf den Vandalismus von Josefinas Mörder zurück.

«Was meinst du, was ist das alles wert?», fragte David.

«Keine Ahnung. Weder weiss ich, was die Möbel, die Geräte und die Spezialeinrichtung», sie deutete auf die Liege, «für einen Wert haben, noch habe ich Ahnung von Kosmetik.»

«Du arbeitest in einer Kosmetikfirma!», rief David.

«Genau wie du. Ich weiss nicht automatisch, wie viel das Endprodukt wert ist, wenn es sich in einem Kosmetikstudio befindet. Von dem ganzen Schminkzeug zu schweigen.» Hatte David sie dabeihaben wollen, weil er sich von ihr diese Informationen erhofft hatte?

Die Glöckchen bimmelten und unterbrachen somit zu Samanthas Erleichterung das Gespräch, dessen sich entwickelnde Eigendynamik ihr nicht behagte.

«Hallo?», fragte eine Frauenstimme.

«Es ist geschlossen», knurrte David und umrundete die spanische Wand. «Oh, Chiara.»

«Ciao, Davide.»

Die Frau, die vor dem Tisch stand, war kleiner als Samantha, was selten vorkam. Sie musste unter einem Meter sechzig sein und war in Samanthas Alter. Ihr gekraustes, schwarzes, schulterlanges Haar trug sie offen, und es stand wie eine Löwenmähne um ihren Kopf. Ihre fast schwarzen Augen blitzten.

«*Chi è questa?*» Sie deutete auf Samantha.

«Das ist Samantha, meine Arbeitskollegin. Ich habe sie als Unterstützung mitgenommen. Samantha, das ist Chiara Tomasi. Sie ist die Goldschmiedin von nebenan.»

«Es tut mir leid, was mit deiner … mit Josefina passiert ist.» Sie sprach einen Mix aus Schriftdeutsch und Baselbieter Dialekt mit einer grossen Portion italienschen Akzents.

«Danke.» David senkte den Kopf und sah auf einmal so am Boden zerstört aus, wie als er Samantha erzählt hatte, dass Josefina seine Ex war. Chamäleonartiges Verhalten, schoss es Samantha durch den Kopf. Sie fühlte sich in seiner Gegenwart zunehmend unwohl.

«Zum Glück seid ihr es und keine Einbrecher oder Typen, die mit ihrer Pistole herumfuchteln.»

«Warst du etwa hier, als das passiert ist? Am Dienstagabend?»

«*Sì.* Ich wollte etwas für den nächsten Tag vorbereiten, als da draussen die Hölle losbrach. Aber lasst uns *un caffè* trinken. Das ist gemütlicher, als hier herumzustehen.» Sie rieb über ihre Oberarme, als fröstle sie.

«Chiara stammt aus Süditalien», sagte David, als sie um den kleinen runden Tisch Platz nahmen.

Der Raum war geschmackvoll eingerichtet und mit einem dunklen Holzboden ausgelegt. Vor dem Schaufenster und hinter der Vitrine stand der runde Tisch, an dem sie sassen. Er bestand aus einer grossen, waagerecht herausgesägten Platte eines Baumstammes, die nur geölt war. Deutlich konnte Samantha die Jahresringe erkennen. Daneben stand ein länglicher Tisch, bei dem es sich ebenfalls um eine herausgesägte Baumplatte handelte. Sockel mit Vitrinen reihten sich rechts und links davon an. Im hinteren Teil des Raumes musste sich Chiaras Atelier befinden. Von hier konnte Samantha eine Werkbank mit diversen Werkzeugen erkennen.

Chiara stellte drei Espressotassen auf den Tisch und setzte sich zu ihnen. «Sicilia, um genau zu sein. Wir kamen in die Schweiz, als ich ein Baby war, und wohnten in Locarno. Als ich vierzehn Jahre alt war, zogen wir nach Liestal.»

«Das muss eine Umstellung gewesen sein», sagte Samantha. Sie trank einen Schluck, obwohl Espresso nicht zu ihren bevorzugten Kaffeegetränken gehörte. Sie empfand ihn meistens als zu stark und zu bitter. Aber dieser erstaunte sie. So feinen Espresso hatte sie noch nie getrunken. Sie fragte sich, wie Chiara es geschafft hatte, diese feine, leicht süsse Crema hinzubekommen.

«Du sagst es», sagte Chiara. «Ich konnte kein Deutsch, und diese Sprache ist eine riesige Katastrophe. Total schwer. *Questa grammatica è terribile.* Das nächste Problem war: Hier sprachen alle anders, als ich im Schulbuch lernte.»

Samantha brauchte einen Augenblick, bis sie verstand, dass Chiara auf das Schweizerdeutsch anspielte, und musste lachen.

«Nun habe ich dieses Kaudwalsch. Sagt man das so?»

«Kauderwelsch», half Samantha aus.

Zum Glück war diese energiegeladene Frau in Josefinas Studio gekommen und hatte sie von der bedrückenden Atmosphäre erlöst. Zumal Samantha nach wie vor nicht einordnen konnte, wie sie Davids Verhalten deuten sollte.

«So schlimm ist es nicht», sagte David und beugte sich vor. «Alle verstehen dich perfekt. Aber nun erzähl. Was war am Dienstag hier los.»

«Mamma mia!», rief Chiara und reckte die Hände in die Luft. «Wie in einem Agentenfilm. Ich habe gedacht, James Bond käme

jede Sekunde um die Ecke. Okay, ich übertreibe, aber es war wie im Film. Ich wollte gerade den Laden verlassen und habe das Licht gelöscht, als ich die beiden sah, wie sie zu Josefinas Studio gingen und hineinlinsten. Zunächst habe ich mir dabei nichts gedacht, bis ich die Vermummung der beiden realisierte. Einer von ihnen machte sich an der Tür zu schaffen. In dem Moment rief ein Polizist, sie sollten von der Tür wegkommen.»

«Ein Polizist?», unterbrach David sie.

«Ja, es waren zwei. Sie hatten eine Uniform an und patrouillierten durch das Stedtli. Gleich darauf schoss einer.»

«Einer der Polizisten?»

«Nein, einer der Männer. Der Polizist erwiderte das Feuer.»

«Wurde jemand verletzt?»

«Das habe ich nicht gesehen, da ich mich auf den Boden geworfen hatte. Ich glaube aber, es gab keine Verletzten, wie zuerst in den Medien stand. Die Männer konnten offenbar entkommen.»

«Männer? Du sagtest, die Personen waren vermummt.»

«Frauen schiessen nicht.»

Das stimmte in Samanthas Augen nicht ganz. Trotzdem musste sie Chiara in ihrer Annahme recht geben. Schusswaffen passten eher zu Männern.

«Die beiden waren gross und schlank, aber kräftig gebaut, soweit ich es gesehen habe. Von der Statur würde ich daher auf Männer tippen.»

«Was passierte danach?», fragte David. In seinen Augen glitzerte es.

«Da es die Anweisung gab, in den Häusern zu bleiben, habe ich eine unbequeme Nacht in meinem Atelier verbracht. Die ganze Nacht habe ich kein Auge zugetan, weil ich Angst hatte, die Männer könnten zurückkehren.»

«Weisst du, ob man sie inzwischen gefasst hat?», fragte David.

«Das habe ich gefragt, als ich heute Vormittag auf dem Polizeiposten war, um meine Aussage zu unterschreiben. Nein, sie haben die beiden Typen bis jetzt nicht gefasst.» Sie leerte ihren Espresso in einem Zug. «Ich muss euch leider rausschmeissen.

Ich erwarte einen Kunden und sollte vorher einen Ring fertigstellen.»

«Und wir sollten uns auf den Rückweg machen», sagte Samantha. Sie waren länger fortgeblieben als beabsichtigt.

Samantha betrat ihr Büro. Franz Ammann war glücklicherweise nicht da. Er hatte gesagt, er wolle nach dem Mittag vorbeikommen. Samantha liess sich ausser Atem auf ihren Stuhl fallen, stellte die Handtasche auf den Boden und loggte sich ein.

Sie war das letzte Stück zu Davids Erheiterung gerannt. Zwar hatte sie mit Franz einen angenehmen Vorgesetzten, aber auch ein Teddybär konnte knurren. Besonders wenn die Arbeitsleistung nicht stimmte. Er wollte das Unternehmen voranbringen und international Fuss fassen. Seine Erwartungen an das kleine Team waren daher hoch.

Sie öffnete Outlook und beugte sich vor, um die während ihrer Abwesenheit eingegangenen E-Mails zu überfliegen.

«Du bist zurück?»

Franz trat an ihren Tisch und blickte auf ihren Bildschirm.

«Entschuldige, diese lange Mittagspause war nicht geplant.»

«Ist David auch zurück?», fragte er.

«David?»

«Ihr wart zusammen weg, wenn ich das richtig mitbekommen habe.»

«Er wollte unbedingt in das Studio seiner verstorbenen Ex.»

«Warum hat er ausgerechnet dich mitgenommen?»

«Keine Ahnung. Ich nehme an, weil ich gerade in der Nähe war und er Mühe hatte, allein dort hinzugehen.»

Franz schloss die Tür und setzte sich auf den Rand von Samanthas Schreibtisch. Er schob seine Nickelbrille nach vorne und blickte sie über den Rand an. «Lass dich nicht in diese Angelegenheit mit reinziehen, Samantha.»

Die Eindringlichkeit, mit der er das sagte, erschreckte Samantha.

Zu spät, dachte sie. Ich stecke mittendrin, seit Joel und ich Josefinas Leiche im Keller gefunden haben.

Nach wie vor musterte Franz sie. Es war der Blick eines Vaters, der sich um das Wohlergehen seiner Tochter sorgte.

«Wieso?», fragte Samantha gedehnt.

«Ich schätze David, aber privat ist einiges im Argen. Seit er sich von Josefina getrennt hat, ist der Wurm drin. Wiederholt hat es Probleme gegeben. Besonders im letzten halben Jahr.»

«Probleme? Mit Josefina?»

«Ja. Im Einzelnen weiss ich nicht, was vorgefallen ist. Es geht mich nichts an, und ich halte mich vorzugsweise da raus, aber einmal hat sie ihm die Polizei auf den Hals gehetzt, wie ich gehört habe. Er habe sie gestalkt.»

Das passte besser zu Kurt Doblers negativer Einschätzung des Verhältnisses der beiden.

«David hat Frau und Kind. Warum sollte er seine Ex-Freundin stalken?»

«Familie muss nicht von fragwürdigen Aktionen abhalten. Der Vater seiner Ex hat ihn wegen Stalking angezeigt.»

«Das hat Josefina nicht selbst getan?»

Franz drehte seine Handinnenflächen nach oben. «Es ist vieles bei den beiden widersprüchlich. Sie haben sich gehasst, aber gleichzeitig geliebt. David hat den Schlussstrich gezogen, wie er gesagt hat. Wie sich das Ganze mit dem Stalking am Ende aufgelöst hat, weiss ich nicht. Wenn du mich fragst, war die Beziehung der beiden nach der Trennung nicht abgeschlossen.»

«Du meinst, er hatte ein Verhältnis mit seiner Ex-Freundin?»

«Verhältnis ist ein dehnbarer Begriff. Wie weit die beiden gegangen sind, weiss ich nicht, und es geht mich, wie gesagt, nichts an.»

Franz stand auf und ging zum Korpus, in dem sich Büromaterial und Ordner befanden. Er kehrte mit drei Döschen zurück, die Samantha bei ihrer Rückkehr bemerkt, aber dort gelassen hatte. Er stellte sie vor Samantha hin.

«Ich war vorhin im Labor. Nach den Beanstandungen der Probanden, unsere neue Antifaltencreme würde unangenehm riechen, nicht einziehen und eine weisse Schicht auf der Haut hinterlassen, hat Emma sie umformuliert. Sie hat mir diese drei verschiedenen Muster mitgegeben. Sie unterscheiden sich leicht voneinander in der Zusammensetzung der Inhaltsstoffe.»

Samantha öffnete die Dosen und schnupperte. «Alle riechen wie Weihnachten», sagte sie. «Zur entsprechenden Jahreszeit reizvoll, aber als Creme im Gesicht? Vorher war der Geruch besser und weniger intensiv.»

«Das habe ich mir auch gedacht. So ist sie unbrauchbar, und jede der Varianten zieht immer noch schlecht ein.»

Samantha tunkte den Zeigefinger in eine der Dosen. Sie rieb die Creme zwischen Zeigefinger und Daumen und strich sie auf den Handrücken, auf dem sich eine weisse Schicht bildete.

«Du hast recht. Es fühlt sich nicht verlockend an.» Samantha strich weiter über ihren Handrücken. Die Schicht blieb. «Ich glaube, sie zieht sogar schlechter ein als vorher.»

«Emma findet sie so besser. Sie hat die Rezepturen der drei Muster hochgeladen.» Franz deutete auf Samanthas Bildschirm.

«Ich schaue es mir an und rede mit ihr, was verbessert werden könnte.»

«Ein weiterer Punkt ist die Verpackung. Die Probanden finden sie altbacken. Was meinst du?»

Dem musste Samantha zustimmen. Bisher hatte sie es nicht gewagt, dies anzumerken, da sie davon ausging, Franz habe sie so abgesegnet. «Ganz zeitgemäss finde ich sie nicht», sagte sie langsam.

Die Tür wurde aufgerissen. David steckte den Kopf zur Tür herein. «Hier bist du. Franz, ich muss dringend mit dir sprechen. Wie es aussieht, hat sich jemand in unser System gehackt.»

«Ich komme sofort.»

***

Samantha machte es sich mit einem Buch und einem Tee auf dem Sofa gemütlich.

Joel würde heute später nach Hause kommen. Die amerikanische Delegation war da, und das bedeutete eine stressige Zeit. Pingelig wurde alles hinterfragt. Seit dem Verkauf des Familienunternehmens AarePharm in Egerkingen an einen amerikanischen Pharmakonzern hatte sich einiges verändert. Mehrmals hatte Joel davon gesprochen, sich eine neue Stelle suchen zu wollen. Bis jetzt war das nicht geschehen. Joel hatte weiterhin die Qualitätssicherung unter sich, und sein Team hatte sich sogar vergrössert.

Der neue Geschäftsführer – ein Amerikaner – war an sich ein umgänglicher Vorgesetzter und zeigte sich gegenüber der Schweizer Unternehmenskultur aufgeschlossen. Aber die Definition von Qualitätssicherung der Amerikaner und der Schweizer war nicht immer kompatibel, und Joel hatte mehrfach darüber geflucht.

Viermal im Jahr stattete eine Delegation vom Mutterkonzern einen Besuch ab. In der Regel ging es darum, ob die Umsatzzahlen erreicht worden waren und wie man den Umsatz weiter steigern konnte. Da Joel der Geschäftsleitung angehörte, war seine Anwesenheit erforderlich. Häufig bekam Samantha ihn in diesen Tagen fast nicht zu Gesicht.

Sie schlug das Buch an der Stelle auf, an der sie eine Postkarte als Lesezeichen zwischen die Seiten gelegt hatte. Als sie den ersten Satz las, klingelte das Telefon.

«Ich bin nicht da», knurrte Samantha, nahm das Mobilteil aber dennoch von der Festnetzstation.

«Ich habe eine Bitte an Sie», sagte Kurt Dobler, nachdem sie das Gespräch entgegengenommen hatte. «Können Sie bitte im Haus etwas überprüfen, das für die Ermittlungen wichtig sein könnte?»

«Das wäre die Aufgabe von Herrn Nussbaum und seinem Team», erwiderte Samantha.

«Sie haben das Tagebuch bei der Durchsuchung nicht gefunden.»

Welches Tagebuch, dachte Samantha verwirrt.

«Ich habe sie mehrmals darauf hingewiesen, aber ich habe das Gefühl, es wird als unwichtig zur Seite geschoben.»

Das konnte Samantha sich nicht vorstellen. Sie hatte Nussbaum und sein Team bei früheren Ermittlungen als stets sorgfältig, wenn nicht sogar übertrieben pingelig erlebt. Jedenfalls waren sie jeweils jedem Hinweis gefolgt. Die Erwähnung eines Tagebuches würde die Beamten elektrisieren. Sie würden sofort alles danach absuchen.

«Bitte, Frau Kälin. Meine Tochter hat schon als Jugendliche gewissenhaft Tagebuch geführt. Es war beinahe zwanghaft.»

«Sie könnte als Erwachsene damit aufgehört haben.»

«David hat sich regelmässig darüber beschwert, wenn ich zum Beispiel anrief und mit Josefina sprechen wollte. ‹Geht nicht›, hat er gesagt, ‹sie will nicht gestört werden.›»

«Sie könnte nach der Trennung damit aufgehört haben.»

«Das hat sie nicht. Sie hat mir einmal gesagt, wenn ihr etwas zustosse, müsse ich das Tagebuch ausfindig machen.»

Samantha richtete sich auf. «Wann hat sie das gesagt?»

«Kurz nach der Trennung. Es war wie ein Rosenkrieg, und sie hatte Angst vor David.»

Hatte Samantha das richtig verstanden? Sie sah Davids gutmütiges Gesicht vor sich. Sie hörte das, was er aus seiner Sicht erzählt hatte. Stimmte es? Und stimmte es, dass Kurt Dobler ihn tatsächlich gebeten hatte, sich um das Kosmetikstudio zu kümmern?

«Warum hatte sie Angst vor David?», fragte Samantha und überlegte gleichzeitig, wie sie das Gespräch auf das Kosmetikstudio bringen konnte.

«Sie wollte nicht über alles sprechen, hat es aber vorsichtshalber aufgeschrieben. Bitte, Frau Kälin, schauen Sie nach. Ich würde selbst kommen, aber mein Rheuma plagt mich heute stark. Ich bin froh, wenn ich es in die Küche schaffe, um mir zu essen zu machen.»

«Sie wohnen allein? In Liestal?»

«Nein, ich wohne in Bubendorf, und ich bin in keinem Pflegeheim, wenn Sie das meinen. Freiwillig gehe ich in keine solche Institution. Dahinvegetieren ist nicht mein Ding.»

«Betreutes Wohnen wäre eine gute Alternative», sagte Samantha und presste gleich darauf den Mund fest zusammen. Sie sollte sich nicht in Kurt Doblers Angelegenheiten einmischen.

«Das ist nicht besser», rief er.

Samantha kannte genügend Leute, die das Leben in solchen Einrichtungen genossen. Sie hatten weiterhin eine gewisse Unabhängigkeit, waren aber nicht allein. Je nach Wunsch konnten sie Zusatzleistungen wie zum Beispiel Putzen dazubuchen und an Veranstaltungen und Ausflügen teilnehmen, die angeboten wurden.

Dieses Mal schaffte Samantha es, nichts auf Kurt Doblers Äusserung zu erwidern.

«Wenn das Haus geräumt wird, taucht es bestimmt auf», sagte Samantha.

«Die von der Räumungsfirma werden keine Zeit damit vergeuden, in jeder Kiste oder Schublade nachzuschauen. Das muss speditiv gehen. Ich muss vorher alles mitgenommen haben, das ich behalten möchte.» Die Dringlichkeit und die Trauer trafen Samantha mit voller Wucht.

«Okay, ich schaue nach», sagte sie.

«Vielen Dank. Den Schlüssel haben Sie.»

Leider, dachte Samantha. Beim letzten Mal hatte Kurt Dobler gefragt, ob er ihnen einen geben könne. So müsste er nicht extra herfahren, wenn sie die Möbel für das Brockenhaus abholten.

«Wo soll ich Ihrer Meinung nach am besten nachschauen?»

«Entweder in Josefinas Schreibtisch oder in ihrem Nachttisch.»

Das würde die Polizei getan haben, dachte Samantha, sagte aber nichts.

Nachdem sich Kurt Dobler nochmals überschwänglich bedankt hatte, verabschiedeten sie sich. Samantha versprach, ihn sofort zu informieren, wenn sie das Tagebuch gefunden hatte. Sie warf einen sehnsüchtigen Blick auf ihr Buch. Zu gerne hätte sie in dem historischen Roman aus der Zeit des Zweiten Weltkriegs weitergelesen.

Beeil dich, dachte sie. Dann kannst du es dir gleich wieder gemütlich machen.

Sie blieb vor der Haustür stehen. «Verflixt», murmelte sie. Nun hatte sie vergessen, ihn nach dem Kosmetikstudio und Davids

Rolle bei der Auflösung zu fragen. Das läuft nicht weg, sagte sie sich und öffnete die Tür.

Es dunkelte ein, und ein kühler Wind wehte. Samantha zog die Jacke fester um ihre Schultern und überquerte die Strasse. Auf der Hälfte der Treppe blieb sie stehen und blickte über das Dach von Joels Haus auf die andere Seite des Tals. Am Himmel leuchteten einzelne Wolken in Rot. Mit jeder Sekunde verschwand die Färbung mehr und machte verschiedenen dunklen Blautönen Platz. Vereinzelt war Vogelgezwitscher zu hören. Samantha sog die Luft ein und setzte ihren Weg fort.

Mit den schwarzen Fenstern sah das Haus bedrohlich aus. Es war, als wollte es sie abschrecken, nur einen Schritt ins Innere zu tun.

Samantha schloss die Tür auf. Ein muffiger und staubiger Geruch, der verlassenen Gebäuden eigen war, schlug ihr entgegen. Sie empfand ihn stärker als beim letzten Mal. Im Haus war es um einiges kühler als draussen. Sie schaltete das Licht ein. Das Chaos war unverändert. Samantha lief die Treppe nach oben und vermied dabei, Richtung Kellertür zu schauen. Oben angekommen, öffnete sie als Erstes die Schlafzimmertür.

Auch hier herrschte die gleiche Unordnung vor. Sie hatte sogar das Gefühl, sie wäre grösser. Bestimmt war es auf die Untersuchung der Spurensicherung zurückzuführen.

Samantha zögerte. Ein Schlafzimmer gehörte zu den privatesten Bereichen einer Person. Fremde hatten hier nichts zu suchen.

«Du bist nicht die Erste, die durch die Sachen wühlt», sagte sie leise.

Der Mörder und die Polizei hatten diesen Raum betreten und die Privatsphäre verletzt. Samantha stieg über die am Boden liegenden Kleider und ging vor dem Nachttischchen in die Hocke. Sie schob die obere Schublade auf. Mehrere Fotos lagen lose darin. Sie zeigten David und Josefina beim Wandern, beim Skifahren und am Strand. Es erstaunte Samantha, dass Josefina diese aufgehoben hatte. Falls die Trennung so unschön gewesen war, wie Kurt Dobler behauptete, hätte Samantha an Josefinas

Stelle alles fortgeschmissen und sich bemüht, alle Erinnerungen zu tilgen.

Samantha legte die Fotos zurück und stiess die Schublade zu. Dabei hörte sie ein Geräusch, als rutsche etwas nach unten. Samantha zog die untere Schublade auf und schob die Hand nach hinten. Sie ertastete ein kleines Couvert auf dem Boden des Möbels. Sie zog es hervor und betrachtete es von allen Seiten. Die Lasche war nicht zugeklebt, sondern nur lose hineingesteckt. Über dem Couvert waren vorne zwei Klebestreifen befestigt, deren Enden über den Couvertrand herausragten. Es musste damit innen am Nachttischchen befestigt gewesen sein. Hatte die Spurensicherung das übersehen?

Das Couvert war zu schmal, um ein Tagebuch zu beinhalten. Samantha öffnete es und holte drei Fotos heraus. Sie blickte auf das erste und liess die Bilder vor Schreck fallen. Sie landeten vor ihr auf dem Boden.

Auf allen war Josefina beim Sex mit jeweils einem anderen Mann abgebildet. Ihrem Gesichtsausdruck mit den halb geschlossenen Augen und dem leicht geöffneten Mund nach zu urteilen, musste sie es geniessen.

Wie passten die Bilder zu der Frau, die kaum etwas gesagt hatte, wenn sie einander begegnet waren? Hatte David Josefina in flagranti erwischt, und war das der Grund für die Trennung gewesen?

Samantha blinzelte. Eine Aufnahme war auf der Terrasse des Hauses, im Liegestuhl, entstanden. Eine weitere zeigte das Liebesspiel am Boden vor dem Cheminée und die dritte auf dem Sofa, das unten im Wohnzimmer stand. Auf dem letzten Foto konnte Samantha erkennen, dass Josefina geschminkt war und goldene Ohrringe trug. Offenbar hatte sie sich herausgeputzt, wenn Samantha das rote Kleid, das über die Rückenlehne geworfen war, und die roten Dessous oberhalb von Josefinas Kopf richtig deutete. Am Bildrand, am Boden, sah Samantha ein umgekipptes Sektglas.

Hatte sie sich etwa selbst beim Sex fotografiert? Dazu hätte sie recht akrobatisch sein müssen. Sie konnte eine Kamera aufgestellt haben, die sie filmte. Dazu müssten die Männer aber damit einverstanden gewesen sein. Oder hatte Josefina die Kamera so platziert, dass die Männer sie nicht bemerkten? Warum bewahrte sie die Aufnahmen auf? Samantha richtete sich auf. Hatte jemand Josefina mit den Aufnahmen erpresst, oder war es andersherum, und Josefina wollte ihre Sexpartner erpressen? Wer waren diese Männer?

Samantha zwang sich, die Aufnahmen genauer zu betrachten, und kam sich wie eine Voyeurin vor. Der Mann auf dem ersten Bild war von hinten abgebildet, der zweite im Profil und der dritte von schräg vorne. Die beiden letzten kamen ihr bekannt vor. Allerdings konnte sie diese nicht zuordnen. Kurz entschlossen steckte sie die Bilder in das Couvert zurück, das sie in ihre Jackentasche schob.

Aufschluss über die Fotos würde das Tagebuch liefern, falls eins existierte. Samantha erhob sich und öffnete den Schrank. Kleider waren auf den Boden gerutscht. In dem, das zuoberst auf dem Stapel lag, erkannte Samantha das rote Kleid von einem der Fotos. Die Pullis lagen zerwühlt auf den Regalen. Samantha tastete die Wand und die Unterseite der Regale ab. Nichts.

Ein Knall. Erschrocken hielt sie inne. Der war von unten gekommen. Es musste jemand im Haus sein. Samantha schlich zur Zimmertür und löschte das Licht. Vorsichtig öffnete sie die Tür einen Spaltbreit.

Stille.

Ein neuer Knall. Dieses Mal meinte sie, er käme von draussen. In dem Lichtschein, der von der Strasse in den Raum drang, konnte sie sehen, wie der Vorhang sich bauschte. Im gleichen Augenblick heulte auf der Strasse der Motor eines Wagens auf. Samantha lief zum Fenster. Es war gekippt. Sie erkannte Rücklichter, die sich Richtung Stadt entfernten, und atmete auf. Nur das Zuschlagen von Autotüren …

In dem Haus gegenüber ging das Licht neben der Haustür an. Die Tür öffnete sich, und ein Mann trat ins Innere. Bevor die Tür zuschlug, erkannte Samantha ihren Nachbarn, der rechts neben ihnen wohnte und offenbar gerade heimgekehrt war.

Ein neuer kühler Luftzug wehte durch den Fensterspalt und

liess Samantha frösteln. Sie schloss es und schaute zu Joels Haus. Samantha konnte seinen Wagen nicht entdecken. Offenbar war er noch nicht daheim.

Sie warf einen Blick auf ihre Uhr. Kurz vor einundzwanzig Uhr. Sie war länger in Josefinas Haus geblieben als beabsichtigt. Samantha beschloss, im Arbeitszimmer nachzuschauen und danach die Suchaktion zu beenden und auf morgen zu vertagen. Inzwischen war ihr klar, wie schwer es werden würde, ein Tagebuch zu finden.

Samantha betrat das Arbeitszimmer. Sie ignorierte die Dinge, die auf dem Boden lagen, und zog die Schreibtischschublade heraus, die leer war und deren Inhalt von den Eindringlingen auf dem Boden verteilt worden sein musste. Sie drehte sie um. Auf der Unterseite war nichts festgeklebt. Sie spähte in das Schubladenfach. Fehlanzeige. Samantha öffnete den Schrank. Viel befand sich nicht mehr darin. Ordner und Bücher waren herausgefegt worden. Mit der Hand strich sie über die Rückwand und die Ober- und Unterseite der Tablare. Nichts. Samantha unterdrückte ein Gähnen.

Morgen, dachte sie und löschte das Licht. Sie lief die Treppe nach unten und konnte nicht verhindern, auf die Kellertür zu schauen. Etwas war anders.

Gleich darauf richteten sich ihre Nackenhaare auf. Die Tür war vorhin verschlossen gewesen. War sie nicht allein im Haus?

Der Knall. Keine zugeschlagenen Autotüren, wie sie vorhin angenommen hatte? Die Haustür war geschlossen. Die Terrassentür war eine Möglichkeit.

Samantha überlegte, ob sie diese verschlossen hatte, als sie mit Kurt Dobler das Haus verlassen hatte. Sie konnte sich beim besten Willen nicht daran erinnern.

Ein Knacken.

Samantha floh aus dem Haus.

Erst als sie die Einfahrt von Joels Haus erreichte, blieb sie stehen und blickte zurück. Josefinas Haus war dunkel. Kein Licht schimmerte aus den Schächten, in denen sich die Kellerfenster befanden, wie sie erwartet hatte. Kein Lichtstrahl einer Taschenlampe tauchte in den Fenstern auf. Das musste nichts heissen. Samantha wartete förmlich darauf, dass sich etwas tat.

Sie verharrte weiter im Schatten des Strauches, der auf dem Nachbargrundstück neben Joels Einfahrt stand. Als sie sich abwenden wollte, meinte sie, einen dunklen Umriss auf der Seite des Gebäudes zu erkennen, an der sich Josefinas Terrasse befand. Samantha hielt den Atem an. Der Schatten rührte sich nicht. Sie hatte das Gefühl, die Person, die dort stand, schaue ihr direkt in die Augen. Licht blitzte an der Stelle auf. Eine Reflexion? Die Gestalt duckte sich und bewegte sich im Schatten des Baumes über die Wiese in Samanthas Richtung. Alles in ihr schrie nach Flucht, aber Samantha konnte sich nicht rühren.

Im gleichen Augenblick wurde sie geblendet. Samantha schrie auf. Quietschen von Reifen. Der Wagen stoppte einige Zentimeter vor ihr. Der Fahrer stieg aus.

«Sammy?»

Joel. Vor Erleichterung drohten ihre Knie nachzugeben.

Joel stellte zwei Tassen mit Tee auf den Küchentisch und setzte sich Samantha gegenüber. Samantha hatte erklärt, sie habe bereits gegessen, da sie nicht gewusst hatte, wann er nach Hause kam. Joel schnitt ein Stück vom Käse ab und schob eine Cherrytomate in den Mund.

«Wie war es?», fragte Samantha.

«Okay», erwiderte er kauend. «Aber bevor ich von den Amerikanern erzähle, möchte ich wissen, warum du dich in unserer Einfahrt versteckst. Ich hätte dich beinahe überfahren.»

«Kurt Dobler hat mich gebeten, nach Josefinas Tagebuch zu suchen.»

Joel stellte die Tasse, die er angehoben hatte, zurück auf den Tisch, ohne einen Schluck getrunken zu haben.

«Das ist der Job von Nussbaums Team. Er wird nicht begeistert sein, wenn du den Tatort noch unordentlicher machst, als er ohnehin schon ist», sagte er, nachdem Samantha mit ihrem Bericht fertig war.

«Das Haus ist freigegeben.»

«Ehrlich?»

«Das hat mir Kurt Dobler gesagt.»

Joels Skepsis griff auf Samantha über. Stimmte das, was Kurt Dobler gesagt hatte?

«Das Polizeisiegel war nicht mehr da», sagte sie und dachte daran, wie verärgert Nussbaum gewesen war, als es entfernt worden war. War das wieder geschehen? Der Knall. Das Gefühl, nicht allein im Haus zu sein. Dieser Schatten im Garten.

«Hm», war alles, was Joel sagte. Er trank den Tee aus und erhob sich, um Geschirr und Besteck in die Abwaschmaschine zu räumen.

«Was ist mit der Person, die du im Garten gesehen hast? Könnte sie im Haus gewesen sein?»

«Weiss nicht», sagte Samantha ausweichend.

«Wir sollten Nussbaum darauf aufmerksam machen, dass jemand um Josefinas Haus schleicht.»

«Lieber nicht. Ich bin mir nicht sicher, ob die Person ein Produkt meiner Phantasie war.»

«Hm. Hast du das Tagebuch gefunden?», fragte er, nachdem sie ins Wohnzimmer gegangen waren.

«Nein. Dafür habe ich Fotos entdeckt.»

«Du sagst das so seltsam.»

«Spezielle Fotos.»

Sie holte das Couvert aus ihrer Jackentasche und setzte sich neben ihn auf das Sofa.

«Das habe ich in ihrem Nachttisch gefunden. Also, zufällig gefunden. Es war hinten an der Schublade angeklebt und ist heruntergefallen, als ich sie durchsucht habe.»

Joel nahm das Couvert, öffnete es aber nicht.

«Herr Nussbaum wird nicht erfreut sein –»

«Ich weiss», unterbrach sie ihn.

«Wenn das Hinweise liefert, um den Mörder zu fassen, musst du es der Polizei aushändigen.»

«Ich werde das morgen tun.»

Joel holte die Bilder aus dem Couvert, und seine Augen weiteten sich.

«Ach herrje», stiess er hervor. Er legte die Bilder nebeneinander auf das Glastischchen. «Josefina hatte eine Beziehung zu drei Männern gleichzeitig.»

«Woran siehst du, dass es gleichzeitig war?»

«Du hast recht. Aber es war in ihrem Haus.» Er deutete in diese Richtung.

«Du meinst, sie hatte etwas mit den Männern, als sie mit David zusammen war? Moment.» Samantha beugte sich vor. «Das da ist David.» Sie deutete auf das Bild mit dem Mann, der im Profil erkennbar war.

«Du meinst deinen Arbeitskollegen?»

«Ja. Sie könnte also mit allen gleichzeitig ein Verhältnis gehabt haben.»

«Oder nacheinander. Das Foto mit David stammt eventuell aus der Zeit, als sie mit ihm zusammen war.»

Nein, dachte Samantha. Auf den Bildern hatte Josefina einen kurzen Haarschnitt. Ihre Haare waren dunkler als heute. Sie hatte Josefina mit langen blonden Haaren kennengelernt. Hiess das aber automatisch, dass das Foto mit David aus der Zeit vor der Trennung stammte?

«Ihrem Vater wird sie von alldem nichts gesagt haben.» Joel klopfte auf das Couvert und nahm es in die Hand. «Da ist noch was drin.» Ein Stick fiel auf seine Handfläche. «Ob da weitere Bilder drauf sind?»

«Das will ich nicht wissen. Mir reichen diese Fotos. Ich gebe ihn morgen Nussbaum. Soll er schauen, was darauf ist.»

«Okay, das klingt vernünftig. Glaubst du, einer der Männer hat sie ermordet? Aus Eifersucht?»

«So etwas kommt leider öfter vor. Aber in Josefinas Fall? Keine Ahnung.»

Er zeigte auf das Bild, auf dem Samantha David erkannt hatte. «Das könnte der Grund für die Trennung gewesen sein.» Joel nahm das Bild daneben. «Es wäre jedenfalls interessant, zu wissen, warum sie die Bilder versteckt hat und wer sie gemacht hat. Ich kann mir nicht vorstellen, dass sie sich selbst fotografiert oder davon gewusst hat.»

«Josefina könnte erpresst worden sein», sagte Samantha. «Oder sie hat die drei erpresst. Dieser hier kommt mir bekannt vor, ich weiss aber nicht, woher.»

«Aber ich weiss es. Er ist Baselbieter Nationalrat.» Joel tippte auf das Gesicht des Mannes.

SECHS

«Lass mich endlich mit diesem Thema in Ruhe!», rief David und stand abrupt auf. Sein Stuhl kippte nach hinten und fiel beinahe um. Er stützte sich auf das runde Tischchen und beugte sich vor. Der Schatten des Sonnenschirms, der auf der Firmenterrasse stand, fiel auf sein Gesicht. Sein Ärger in den Augen war deutlich. Samantha empfand die Situation als bedrohlich und sah sich genötigt, aufzustehen.

«Ich dachte –»

«Josefina und ich waren zusammen – ja», unterbrach er sie. «Aber wir haben uns vor – keine Ahnung, wie lange das her ist – getrennt. Die Gründe sind an dieser Stelle unwichtig. Nur so viel, jeder ist seinen eigenen Weg gegangen und hat sein eigenes Leben gelebt, in dem der andere keinen Platz mehr hatte. Okay, ich finde es schrecklich, was mit ihr passiert ist. Mehr aber nicht.» Er nahm seine Tasse. «Ich habe keine Lust und keine Zeit, mich ständig über das Thema auszulassen. Ich muss mich um den Hackerangriff kümmern.»

«Ist wirklich jemand in das Netzwerk von Amry Cosmetics eingedrungen?», fragte Samantha.

«Jemand hat es versucht. Ich muss mich darum kümmern, damit es nicht erneut passiert und der Hacker auch das nächste Mal keinen Erfolg hat.» Mit grossen Schritten verschwand er im Gebäude.

Uff, dachte Samantha und sank zurück auf den Stuhl. Dabei hatte sie ihm nur sagen wollen, was sie im Nachttischchen gefunden hatte. Wenn sie Davids Reaktion sah, war es besser, wenn er davon nichts wusste.

Sie blickte über die «Terrasse», die sich neben dem Eingang von Amry Cosmetics befand und die alle die «Firmenterrasse» nannten. Diese kleine Fläche hatte ursprünglich keinen offensichtlichen Nutzen gehabt, bis Franz Ammanns Schwester auf die Idee gekommen war, sie als Pausenecke zu nutzen.

Liebevoll hatte Annemarie Ryser die Fläche mit Blumenkübeln, Tischen und Sonnenschirmen gestaltet und sie so zu einem kleinen grünen Flecken in dem Gewerbegebiet gemacht. Um einen Holzbogen, der von der Strasse auf die Terrasse führte, rankten sich eine Clematis, deren Blüten sich über Ostern geöffnet hatten, und ein Geissblatt, wie ihr Jasmin erklärt hatte. In den länglichen Kübeln, die Annemarie Ryser je nach Jahreszeit neu bepflanzte, wechselten sich halbhohe Büsche mit Stauden ab. Im Moment blühte ein buntes Gemisch aus Frühblühern und Polsterpflanzen, deren Namen Samantha nicht kannte. Die Blumen zogen eine Vielfalt von Wildbienen und Insekten an. Neben der Terrasse stand ein Bienenhotel, das fleissig frequentiert wurde. Zudem hatte es vier Blumenkübel mit einer Zwergkirsche, die blühte, und einem Zwergapfel sowie einem Oleander und einer Palme. Drei runde Tischchen mit je vier Stühlen vervollständigten das Bild.

Aus gesundheitlichen Gründen hatte Annemarie Ryser sich aus dem aktiven Teil der Firma zurückgezogen, kurz nachdem Samantha angefangen hatte. Jasmin hatte erzählt, sie habe Brustkrebs. Die Terrasse pflegte sie aber weiterhin.

Samantha genoss es, hier zu sitzen. Regelmässig brachte sie wie ihre Kollegen Essen von zu Hause mit, wärmte es in der kleinen Küche auf und ass es hier draussen. Sie schob die Ärmel hoch. Bei der momentanen Wärme konnte man nicht glauben, wie kühl es nachts wurde und dass es erst April war.

Nachts ... Da die anderen an ihren Arbeitsplatz zurückgekehrt waren, hatte sie Gelegenheit, Nussbaum wegen des Couverts anzurufen, was sie bis jetzt nicht geschafft hatte. Samantha trank einen Schluck vom Cappuccino und holte ihr Handy hervor.

«Ich hätte gerne mit Herrn Nussbaum gesprochen», sagte sie, als sich eine Frauenstimme meldete.

«Augenblick, ich verbinde.»

Samantha lehnte sich nach hinten. Auf dem Trottoir schlenderten zwei Frauen vorbei. Sie blieben stehen und zündeten sich eine Zigarette an, bevor sie weitergingen. Ein grauhaariger Mann kam mit einem Labrador aus der entgegengesetzten Richtung.

«Er ist leider besetzt», erklang die Frauenstimme nach einigen Sekunden. «Kann ich etwas ausrichten?»

«Darüber würde ich gerne mit ihm persönlich sprechen.»

«Ich richte ihm aus, Sie zurückzurufen. Kann ich bitte Ihre … Moment, er ist gerade hier. Jan. Telefon für dich.»

«Frau Kälin?» Das Erstaunen in Nussbaums Stimme war deutlich.

«Ich habe Fotos in Josefina Doblers Haus gefunden –»

«Wieso suchen Sie nach Fotos in Frau Doblers Haus?» Schneidend wie ein frisch geschliffenes Messer.

«Ihr Vater bat mich, nach dem Tagebuch zu suchen. Ich hoffe, er hatte recht, dass das Haus inzwischen von Ihnen freigegeben ist.»

«Moment, bitte langsam und von vorne.»

In kurzen Sätzen gab Samantha das Gespräch mit Kurt Dobler wieder.

«Dieses verflixte Tagebuch», brummte Nussbaum. «Die ganze Zeit liegt er uns damit in den Ohren und macht alle wild. Wir haben keins gefunden. Leider. Das wäre unter Umständen eine grosse Hilfe.»

«Er meinte, Sie haben es in dem Chaos übersehen.» Samantha biss sich auf die Lippen. Das war ungeschickt gewesen und klang danach, als würde sie Nussbaum und seinem Team nicht zutrauen, ihre Arbeit gewissenhaft erledigt zu haben.

«Möglich wäre es in dem Durcheinander, aber für die Kollegen von der Spurensicherung ist das nicht der erste Fall.» Das hörte sich zum Glück neutral an. «Mir behagt es nicht, wenn Sie herumschnüffeln.»

«Herr Dobler –»

«… hat Sie darum gebeten. Das sagten Sie bereits. Er hätte sich an uns wenden sollen.»

«Er sagte, das habe er?»

«Das ist richtig. Wir haben mehrmals das Haus nach diesem verflixten Tagebuch abgesucht, aber nichts gefunden.» Es wirkte, als würde er mit Mühe ein Seufzen unterdrücken. «Wenn ich Sie richtig verstehe, haben Sie kein Tagebuch, dafür aber diese Fotos gefunden.» Anscheinend musste er sich anstrengen, um geduldig zu bleiben.

Samantha berichtete, wo sie die Bilder entdeckt hatte und was darauf zu sehen war.

«Moment», unterbrach Nussbaum sie. «Auf dem einen Bild ist Frau Doblers Ex-Freund und auf einem anderen Nationalrat Scherer?»

«Ja.»

«Beim Sex?», hakte er nach.

«So ist es.»

«Das ist brisant. Nationalrat Scherer ist mit der Tochter eines Verwaltungsratsmitglieds einer Schweizer Bank verheiratet. Wenn seine Affäre mit einer inzwischen ermordeten Frau herauskommt …» Tiefes Ein- und Ausatmen folgte. «Ich muss nachfragen, warum die Kollegen diese Fotos im Nachttischchen nicht entdeckt haben.» Das klang, als spräche er mehr zu sich selbst. Sein Groll war kaum zu überhören. Samantha wollte nicht der Beamte sein, der die Fotos übersehen hatte.

«Könnte jemand die Bilder vielleicht nachträglich dort deponiert haben?», platzte Samantha heraus und verwünschte sich dafür.

«Möchten Sie meinen Job machen?» Die Schärfe in seiner Stimme war zurück und liess Samantha zusammenzucken.

«Entschuldigung, es war nur eine Idee.»

«Aber keine schlechte», sagte er nun etwas milder. «Sind Sie sicher, dass der eine Mann Nationalrat Scherer ist?»

«Nicht ich, sondern Joel hat ihn erkannt.»

«Sie sagten, Sie haben die Bilder dabei, richtig?»

«Ja.»

«Können Sie die Bilder heute Nachmittag vorbeibringen? Oder warten Sie. Ich muss gleich los und mache einen Abstecher zu Ihnen. In fünf bis zehn Minuten bin ich bei Ihnen.»

Nussbaum verabschiedete sich, bevor Samantha einen Einwand erheben konnte. Sie steckte das Handy in ihre Handtasche. Ihre Finger streiften das Couvert. Sie würde froh sein, wenn sie diese Fotos abgegeben hatte. Samanthas Finger ertasteten den

Stick im Couvert, und ihr wurde bewusst, ihn gegenüber Nussbaum nicht erwähnt zu haben. Egal, dachte sie, er kommt ja gleich.

Sie drehte ihr Gesicht der Sonne zu und schloss die Augen. Fragen über Fragen wirbelten durch ihren Kopf. Ob David von Josefinas Affären gewusst hatte? Wer war der Mann auf dem dritten Foto, der der Kamera den Rücken zugekehrt hatte? Konnte der Baselbieter Nationalrat Josefina getötet haben, weil sie ihn erpresst hatte?

Es ist nicht an mir, das zu klären, dachte Samantha und trank einen Schluck Cappuccino, der nur noch lauwarm war.

Im Inneren des Gebäudes knallte es. Ein Schrei folgte. Samantha sprang auf und rannte hinein. Sie fand Emma in der Küche. Die Laborantin starrte auf den Boden, auf dem Scherben verteilt waren. Kaffee war bis zur Wand gespritzt.

«So eine elende Sauerei!», schimpfte die kleine, rundliche Frau mit den kurzen blonden Locken in Schriftdeutsch. Sie war Grenzgängerin und wohnte ungefähr zwanzig Kilometer von hier. Den Namen der Ortschaft hatte Samantha vergessen.

«Ich weiss nicht, wie das passieren konnte. Mir ist die Tasse einfach aus der Hand gerutscht.»

Sie bückte sich und sammelte die Scherben auf. Samantha reichte ihr einen Abwaschlappen. Gemeinsam reinigten sie den Boden und wischten die Spritzer von der Wand.

Es klopfte an der Tür, und Nussbaums Kopf tauchte in dem Türspalt auf. Emma liess die Kehrschaufel mit den Scherben fallen und stiess einen erschrockenen Laut aus.

«Grüezi, die Damen. Ich wollte Sie nicht erschrecken.» Er betrat die Küche.

«Wer sind Sie?», stiess Emma hervor.

«Jan Nussbaum von der Kantonspolizei Baselland.»

Emma wurde blass.

«Er ist wegen mir hier», sagte Samantha.

«Was hast du angestellt?», flüsterte Emma.

«Nichts.» Samantha lachte, und Nussbaum konnte offenbar ein Schmunzeln nicht unterdrücken. «Ich muss ihm nur etwas geben.» Sie richtete sich auf und legte den Lappen ins Spülbecken. «Wo habe ich meine Handtasche hingelegt?»

«Du warst auf der Terrasse. Vielleicht ist sie dort», sagte Emma.

«Natürlich.»

Nussbaum folgte Samantha nach draussen. Sie öffnete die Tasche und stutzte. «Das Couvert ist weg.»

Nussbaums Augenbrauen zogen sich zusammen.

«Es war hier drin. Ich habe es vorhin gesehen.» Samantha durchwühlte die Tasche, in der heute ausnahmsweise fast kein Chaos herrschte, da sie am Wochenende ausgemistet hatte. Hilflos schaute sie Nussbaum an.

«Wie sah das Couvert aus?»

«Ganz normal. Weiss. Ohne Sichtfenster. Es hatte die Grösse einer Postkarte.»

Nussbaum setzte sich und deutete mit der Hand auf den Stuhl gegenüber.

«Ich schätze Sie nicht so ein, dass Sie sich in den Vordergrund drängen wollen und daher die Polizei kontaktieren, um irgendwelche Geschichten zu erzählen. Deshalb gehe ich davon aus, jemand hat die Gelegenheit genutzt, als Sie Ihrer Kollegin beim Putzen geholfen haben.»

Samantha war erleichtert. Er stufte sie nicht als Spinnerin ein. Sie dachte an frühere Ermittlungen, bei denen Nussbaum ihr gegenüber misstrauisch gewesen war.

«Ich nehme an, das ist Ihr Kaffee.» Er deutete auf den halb ausgetrunkenen Cappuccino, der inzwischen bestimmt ganz kalt war.

«Ja.»

«Waren Sie allein auf der Terrasse?»

«Zuerst nicht. Ich bin als Letzte gekommen, da ich ein Telefonat hatte. Meine Kollegen sind früher zur Arbeit zurückgekehrt.»

«Wieso haben Sie sich nicht früher bei mir gemeldet?»

«Ich bin nicht dazu gekommen.»

«Haben Sie rückblickend das Gefühl, es könnte jemand in der Nähe gewesen sein, als wir miteinander gesprochen haben?»

«Sie meinen, jemand von Amry Cosmetics hat das Couvert genommen?»

«Denkbar, aber auch ein Firmenfremder kann es gewesen sein.» Nussbaum deutete auf das Trottoir.

Samantha dachte an die beiden Frauen. Sie waren weitergegangen. Der Mann mit dem Hund. Er hatte sich in die andere Richtung entfernt und Samantha nicht beachtet. Ob eine weitere Person in der Nähe gewesen war, konnte sie nicht sagen.

«In dem Couvert waren drei Fotos, ist das richtig?»

«Und ein Stick. Den hatte ich am Telefon vergessen zu erwähnen.»

«Haben Sie sich die Dateien auf dem Stick angeschaut?»

«Nein. Die Bilder haben mir gereicht.»

Sein Gesicht hatte einen neutralen Ausdruck, aber seine Finger trommelten auf die Tischplatte. Ein eindeutiges Indiz dafür, wie ärgerlich er den Verlust dieses Beweismaterials empfand.

«Den Nationalrat haben Sie eindeutig erkannt?»

«Nicht ich, sondern Joel», korrigierte Samantha.

Nussbaum erhob sich. «Bitte melden Sie sich, falls die Bilder wiederauftauchen.»

***

«Wenn du mich fragst, hatte David ein Motiv, Josefina etwas anzutun und die Bilder aus deiner Tasche verschwinden zu lassen», sagte Joel und stellte Gläser und Teller auf den Küchentisch.

«Er wusste nichts von den Bildern und hatte daher keinen Grund, das zu tun.»

«Ich denke, du hast es ihm erzählt?», fragte Joel verwundert.

«Ich wollte, habe es aber wegen seiner Reaktion lieber sein gelassen.»

«War er dabei, als du mit Herrn Nussbaum gesprochen hast?»

«Nein. Er ist vorher gegangen, da er gleich nach dem Mittagessen eine Weiterbildung hatte und sich ausserdem um die Hacker-Geschichte kümmern musste.»

«Was für eine Weiterbildung?»

«Irgendwas mit SAP und Datenbanken. Franz überlegt, ob er SAP einführen will, damit die Abwicklung der Geschäftsprozesse einfacher und nur über eine Software getätigt wird, wenn Amry Cosmetics weiterwächst. Im Moment herrscht bei uns ziemlicher Wildwuchs im Bereich Controlling, Buchführung, Einkauf, Vertrieb und Personalwesen, und Excel ist auf die Dauer keine Lösung.»

«War die Weiterbildung auswärts?»

«Nein, online. Dazu musste er in seinem Büro sein.»

«Er war ganz sicher die ganze Zeit dort oben?»

Diese Frage konnte Samantha nicht beantworten. Sie wusste nicht, ob die Weiterbildung direkt im Anschluss an die Pause angefangen oder ob er Zeit für anderes gehabt hatte. Aber er konnte das Gespräch, das Samantha mit Nussbaum geführt hatte, durchaus mitbekommen haben.

Davids Büro befand sich im ersten Stock direkt oberhalb der Terrasse. Wenn er das Fenster geöffnet hatte, konnte man gut verstehen, was draussen gesprochen wurde. Das hatte Samantha selbst erlebt, wenn sie in seinem Büro war. Allerdings brauchte es ein gutes Timing, genau zu dem Zeitpunkt auf die Terrasse zu eilen, als Samantha mit Putzen beschäftigt war.

«Er war es», sagte Joel. «Davon bin ich fest überzeugt. Er hat euer Gespräch gehört. David ist sich bewusst, als Tatverdächtiger zu gelten, und es kann nur in seinem Interesse sein, wenn diese Beweise weg sind.»

«Mit einer solchen Aktion lenkt er die Aufmerksamkeit erst recht auf sich. Herr Nussbaum wird das in Betracht ziehen.»

«Die Beweise fehlen, solange die Fotos unauffindbar sind.»

Samantha war unschlüssig, was sie von dieser Theorie halten sollte. «Aber von Emmas Malheur in der Küche wird er nichts mitbekommen haben.»

«Wenn doch? Vielleicht stand er am Fenster, als du ins Haus gelaufen bist. Und wenn er es selbst nicht konnte, muss ihm jemand geholfen haben.»

«Wer sollte das tun?» Samantha zählte die Mitarbeiter auf und schüttelte nach jedem Namen den Kopf. «David müsste dieser

Person von den Fotos erzählt haben – gleich im Anschluss an mein Gespräch mit Herrn Nussbaum. Das kann ich mir nicht vorstellen.»

«Wieso?»

«Das war zu kurzfristig.»

«Zu einem früheren Zeitpunkt? Wenn er schon Kenntnis von den Bildern gehabt hat und Josefina ihn erpresste. Nun bot sich die Gelegenheit, sie verschwinden zu lassen.»

«Das glaube ich nicht. Wir haben ein gutes Verhältnis im Team, aber beim Privatleben geht keiner ins Detail. Und ich denke, es wäre ihm peinlich, wenn die Kollegen davon wüssten. Das wäre es mir an seiner Stelle auch, oder wärst du begeistert, wenn es intime Fotos von dir … uns gäbe?»

«Was sagt Herr Nussbaum?»

«Er hält beide Varianten, ein Interner oder ein Externer, für möglich.»

«Hattest du das Gefühl, belauscht zu werden?»

«Ich war auf das Gespräch mit Herrn Nussbaum fixiert.»

Joel setzte sich zu Samantha an den Tisch, schnitt zwei Scheiben vom Brot ab und reichte ihr eine.

«Nehmen wir die Variante eins. Wen hat David um Hilfe gebeten, damit er dich von deiner Tasche weglockt? Gibt es zum Beispiel jemand, der ihm einen Gefallen schuldet?»

«Ich arbeite ein Jahr dort, und ich kenne die Kolleginnen und Kollegen nicht so gut und weiss nicht, wer mit wem private Kontakte pflegt.»

«Ist dir bei eurem Skitag nichts aufgefallen?»

Samantha wollte verneinen, hielt jedoch sogleich inne. «Emma. Ich glaube, sie ist in David verliebt.»

«Du meinst, die beiden haben etwas miteinander?»

«Nein. Ich glaube nicht, dass David mit ihr eine Affäre hat. Auf seinem Tisch stehen Fotos von seiner Freundin und seiner Tochter.»

«Das ist keine Garantie.»

«Wenn er von ihnen spricht, habe ich das Gefühl, die kleine Familie ist sein Ein und Alles.»

«Ebenfalls keine Garantie. Immerhin hatte er ein Verhältnis mit seiner Ex, wie es scheint. Warum nicht gleich mehrere Geliebte auf einmal? Er wäre nicht der Erste.»

Guter Punkt, dachte Samantha.

«Falls die Zuneigung einseitig von eurer Laborantin ist, könnte David sich dies zunutze gemacht haben», fuhr Joel fort.

«Du meinst, er hat Emma angestiftet, und sie hat extra die Tasse auf den Boden fallen lassen, um mich abzulenken?»

«Ein denkbares Szenario.»

«Emma war die ganze Zeit in der Küche. Sie kann die Fotos nicht genommen haben. Okay, David könnte heruntergekommen sein, aber er hatte diese Fortbildung.»

«Die er kurz verlassen haben könnte und von der du nicht weisst, wann sie genau gestartet ist. Er braucht nicht ewig, um schnell auf die Terrasse zu rennen, die Fotos zu nehmen und zum Arbeitsplatz zurückzukehren.»

SIEBEN

Joel entdeckte seine Eltern sofort. Sie standen gegenüber der Bäckerei und Konditorei Gunzenhauser in der Begegnungszone von Sissach.

«Schön, dass ihr kommen konntet», sagte Beat und begrüsste Samantha mit den obligatorischen drei Küssen auf die Wangen.

«Dem muss ich zustimmen», sagte Verena. «Besonders, da es mit dem Ostermittagessen nicht geklappt hat.»

«Das Essen können wir nachholen.» Beat trat einen Schritt auf die Seite, damit Joel und Samantha sich einreihen konnten und freien Blick auf das Geschehen hatten, das innert kurzer Zeit starten würde.

Samantha betrachtete die beiden Bahnen mit den Häufchen, die aus Sägespänen bestanden. Auf jedem dieser kleinen Hügel thronte in regelmässigen Abständen ein Ei.

«Das sind Karin und Philipp.» Beat deutete auf die beiden, die neben ihnen standen. «Philipp ist ein ehemaliger Arbeitskollege, und es hat inzwischen Tradition, die Sissacher bei dem Eierläset anzufeuern.»

«Unsere Tochter ist Mitglied beim Turnverein», sagte die rundliche Frau mit den kurz geschnittenen, krausen Haaren. «Sie macht jedes Jahr mit. Da kommt sie ja.»

Eine schlanke, hoch aufgeschossene Frau mit kurzen blonden Haaren gesellte sich zu ihnen. «Ich bin Pascale», sagte sie und reichte Joel und Samantha die Hand.

«Wie oft wirst du rennen?», fragte Verena.

«Viermal. Ich hoffe, wir gewinnen dieses Jahr gegen den Turnverein Gelterkinden.»

«Mit dir Sportskanone bestimmt. Wir drücken die Daumen.» Beat tätschelte Pascales Schulter.

«Ich sollte zum Start. Es geht bald los.» Sie entfernte sich mit federnden Schritten.

«Das tut ihr gut», sagte Karin. «Es lenkt sie von der Misere ab.»

«Hat sie immer noch keinen Job gefunden?», fragte Verena.
«Nein. Es ist wie verhext.»
«Pascale wurde vor über einem Jahr aufgrund von Umstrukturierungen entlassen», wandte Karin sich an Samantha. «Da sie bisher keinen Job gefunden hat, wurde sie vor zwei Monaten ausgesteuert.»
«Ist das schon über ein Jahr her?», fragte Beat.
«Ja. Sie lässt es sich nicht anmerken, aber sie rutscht immer tiefer in ein Loch. Nicht gebraucht zu werden und diese Standardabsagen sind jedes Mal wie ein Schlag in die Magengrube.»
Wie gut Samantha dieses Gefühl kannte. Arbeitslos. Nicht gebraucht zu werden. Bevor sie die Stelle bei Amry Cosmetics gefunden hatte, hatte sie beinahe ein Dreivierteljahr gesucht.
«Erschwerend kommt hinzu, dass sie von uns keine Hilfe annimmt.»
Betrübtes Schweigen stellte sich ein.
«Gestern hat sie uns gesagt, sie sähe Licht am Ende des Tunnels», brach es Philipp nach einer Weile. «Was sie genau in Aussicht hat, wollte sie nicht verraten. Offenbar hat sie Angst, es werde in letzter Sekunde nichts daraus. Wie bei den letzten Malen.»
Auch das kannte Samantha zur Genüge.
«Hoffentlich klappt es endlich», sagte Karin. «Mit jeder Absage zieht sie sich mehr zurück. Mich wundert es, dass sie heute an dem Eierläset teilnimmt, und ich werte das als gutes Zeichen.»
«Kennst du den Brauch des Eierläset?», wandte Beat sich an Samantha, offenbar mit der Absicht, ein erfreulicheres Thema anzuschneiden.
«Gehört habe ich davon, aber kennen …», erwiderte Samantha.
«Der Eierläset ist ein alter Frühlings- und Fruchtbarkeitsbrauch. Er dient zum Vertreiben des Winters. Früher war er in der Schweiz weitverbreitet. Heute wird er nur noch in wenigen Gemeinden im Aargau, im Kanton Solothurn und dem Baselbiet gepflegt und findet in der Regel am Sonntag nach Ostern statt.»
«Es gibt zwei Mannschaften», fügte Philipp an. «Hier in

Sissach wetteifern unser Turnverein und der von Gelterkinden miteinander. Die Regeln sind einfach. Der Läufer nimmt ein Ei und rennt zum Ende.» Er deutete auf eine quer gestellte Bank am Ende der Eierreihen. «Dort wirft er das Ei dem Fänger zu, der es mit dem mit Spreu ausgepolsterten Korb auffangen muss.»

«Sind die Eier roh oder gekocht?», fragte Samantha.

«Beides. Damit das Ganze nicht zu einfach ist, gibt es Zusatzschikanen. Du wirst sehen. Achtung, es geht los.» Er wies zum Start, wo gerade die Lunte einer Minikanone angezündet wurde.

Es knallte, und die ersten beiden Läufer sprinteten unter Anfeuerungsrufen los. Die Eier flogen in die Körbe.

«Wo kommen die Eier her?», fragte Samantha.

«Die werden von den Anwohnern gespendet», sagte Karin.

«Und am Ende gibt es ein grosses Essen mit Eierspeisen», fügte Verena an. «Ihr kommt doch nachher mit?»

«Natürlich», sagte Joel.

«Schaut, da kommt Pascale. Hopp, hopp», rief Karin.

Das Ei landete im Korb. Ein Mann mit verbundenen Augen, der von einem Kind geführt wurde, lief an ihnen vorüber. Bei der Gelterkinder Mannschaft sass ein Bub in einer Garette und wurde von einem Mann gestossen.

«Sie sind wieder schneller», stöhnte Philipp.

«Dafür haben sie nicht getroffen», rief Verena.

«Hopp, hopp», rief Philipp, als eine Vierergruppe Jugendlicher, die mit Tandemskis unterwegs waren, an ihnen vorbeitorkelte. Sie verloren das Gleichgewicht und fielen auf die Seite. Gelächter und weitere Anfeuerungsrufe waren zu hören. Samantha musste grinsen. Zwei ungefähr zehnjährige Mädchen fuhren mit Trottinetts an ihnen vorbei. Beide trafen den Korb und fuhren schnell zurück.

Eine Bewegung in der gegenüberliegenden Zuschauerreihe zog Samanthas Aufmerksamkeit auf sich. Ein Kameramann schob sich in die Reihen, und ein Journalist sprach einen drahtig gebauten Mann an. Er fuhr sich mit beiden Händen durch die braunen Haare und wandte sich mit einem Lächeln der Kamera zu.

«Kennst du den Mann?», fragte Samantha Joel.

«Das ist Nationalrat Scherer», antwortete Philipp an Joels Stelle.

Sofort blitzte das Bild mit Josefina vor Samanthas Augen auf.

«Das daneben ist seine Frau», fuhr Philipp fort und deutete auf die zierliche Brünette neben Scherer, die sich ebenfalls der Kamera zugewandt hatte. Er legte den Arm um sie, hob einen ungefähr fünfjährigen Buben hoch und sprach in die Kamera. Die drei strahlten Familienglück pur aus.

Wenn es Josefinas Foto nicht gegeben hätte, hätte Samantha ihn sympathisch gefunden. So empfand sie aber nur Abscheu.

ACHT

Samantha parkte auf einem der für Amry Cosmetics reservierten Felder auf dem Parkplatz, der fast vollständig gefüllt war. Sie stieg aus und schloss die Wagentür. Von jenseits des Sichtschutzes hörte sie das Rauschen des Verkehrs auf der Liestaler Umfahrungsstrasse.

Samantha ging auf den Eingang zu. Sie wollte den Autoschlüssel in ihre Handtasche stecken und merkte, diesen im Auto liegen gelassen zu haben. Das kam davon, wenn man mit den Gedanken nicht bei der Sache war. Samantha kehrte um.

Als sie sich bis auf wenige Schritte ihrem Smart genähert hatte, stand ein Mann ruckartig auf, der neben dem Wagen gekniet hatte. Er starrte sie mit grossen Augen an und fuhr über seinen Vollbart.

«Kann ich Ihnen helfen?», fragte Samantha.

«Ich fürchte nicht.» Der kräftig gebaute Mann deutete auf eine Brille in seiner Hand. Ein Glas war herausgefallen und das Gestell verbogen.

«Ich wollte sie putzen, bin gestolpert und habe sie fallen gelassen. Zu allem Überfluss bin ich draufgetreten. Es ist nicht mein Tag heute.»

Er bückte sich, tastete über den Rucksack, der gegen das Hinterrad von Samanthas Wagen lehnte. Er schob die Brille in das Aussenfach.

Offenbar ein Australienfan, ging es Samantha durch den Kopf, als sie die Sticker betrachtete: Koalas und Kängurus, eine australische Flagge und einer, der mit «Outback» beschriftet war.

«Wo es in der Nähe einen Optiker hat, wissen Sie nicht zufällig?», fragte er und schulterte den Rucksack.

«Nein, was ist aber mit dem, von dem Sie die Brille haben?», fragte Samantha verwundert.

«Ich bin nicht von Liestal und mache einen Geschäftsbesuch.» Er kniff die Augen zusammen, als er Samantha anblickte. «Ohne

Brille bin ich recht aufgeschmissen und brauche eine Notlösung.»

«Im Stedtli sollte es einige haben. Gehen Sie zur Strasse und biegen Sie dort links ab.» Samantha deutete in Richtung Rheinstrasse. «Folgen Sie der Strasse geradeaus und gehen Sie dann am Kantonsspital zur Linken und dem Polizeiposten Gutsmatte auf der rechten Seite vorbei. Das ist ein graues Gebäude mit blauen Fensterrahmen und grauen Storen. Danach weiter geradeaus in die Altstadt. Zu Fuss sind es bis ins Stedtli ungefähr fünfzehn Minuten.»

Der Mann hob seinen linken Arm, näherte ihn seinem Gesicht und streckte ihn gleich wieder von sich. «Wie spät ist es?»

Samantha nannte ihm die Uhrzeit.

«Vielen Dank. Das sollte zeitlich reichen. Ich bin nämlich eine Stunde zu früh.»

Der Mann ging in Richtung Rheinstrasse davon und sah dabei unbeholfen aus.

Ich hätte ihn begleiten sollen, dachte Samantha. Wenn er so kurzsichtig war, wie er den Eindruck erweckt hatte, konnte sie nur hoffen, er würde unversehrt einen Optiker erreichen.

Samantha nahm ihre Handtasche vom Beifahrersitz und kehrte zum Gebäude zurück. Während sie die Treppe in den ersten Stock hochstieg, überlegte sie, ob sie David auf das Foto ansprechen sollte. Mit Joel hatte sie gestern Abend diskutiert, was sie machen sollte.

«Ich wäre an seiner Stelle froh, Bescheid zu wissen», hatte er erklärt. Inzwischen glaubte er nicht mehr an die Möglichkeit, David habe das Couvert genommen. Eine solche Aktion wäre zu risikoreich. Er ging wie Samantha davon aus, dass David nichts von der Existenz der Fotos wusste. «Es wäre nur fair.»

Samantha war hin- und hergerissen, ob sie David informieren sollte.

Joel hatte recht, musste sie einräumen. Trotz Davids abweisender Reaktion am vergangenen Freitag, als Samantha das Thema Josefina angeschnitten hatte. David sollte von diesen Fotos von ihm wissen.

Sie bog zu Davids Arbeitsplatz ab. David war nicht da.

«Hallo, Samantha.» Dominik schlüpfte an ihr vorbei in den Raum. «Brauchst du Hilfe?»

«Ich suche David.»

«Der ist irgendwo.» Er machte mit der Hand eine ausladende Bewegung. «Soll ich ihm sagen, dass du ihn gesucht hast?»

«Nein. Es ist nicht so wichtig.»

Das Büro war nicht der richtige Platz, um dieses Thema anzusprechen, kam sie zum Schluss. Jederzeit konnte jemand hereinplatzen. Samantha wandte sich ab. Sie musste eine andere Gelegenheit finden.

***

Samantha klopfte gegen den Türrahmen. David blickte auf. Er hatte den Telefonhörer am Ohr. «Muss das ausgerechnet jetzt sein? Ich habe zu tun», fauchte er und stellte mit einer heftigen Bewegung das Mobilteil des Telefons auf die Station.

Samantha hob die Hände. «Sorry», murmelte sie und trat den Rückzug an.

«Samantha! Nicht du bist damit gemeint, sondern dieser Idiot.» David eilte ihr hinterher. «Was gibt es?»

«Ich wollte mich in die Datenbank einloggen, aber das System behauptet, mich nicht mehr zu kennen. Mein Username und mein Passwort stimmen. Ich habe keine Ahnung, was los ist. Es ist aber nicht so dringend. Ich erledige etwas anderes. Genug zu tun habe ich auf jeden Fall.»

«Komm mit.» David fasste Samanthas Arm und zog sie ins Büro. Er deutete auf den Stuhl, der vor dem Schreibtisch stand, und schloss die Tür. Sein Verhalten irritierte Samantha. David machte einen gestressten Eindruck.

«Es ist nicht wichtig. Du kannst mein IT-Problem später anschauen.»

David sagte nichts. Er setzte sich vor seinen Computer, tippte und klickte hin und her. «Ich habe dein Passwort zurückgesetzt und dir eine E-Mail geschrieben.»

«Danke.» Dazu hätte er sie nicht ins Büro bitten müssen. Samantha machte Anstalten aufzustehen.

«Wir müssen miteinander reden», sagte David.

«Wegen der Datenbank?»

«Nein, wegen Josefina.»

«Ich habe –»

«Ich weiss. Ich habe auch genug zu tun. Aber fünf Minuten müssen sein, und es ist höchste Zeit, dir zu erklären, warum ich mich am Freitag so unwirsch verhalten habe, und mich dafür zu entschuldigen.»

«Du musst nicht.» Samantha schielte zur Tür.

Sie war im Laufe des Vormittags wieder zum Schluss gekommen, David doch lieber nicht auf Josefina und die Fotos anzusprechen. Egal, was Joel gestern Abend gesagt hatte. Zu Recht, wie es schien. Sein Gesichtsausdruck machte ihr Angst. Warum kam keiner?

«Es gibt gute Gründe, warum ich mich von Josefina getrennt habe.»

«Das ist deine Sache und geht mich nichts an.»

«Ich hole ein wenig aus», sagte David und ignorierte ihren Einwand.

«Für Kurt war Josefina eine Heilige. Sie machte keine Fehler. Aber sie war wie du und ich nur ein Mensch. Nach dem Tod ihrer Mutter und ihrer Schwester hatten sie nie viel Geld. In der Schule wurde sie wegen ihrer, wie soll ich sagen, unmodernen Kleidung gemobbt. Nicht gerade förderlich für ihr Selbstbewusstsein. Knapp bei Kasse zu sein setzte sich während des Studiums fort. Sie war dringend auf einen Nebenverdienst angewiesen und jobbte in einer Bar. Dort muss ihr eine Kollegin diese Flausen in den Kopf gesetzt haben, wie man schneller an Geld kommen konnte. Oder soll ich Gehirnwäsche sagen? Diese Frau hat sie völlig umgekrempelt und überzeugt. In einem Punkt hatte sie recht. Josefina hat als Callgirl nicht schlecht verdient.»

«Callgirl?» Hatte sie das richtig verstanden? «Josefina?» Die Bilder machten plötzlich Sinn. Bis auf das mit David.

«Ich weiss, sie sah unscheinbar aus. Wenn sie aber wollte,

konnte sie sich in ein Rasseweib verwandeln. Sie fand sogar Gefallen daran.»

«Gefallen?», wiederholte Samantha ungläubig.

«Tagsüber unscheinbar und am Abend hätte sie es mit jedem Model aufnehmen können. Wie solche Verwandlungen möglich sind, kann ich wie du nicht nachvollziehen», sagte David. «Aber sie hatte Übung darin. Sie sagte, sie müsse nicht jeden nehmen und habe freie Wahl. Und das war sie, wählerisch. Man verbringe einen tollen Abend mit sexy Männern. Als wir zusammenkamen – wir haben uns während des Studiums kennengelernt –, versprach sie, damit aufzuhören. Eine Zeit lang funktionierte es. Sie arbeitete als Informatikerin und machte später die Ausbildung zur Kosmetikerin. Aber das Kosmetikstudio warf nicht so viel ab, wie sie es sich wünschte. Das erste Jahr schloss sie mit tiefroten Zahlen ab. Also griff sie auf ihr zweites Standbein zurück, wie sie es nannte. Was damals funktioniert hatte, klappte wiederum. Den Nebenverdienst nahm sie gerne. Und, wie gesagt, ihr machte es Spass.»

«Da wart ihr aber nicht mehr zusammen, oder?», fragte Samantha und dachte an das, was ihr David am letzten Donnerstag erzählt hatte.

«Das nicht, doch sie hatte auch schon während unserer Beziehung hin und wieder einen Kunden, wie sie es nannte. Ich habe sie erwischt, als sie sich mit einem auf einer entsprechenden Plattform verabredete. Ich solle mich nicht so haben, hat sie gesagt. Ich würde davon profitieren. Ferien. Autos. Und wir würden uns bald ein Eigenheim leisten können. Offenbar übte sie diesen Nebenjob wieder länger aus. Ich habe ihr gesagt, ich mache da nicht mit. Das Ergebnis war unsere Trennung. Ich nehme stark an, das Baby war nicht meins, sondern von einem ihrer Kunden.» David fuhr sich durch die Haare. Die Bewegung war fahrig. «Ich habe Kurt den Grund genannt. Es kam zu einem … Eklat. Er hat mich nie gemocht und unterstellte mir, Josefina zum Anschaffen gezwungen zu haben.»

Es klopfte an der Tür, die gleich darauf geöffnet wurde. Jasmin Hofer streckte den Kopf herein. «David … Oh, entschuldige.»

«Ich melde mich», sagte er unwirsch. «Samantha und ich haben eine Besprechung.»

Jasmin reckte den Daumen nach oben. Allerdings war ihre Verwirrung deutlich. Sie schloss die Tür.

«Empfing sie die Männer zu Hause?», fragte Samantha und dachte an die verschiedenen Autos vor Josefinas Haus.

«Das ist vorgekommen.»

Konnte einer von Josefinas Kunden sie ermordet haben? «Hast du das der Polizei gesagt?»

«Ja. Sie haben aber keine Hinweise gefunden.» Seine Augen huschten zur Seite.

Du hast es der Polizei nicht erzählt, dachte Samantha und fragte sich, warum David Nussbaum Josefinas Zweitjob verschwiegen hatte. «Sie haben keine Hinweise gefunden?», wiederholte sie.

David wischte imaginären Staub von seinem Tisch. «Keine Agenda, weder in Buchform noch Einträge auf ihrem Laptop oder auf dem Handy. Keine verräterischen Nummern. Nichts im Verlauf ihres Browsers. Auf diesen Portalen haben sie nichts gefunden. Falls sie dort einen anderen Namen verwendet hat, würde es schwer sein, sie ausfindig zu machen, hat man mir erklärt.»

«Konnte Kurt Dobler nichts Näheres dazu sagen?»

David lachte auf, was freudlos klang. «Er wisse nicht, wovon ich spreche. Kurt bezichtigt mich stattdessen der Lüge und sagt, ich wolle von mir als Tatverdächtigem ablenken. Dank ihm stehe ich recht weit oben auf der Liste von diesem Nussbaum.» Er schaute auf die Uhr. «Herr Nussbaum hat vorhin angerufen. Er bat mich, nochmals zum Polizeiposten zu kommen, da er weitere Fragen habe. Ich sollte mich auf den Weg machen. Es kommt nicht gut, wenn ich mich verspäte.»

Bevor Samantha sich versah, hatte er seine Jacke gegriffen und war zum Büro hinausgeeilt.

Samantha blieb sitzen. Die neue Vorladung hatte David nicht nur Kurt Dobler, sondern auch ihr zu verdanken. Hoffentlich erfuhr er nie von den Fotos. Das war vermutlich eine Illusion.

Sie ging davon aus, Nussbaum werde ihn darauf ansprechen. Hoffentlich gab er Samantha nicht als Quelle preis. Andernfalls würde David sich zu Recht hintergangen fühlen. Schwerfällig erhob Samantha sich und schloss leise die Tür zu Davids Büro hinter sich.

NEUN

«Bis Montag», sagte Samantha zu Christian.

«Ich bin am Montag und Dienstag auf Akquisitionstour. Franz hat beschlossen, dass wir es neben dem Schweizer Markt zuerst in Deutschland und in Österreich versuchen wollen. Danach soll es weiter nach ganz Europa und später weltweit gehen.»

Davon hatte Samantha gehört. Was sie davon halten sollte, wusste sie nicht. International präsent zu werden war verlockend. Allerdings war Samantha sich nicht sicher, ob Amry Cosmetics parat für diesen Schritt war.

«Mir geht es zu schnell», bestätigte Christian Samanthas Gefühl. «Die Ausdehnung über die Schweizer Grenzen hinaus ist zum jetzigen Zeitpunkt eine zu grosse Herausforderung. Unsere Produktion wäre dem nicht gewachsen.»

«Ich glaube, *den* Ansturm wird es nicht geben», erwiderte Samantha. «Vorsondierungen sind sicher nicht schlecht.»

«Damit hast du recht. Wir bleiben für den Anfang in der D-A-CH-Region, was ich vernünftig finde. Da verzetteln wir uns hoffentlich nicht.» Christian schob einige Klarsichtmappen zusammen und packte sie in seine Tasche.

«Viel Erfolg», sagte Samantha und verliess das Büro. Auf dem Weg zum Ausgang kam ihr Jasmin entgegen.

«Endlich Wochenende», stöhnte Jasmin.

«Es war eine anstrengende Woche», pflichtete ihr Samantha bei.

«Nicht nur das. Ich fühle mich schlapp, und es ist, als sei eine Grippe im Anzug.»

«Hoffentlich hat David dich nicht angesteckt.» Am Montag hatte Samantha David zum letzten Mal gesehen, als er zur Befragung bei Nussbaum aufgebrochen war. Am Dienstagmorgen hatte er sich krankgemeldet, und er war die ganze Woche daheimgeblieben. Samantha hatte das Gefühl, die Grippe war nur vorgeschoben.

«Gute Besserung», sagte Samantha zu Jasmin.

Vor Davids und Dominiks Büro blieb Samantha stehen und blickte durch die Tür ins Innere. Auf Dominiks Bildschirm flimmerten bunte Formen über schwarzen Hintergrund. Der Bildschirmschoner. Davids Arbeitsplatz sah so aus, wie er ihn verlassen hatte. Zu gerne hätte sie erfahren, wie sein Gespräch mit Nussbaum verlaufen war.

Das ungute Gefühl, das sie nach dem Gespräch mit ihm empfunden hatte, kehrte zurück. War er tatverdächtig? An Nussbaums Stelle würde sie ihn auf die Liste setzen. Besonders nach Samanthas Aussage mit dem Foto. Allerdings war ein verschwundenes Foto als Beweismittel unbrauchbar.

Samantha verliess das Gebäude. Feuchtwarme Luft empfing sie. Fast wie im Sommer. Für den Abend und die Nacht bestand die Möglichkeit für erste vereinzelte Gewitter, hatte Meteo Schweiz am Morgen verkündet.

Du solltest dich aus allem heraushalten und dich lieber auf das Wochenende freuen, sagte sie sich und ging Richtung Parkplatz. Heute Abend waren Joel und sie bei Joels Schwester Simona, ihrem Mann Maik und ihrem Sohn Nico in Mumpf eingeladen. Sie hatte also genügend anderes zu tun und sollte zusehen, endlich nach Hause zu kommen, um das Dessert zuzubereiten, das sie versprochen hatte mitzubringen.

Auf dem Parkplatz standen aussergewöhnlich viele Autos.

Ihre Gedanken kehrten zu David zurück. Alles auf sich beruhen lassen? Das kannst du nicht, sagte eine Stimme im Hinterkopf. Josefina war ihre Nachbarin.

Der Täter war in das ruhige Quartier eingedrungen. Die Unruhe und das Unbehagen waren bei allen Nachbarn zu spüren. Es gab kein anderes Gesprächsthema mehr, wenn man einander am Abend begegnete. Samantha bog um die Ecke und wurde von einem Mann angerempelt, der um eine Hausecke eines der Gebäude im Schildareal kam.

«Passen Sie bitte auf», rief Samantha.

Der Mann brummte etwas, das wie «elendes Ausländerpack – wie Schmeissfliegen überall» klang, und stiess Samantha in die

Seite. Sie taumelte gegen die Hauswand. Dem Mann nachzustarren war das Einzige, zu dem sie imstande war.

Er wechselte den blauen Rucksack, auf den Australiensticker genäht waren, auf die andere Schulter und hastete weiter.

Samantha war wie versteinert. Regelmässig wurde sie ausländerfeindlich angegangen. Nie hatte sie es geschafft, sich einen Schutzpanzer gegen die Anfeindungen zuzulegen. Jedes Mal traf es sie wie ein Schlag ins Gesicht und machte sie handlungsunfähig.

«Bestimmt gibt es Gruppen, in denen man sich mit Personen, die Gleiches erleben, austauschen kann», hatte Lorena vorgeschlagen. Davon hatte Samantha nichts wissen wollen.

«Es in sich hineinzufressen ist nicht die Lösung», hatte Lorena angefügt.

Samantha erreichte den Parkplatz und ging zu ihrem Smart, der zwischen zwei dunklen Wagen stand. Als sie die Fernbedienung betätigen wollte, blieb sie fassungslos stehen. Das konnte nicht wahr sein, was sie sah. Sie umrundete den Smart mehrmals, bis sie begriff, dass es keine Täuschung war. Alle vier Pneus waren zerstochen.

***

«Alle vier Pneus auf einmal?», fragte Maik.

«Ja», antwortete Samantha.

«Da wollte offenbar jemand sichergehen, dass du nicht mehr nach Hause kommst.»

«Warum ausgerechnet bei deiner Sardinenbüchse?», fragte Simona. Sie stellte die Teller zusammen. «Waren bei den anderen Autos die Pneus ebenfalls zerstochen?»

«Nein.» Samantha reichte Simona ihren Teller. Simona konnte nicht leugnen, die zwei Jahre ältere Schwester von Joel zu sein. Ihre braunen, leicht gewellten Haare hatten den gleichen Kastanienton wie Joels. Auch die Augenform und -farbe waren die gleichen wie die ihres Bruders.

«Für mich ist es eindeutig. Es ging gezielt gegen dich.»

«Wieso sollte es das?», kam Maik Samantha zuvor. «Hast du dich auf den falschen Parkplatz gestellt?»

«Nein.»

«Wie weit ist das von dem Gebäude entfernt, in dem du arbeitest?», fragte Simona.

«Nicht weit. Ein bis zwei Minuten zu Fuss. Mein Auto stand zwischen dem von Dominik und dem von Emma.»

«Was fahren sie für Autos?»

«Da fragst du mich was. Dominik hat einen Landrover und Emma einen Audi, glaube ich.»

«Ihren Wagen ist nichts passiert?»

Samantha verneinte.

«Also sind sie um einiges wertvoller als dein Smart. Es muss sich um einen gezielten Anschlag handeln. Was für andere Autos standen auf dem Parkplatz?»

«Das weiss ich nicht. Neben Emmas Wagen stand ein Lieferwagen und daneben ein BMW, wenn ich mich richtig erinnere. Wessen Auto das war, kann ich nicht sagen. Der Parkplatz ist für die Mitarbeiter der im Schildareal ansässigen Industrie-, Gewerbe- und Dienstleistungsbetriebe.»

«Hat der Lieferwagen die Sicht auf deinen Wagen abgedeckt?»

«Ähm, ja.»

«Hatte es weitere Schäden am Auto?»

«Nein.»

«Wie bist du nach Hause gekommen?», fragte Maik.

«Nachdem die Polizei alles inspiziert hat, hat der TCS geholfen.»

«Wenn er nicht geholfen hätte, hättest du mich anrufen können. Dein Auto hätte ich mit links nach Hause getragen.» Er bog seinen Arm nach oben und und strich mit der anderen Hand über seinen Bizeps.

Samantha musste schmunzeln. Maik war gross und kräftig gebaut. Er hatte die muskulöse Figur eines Schwingerkönigs, obwohl er den Sport nie ausgeübt hatte und auch sonst keinen Kraftsport machte. «Die Gene», hatte er Samantha erklärt.

«Das ist alles seltsam», sagte Simona und tippte mit dem Zeigefinger an die Lippen. Mit der anderen Hand zupfte sie an einer Strähne ihrer schulterlangen Haare. «Hast du in der letzten Zeit jemanden gesehen, der sich auf dem Parkplatz oder auf dem übrigen Areal herumgetrieben und sich auffällig verhalten hat?»

«Nein.»

«Keiner, der nicht berechtigt war, sich dort aufzuhalten?», hakte sie nach.

«Das Areal ist gross. Ich kenne nicht alle, die dort arbeiten.»

«Hast du das Gefühl gehabt, du würdest beobachtet, als du auf dem Parkplatz warst? Ist dir jemand gefolgt, als du zur Arbeit gefahren bist?»

Maik legte seine Hand auf Simonas Arm. «Mir war nicht bewusst, dass dir dein Beruf so fehlt.»

«Was?» Simona war sichtlich irritiert.

«Die polizeiliche Befragungstechnik hast du jedenfalls weiterhin drauf.»

«Möchtest du zurück in den Beruf?», fragte Joel, der sich bis anhin still verhalten hatte.

«Ja und nein. Mir fehlt es, Polizistin zu sein. Gleichzeitig möchte ich ganz für ihn da sein.» Sie blickte zu Nico, der auf Maiks Schoss sass. «Und …» Sie brach ab.

«Was?», fragte Joel.

«Einzusteigen und sogleich in Mutterschaftsurlaub zu müssen macht keinen Sinn.»

«Du bist schwanger?», fragte Joel.

«Ja. Nico bekommt im Oktober ein Geschwisterchen.»

«Das ist toll», sagte Samantha und verspürte einen Stich im Magen, was sie erstaunte. War sie etwa eifersüchtig? Bisher waren Kinder für sie kein Thema gewesen.

Simona strich Nico über den Kopf. Der fast zweijährige Bub gähnte und kuschelte sich an Maik.

«Er sollte ins Bett», sagte sie.

«Ich übernehme das.» Maik stand auf.

Samantha half Simona, das Geschirr in die Küche zu tragen und in den Geschirrspüler einzuräumen.

«Mir gefällt das mit den zerstochenen Pneus nicht», sagte

Simona. Samantha war froh, dass Simona das Thema Kinder wechselte. Allerdings war dieses auch nicht gerade das, was sie sich gewünscht hatte. «Wessen Aufmerksamkeit könntest du auf dich gezogen haben?», fuhr Simona fort.

«Du meinst, jemand hat es auf mich abgesehen?» Samantha musste sich setzen.

Sie wischte die Hände, die plötzlich schweissnass waren, an ihrer Jeans ab. Bitte nicht, dachte sie. Der letzte Fall, in den sie involviert und in dem sie später in den Fokus des Täters geraten war, lag über ein Jahr zurück. Sie hatte gehofft, das würde ihr nicht mehr passieren.

«Er hätte sich mit einem Reifen zufriedengeben können. Ich konnte mir kein Bild vor Ort machen. So wie du das schilderst, sieht es für mich nach einer grossen Portion Wut aus.»

«Falls deine Vermutung stimmt, hätte er nicht nur die Reifen zerstört. Er hätte die Scheiben eingeschlagen oder das Auto zerkratzt.»

«Er könnte gestört worden sein. Ist dir in der Umgebung jemand aufgefallen, als du auf das Eintreffen der Polizei gewartet hast?»

«Nein. Ich habe nicht darauf geachtet. Du meinst, ich wurde beobachtet?»

«Möglich.»

«In diesem Fall hätte er die Gelegenheit gehabt, mir etwas anzutun.»

«Nicht unbedingt. Er ist an deiner Reaktion interessiert. Er könnte deine Angst, Wut, Verzweiflung geniessen wollen.»

«Das wäre krank und macht keinen Sinn.»

«Für dich nicht. Für uns macht die Logik der Täter häufig keinen Sinn. Du hast also keinen gesehen? Auch nicht kurz bevor du bei deinem Auto angekommen bist?»

«Nein … Halt», sagte Samantha. Konnte das sein? Sie berichtete Simona von dem Vorfall mit dem Mann.

«Eine ausländerfeindliche Motivation könnte durchaus dahinterstecken.» Sie legte den Zeigefinger gegen die Lippen, wie sie es vorhin schon getan hatte.

Samantha war froh zu sitzen, da ihr spätestens jetzt die Beine nachgegeben hätten. Sie war häufig verbal angegangen worden. Zerstörungswut gegenüber ihrem Eigentum hatte es bisher nicht gegeben.

«Dazu müsste er wissen, welchen Wagen ich fahre.»

«Er könnte dich beobachtet haben.»

«Du meinst, er wollte mir etwas antun?»

«Auszuschliessen ist es nicht, aber dafür war keine Zeit», sagte Simona. «Es musste etwas sein, das schnell ging, da jederzeit jemand vorbeikommen konnte. Immerhin war Feierabend.»

«Ja. Es ist immer wieder einer zu seinem Wagen gegangen, um nach Hause zu fahren. Mehrfach wurde ich angesprochen, ob ich Hilfe benötige. Woher sollte er wissen, wo ich arbeite?»

«Er könnte dich in Joels Quartier gesehen haben und ist dir gefolgt. Oder, und das ist ein anderer Ansatz, er ist der Mörder eurer Nachbarin.»

Samantha benötigte mehrere Sekunden, bis sie Simonas Richtungsänderung in ihren Vermutungen begriffen hatte.

«Das klingt für mich weit hergeholt», sagte sie.

«Bitte sprich mit Jan Nussbaum.» Simona reichte Samantha Dessertschalen. «Für mich ist es kein Zufall. Eure Nachbarin wird brutal ermordet, und heute werden deine Pneus zerfetzt. Joel hat erzählt, du warst in Josefinas Haus und hattest das Gefühl, es beobachte dich jemand. Das mit den Pneus sollte eine Warnung sein.»

***

Samantha lauschte Joels gleichmässigem Atmen. Die beruhigende Wirkung blieb aus. Samantha starrte in die Dunkelheit und verkrampfte sich mit jedem Atemzug mehr.

Auf dem Heimweg hatte sie Joel erzählt, was Simona vermutete.

«Die Variante mit der ausländerfeindlichen Motivation klingt plausibel. Der Täter hat zufällig gesehen, wie du dort geparkt hast. Ihre Gedankengänge hingegen zu der Verbindung mit dem

Mord an Josefina finde ich weit hergeholt», hatte er hinzugefügt. «Was sollst du mit Josefina zu tun haben? Ich war schliesslich auch in dem Haus. Und meine Pneus sind ganz. Falls jemand uns einschüchtern möchte, gäbe es genügend andere – einfachere – Möglichkeiten.»

Samantha musste Joel recht geben. Es gab keinen Zusammenhang zwischen ihnen, der das Zerstechen der Reifen gerechtfertigt hätte. Sie waren einzig Nachbarn, die kein enges Verhältnis zueinander hatten.

Joels Argumente hatten sie beruhigt. Das hatte jedoch nur so lange angehalten, bis sie ins Bett gegangen waren und das Licht gelöscht hatten. In der Dunkelheit konnten sich ihre Gedanken voll entfalten.

Warum schlug der Reifenstecher ausgerechnet zu diesem Zeitpunkt zu? Zufall, wie Joel aufgeführt hatte? Es gab nämlich eine Verbindung. David Gerber. Er war Josefinas Ex und ihr Arbeitskollege.

Samantha versuchte, logisch über die Sache nachzudenken. Ihr Kontakt zu David als möglicher Grund für das Zerstechen ihrer Reifen war an den Haaren herbeigezogen. Es hätte in diesem Fall sein Auto treffen müssen.

Er war die ganze Woche nicht da, sagte eine Stimme in ihrem Hinterkopf. War das Ganze eine Frusthandlung, weil der Täter David nicht angetroffen hatte?

Samantha drehte sich auf die Seite und schaute Richtung Fenster, das als helle Fläche in der Dunkelheit leuchtete. Joel gab im Schlaf ein Seufzen von sich. Tiefes Ein- und Ausatmen folgte.

Samantha schlüpfte aus dem Bett und trat ans Fenster. Joels Schlafzimmer befand sich mit einem angrenzenden Badezimmer im ausgebauten Dachstock. Man hatte von hier eine wunderbare Aussicht auf Liestal. Samanthas Augen ruhten einen Augenblick auf den Lichtern der Stadt, bevor sie weiter zum Höhenzug wanderten, der sich als dunkler Schatten gegen den Nachthimmel abhob.

Die Ruhe der Szenerie übertrug sich nicht auf Samantha. Im Gegenteil, sie wurde unruhiger. Samantha schlüpfte aus dem

Schlafzimmer und schlich barfuss die Treppe nach unten. Dabei liess sie die beiden Treppenstufen aus, die knarrten, wenn man darauftrat. Im ersten Stock stand die Tür zum Arbeitszimmer offen. Der Lichtschein, der von der Strasse bis zum Gang schimmerte, reichte als Orientierung. Im Erdgeschoss angekommen, schlug Samantha den Weg zur Küche ein. Die Plättli fühlten sich im Gegensatz zum Holzboden und den Holzstufen kalt an. Sie hätte die Finken anziehen sollen.

Die Küche wurde durch die Strassenlaterne erhellt. Wie magisch angezogen, trat Samantha ans Fenster und hatte ein Déjà-vu. Sie stand hier wie in der Nacht von Ostermontag auf den Dienstag. Josefinas Haus war dunkel wie die übrigen Häuser in der Nachbarschaft.

Was hast du erwartet, dachte Samantha. Wie lange sie aus dem Fenster geschaut hatte, wusste sie nicht, als etwas aufblitzte. Samantha beugte sich vor. Die Fenster von Josefinas Haus blieben dunkel. Erneut leuchtete etwas auf. Am Himmel. Nur Wetterleuchten, dachte Samantha erleichtert. Das Gewitter musste weit weg sein, da keine Wolken die Sterne abdeckten.

Nach einer Weile verdrängte die Müdigkeit das Angespanntsein. Kälte kroch über die Fusssohlen die Beine hoch und liess sie frösteln.

Samantha wandte sich ab. In ihrem Augenwinkel blitzte ein Licht auf. Dieses Mal nicht am Himmel. Sie fuhr herum und schaute zu Josefinas Haus. Hatte sie es sich eingebildet?

In der Einfahrt von Josefinas Nachbarn hielt ein Wagen. Das Licht an der Haustür schaltete sich ein, und Samantha erkannte Oliver. Sie schaute zur Uhr am Ofen. Zwei Uhr in der Nacht. Kam er von einem Geschäftskunden? Um diese Zeit? Um diese Zeit würde er kaum mit einem Flugzeug zurückgekehrt sein, da es ein Nachtflugverbot gab. Er konnte in Deutschland oder Italien mit dem Auto unterwegs gewesen und nach einem Meeting abgefahren sein.

Oliver ging auf sein Haus zu. Nachdem er die Hälfte des Weges zurückgelegt hatte, blieb er stehen. Er blickte sich um, bevor er links abbog und sich durch die Hecke auf Josefinas

Grundstück zwängte und aus Samanthas Blickfeld verschwand. Gebannt starrte sie auf die Stelle in der Hecke. Was sollte das?

Das Licht im Hauseingang erlosch. Zwischen den Büschen blitzte der Lichtschein einer Taschenlampe auf. Wenn Samantha es richtig interpretierte, umrundete er das Haus. Das Licht verschwand. Die Minuten verstrichen. Brach er in das Haus ein?

Einbruch ... Polizei.

Der Lichtschein tauchte an der Stelle, an der er eben verschwunden war, wieder auf, und Sekunden später schlüpfte Oliver durch die Hecke zurück. Das Licht neben seiner Haustür schaltete sich ein. Er sah sich um und zündete eine Zigarette an. Eine Weile stand er rauchend vor seiner Haustür, bevor er die Zigarette am Boden ausdrückte und im Haus verschwand.

ZEHN

«Das ist seltsam», sagte Joel, nachdem Samantha ihm von ihrer Beobachtung in der vergangenen Nacht erzählt hatte.

Der Sonnenschein hatte sie dazu veranlasst, heute Morgen auf der Terrasse zu frühstücken. In der Sonne wäre es angenehm gewesen, wenn nicht der kühle Wind gewesen wäre und Wolken wiederholt die Sonne abgedeckt hätten. Dennoch waren sie bei ihrem Vorhaben geblieben. Samantha zog den Reissverschluss der Fleecejacke zu und bestrich ihre Brotscheibe mit Honig.

«Ob man ihn darauf ansprechen sollte?» Samantha biss in das Brot.

«Schwierig. Man müsste es geschickt angehen. Du bist dir sicher, dass er es war?»

«Ja. Er ist nach dem Abstecher in seinem Haus verschwunden. Soweit ich es aus der Entfernung beurteilen konnte, muss es Oliver gewesen sein.»

Einen Augenblick assen sie schweigend.

«Ich hätte die Polizei verständigen sollen», sagte Samantha.

«Sein Ausflug hat nicht lange gedauert, wenn ich dich richtig verstanden habe», erwiderte Joel. «Ich denke, es gibt einen banalen Grund für die Runde ums Haus: Er hatte was Verdächtiges beobachtet, das sich am Ende als nichts herausgestellt hat.»

Es klingelte an der Tür.

Zu Samanthas Verwunderung stand Kurt Dobler draussen. Sie bat ihn auf die Terrasse.

«Möchten Sie einen Kaffee?», fragte sie.

Er lehnte dankend ab. «Ich hoffe, ich störe nicht», fügte er an.

«Nein», sagte Joel und trank seinen Cappuccino aus.

«Ich benötige Hilfe beim Tragen.» Er deutete in die Richtung von Josefinas Haus. «Ich habe einige Dinge zusammengepackt, die ich behalten möchte. Die Kisten sind schwer, und ich kann sie nicht tragen, weil mich gestern die Hexe gestreift hat.»

Samantha brauchte einen Augenblick, bis sie begriff, dass Kurt Dobler von einem Hexenschuss sprach.

«Natürlich helfen wir Ihnen», sagte sie.

Vor dem Haus stand ein weisser Kombi. Bisher war er mit einem kleinen roten Mobility-Auto gekommen.

«Den haben mir meine Nachbarn ausgeliehen», sagte Kurt Dobler, der Samanthas verwunderten Blick offenbar bemerkt hatte.

Sie betraten das Haus. Nach wie vor herrschte Chaos. Allerdings roch es nicht so muffig wie die Male zuvor.

«Zwei Kisten stehen im Wohnzimmer, und eine ist im Arbeitszimmer. Viel kann ich nicht mitnehmen, da ich nur eine kleine Wohnung habe.»

Joel lief in den ersten Stock.

«Haben Sie das Tagebuch gefunden?», fragte Samantha.

«Nein.» Er stützte sich am Türrahmen zum Wohnzimmer ab und presste die Hand gegen das Hohlkreuz.

«Warum sind Sie sich so sicher, dass Ihre Tochter weiterhin eins geführt hat?»

«An Weihnachten redeten wir über das Tagebuchschreiben. Ob es Sinn mache oder nicht und wofür es gut sei. Josefina sagte, sie schreibe nach wie vor, obwohl nicht so detailliert wie früher. Es seien Stichworte, aber sie fände es schön, wenn man nachschlagen könne, was man einmal getan hatte. Besonders bei Reisen sei es eine grosse Erinnerungshilfe. Entschuldigung, ich muss mich setzen. Der Rücken.»

Er setzte sich auf einen der Stühle, die am Esstisch standen, lehnte sich nach hinten und streckte die Beine nach vorne.

Joel erschien in der Tür. «Ist der Wagen offen?»

«Ja. Ich habe im Keller den Wein in Kartons verpackt, und ich wäre froh, wenn du den ebenfalls einlädst.»

«Das mache ich gerne.» Joel verschwand.

Samantha schlenderte durch den Raum und musterte die Terrassentür und die Fenster. Alle waren verschlossen und sahen nicht danach aus, als habe jemand versucht, sich Zugang zu verschaffen.

Sie ging zum Esszimmertisch, auf dem zwei grosse Kisten standen. Sie hob eine hoch, stellte sie jedoch gleich wieder ab, da sie schwer war.

«Überlass das mir», sagte Joel und strich Samantha über den Rücken. «Puh», stöhnte er, als er die Kiste anhob. «Wer entlädt das Auto?», fragte er.

«Meine Nachbarn werden mir sicher helfen.»

Samantha folgte Joel aus dem Wohnzimmer und bog zum Bad ab. Das Fenster war verschlossen, genauso das in der Küche. Sie kehrte zu Kurt Dobler zurück.

«Der Wein ist im Keller?», fragte Joel, als er die zweite Kiste holte.

«Ja. Ich zeige ihn dir.»

Obwohl Samantha den Keller lieber kein zweites Mal betreten hätte, siegte die Neugier. Sie folgte den Männern die Treppe nach unten. Die Kartons standen in dem kleinen Vorraum. Die Tür zur Waschküche stand offen. Josefinas Kleider hingen nach wie vor auf der Leine und verdeckten die Wand mit der Tür, die in den Naturkeller führte, in dem sie Josefina gefunden hatten.

Joel hob einen Karton hoch und lief gefolgt von Kurt Dobler die Treppe nach oben. Samantha sträubte sich innerlich, doch sie betrat die Waschküche und schob die Kleidungsstücke beiseite.

Die Tür zum Naturkeller stand einen Spaltbreit offen. Wie magisch davon angezogen, stiess Samantha sie auf, schaute in den Raum und stutzte. Eine Bewegung hinter ihr zog ihre Aufmerksamkeit auf sich. Kurt Dobler stand da. Die Frage, was sie in der Waschküche zu suchen hatte, lag unausgesprochen zwischen ihnen.

«Wissen Sie, was hier passiert ist?» Samantha schaltete das Licht ein und deutete auf den Boden.

Die Steine waren auf die Seite geräumt und zu zwei Haufen aufgeschichtet worden. Der festgestampfte Lehmboden war zum Vorschein gekommen. Jemand hatte ein ungefähr dreissig bis fünfzig Zentimeter tiefes Loch gegraben.

«Keine Ahnung», sagte Kurt Dobler. «Ich weiss nicht, warum die Spurensicherung das gemacht hat.»

«Die Spurensicherung?», fragte Samantha verwundert. «Die gräbt nicht.»

«Warum nicht? Bestimmt wollten sie Proben vom Boden nehmen.»

«Wozu soll das gut sein?», fragte Samantha.

«Um Spuren vom Mörder zu sichern.»

«So tief brauchen sie dafür nicht zu graben.»

Josefina hatte auf der anderen Seite des kleinen Raumes gelegen. Es hätte mehr Sinn gemacht, dort nach verwertbaren Spuren zu suchen. Nein, korrigierte sie sich gleich. Sie würden den gesamten Raum absuchen. Das erklärte jedoch nicht das Graben.

«Die Spurensicherung wird ihre Gründe gehabt haben», sagte sie, obwohl sie weiterhin nicht davon überzeugt war, die Beamten seien für das Loch verantwortlich.

«Wieso sie das getan haben, ist im Grunde egal», sagte Kurt Dobler. «Allerdings war das Loch nicht da, als sie mir erklärten, sie seien fertig.» Er zuckte mit den Schultern, als wolle er sagen, dass ihn die Gründe für das Loch nicht interessierten. Er wandte sich ab und stiess beinahe mit Joel zusammen.

Joels Blick wechselte von Samantha zu dem Loch und zurück. Sie bückte sich und fuhr mit der Hand über die aufgeschichteten Steine und den Erdhaufen und liess sich Kurt Doblers letzten Satz durch den Kopf gehen: Das Loch war nicht da, als die Spurensicherung abgeschlossen war.

Das bedeutete, die Beamten hatten nicht gegraben. Wer aber dann? Die Person, die hier gegraben hatte, musste Zugang zum Haus haben. Soviel sie wusste, hatten nur Kurt Dobler und sie einen Schlüssel. Den Vermieter ausgenommen. Spielte er es herunter, weil er hier gegraben hatte? Mit einem Hexenschuss? Oder hatte er sich den Hexenschuss beim Graben geholt? Was sollte er hier suchen? Das machte keinen Sinn.

Es musste eine andere Person Zugang zum Haus haben. Samantha dachte an Oliver, der vergangene Nacht in Josefinas Garten geschlüpft war.

Er besass keinen Schlüssel. Oder hatte Josefina ihm einen gegeben, damit er auf das Haus aufpasste, wenn sie nicht da war? Allerdings war Oliver nicht lange genug fortgeblieben, um ein so grosses Loch zu graben.

Samantha richtete sich auf. Weder Spaten noch Schaufel waren zu sehen. Auch kein Pickel, der nötig war, um überhaupt so tief in das harte Erdreich einzudringen. Das Werkzeug hatte die Person nicht zurückgelassen. Weil sie nicht das gefunden hatte, wonach sie gesucht hatte?

«Sammy?» Joel berührte Samanthas Schulter. «Lass uns gehen.»

«Ich komme.»

Samantha löschte das Licht und blieb in der Waschküche stehen. Ein Luftzug wehte durch den Raum, und das Fenster neben dem Waschturm öffnete sich. Das war die Einstiegsmöglichkeit. Sie blickte nach oben. Das Gitter lag schräg über dem Schacht.

«Joel!»

Keine Antwort. Er musste das Haus verlassen haben.

Samantha hatte das dringende Bedürfnis, hier rauszukommen, und rannte aus dem Keller.

***

«Das ist seltsam», sagte Nussbaum. Er setzte sich auf den Terrassenstuhl. Etwas zu trinken hatte er abgelehnt, als Samantha ihn gefragt hatte. Die Bise wehte, aber im Vergleich zum Morgen war sie willkommen. Ohne den kühlen Wind wäre es um die Mittagszeit zu heiss gewesen, um in der Sonne zu sitzen.

«Sie hätten sich bei uns melden müssen, als Sie das Licht im Haus beobachteten.»

«Ich dachte, ich hätte es mir wie beim letzten Mal eingebildet, und habe es meiner überspitzten Phantasie zugeschrieben», sagte Samantha. «Was meint Oliver Marti?»

Als Samantha Nussbaum verständigt hatte, hatte sie berichtet, wie sie Oliver in der vergangenen Nacht gesehen hatte. Bevor Nussbaum zu ihnen gekommen war, hatte er zuerst Oliver Marti befragt.

«Er habe in der vergangenen Nacht ebenfalls einen Lichtschein gesehen, als er vom Ausgang zurückkam.»

«Ausgang?»

«Er hatte einen Männerabend mit einigen Kollegen vom Fussballclub Liestal. Er ist nachschauen gegangen, hat jedoch nichts entdeckt und nahm an, er habe es sich eingebildet. Der Abend sei feuchtfröhlich verlaufen, und er war nicht mehr nüchtern.»

Er ist mit dem Auto heimgefahren, hätte Samantha beinahe gesagt. In der letzten Sekunde biss sie sich auf die Lippen. Es war nicht an ihr, ihren Nachbarn anzuschwärzen, obwohl sie kein Verständnis für Leute hatte, die nach Alkoholkonsum selbst fuhren.

«Diese Grabung muss nach unseren Untersuchungen stattgefunden haben. Warum das Fenster offen ist, können wir uns nicht erklären. Die Jungs von der Spurensicherung könnten vergessen haben, es zu schliessen.»

«Wie bitte?», fragte Joel.

Nussbaum fühlte sich offensichtlich unbehaglich. «Sie haben nach den Untersuchungen gelüftet. Falls sie das Fenster nicht richtig geschlossen haben, ist das ein grobes Versäumnis.» Das klang grimmig, und der dafür Verantwortliche würde einen ordentlichen Rüffel bekommen, wenn Samantha Nussbaums Gesichtsausdruck richtig einschätzte.

«Haben sie herausgefunden, wonach der Einbrecher gesucht hat?»

«Nein. Der Boden ist hart. Die Kollegen haben einen halben Meter tiefer gegraben. Gefunden haben sie nichts – keine Schätze.» Er lachte.

Oder Überreste einer zweiten Leiche, dachte Samantha. Ihr wurde flau.

«Haben die Einbrecher etwas im Keller gesucht?», fragte Joel. «Josefina hat sie überrascht und musste deshalb sterben.»

«Eine andere Erklärung habe ich nicht. Frau Dobler hat mehrere Jahre in dem Haus gewohnt. Wir werden mit ihrem Vater sprechen, ob er sich vorstellen kann, was das gewesen sein kann.»

Samantha dachte an Kurt Doblers Reaktion. Im Nachhinein

fand sie, er hatte es eilig gehabt, den Keller zu verlassen. Wusste er, was dort unten gesucht worden war? Vielleicht hatte er jemanden gebeten, im Naturkeller zu suchen. Jedenfalls war Samantha davon überzeugt, er werde Nussbaum den Grund nicht sagen.

Nussbaum stand auf. «Ich bitte Sie, mich umgehend zu informieren, wenn Sie Unregelmässigkeiten beobachten. Sei es Licht im Haus oder eine fremde Person auf dem Grundstück. Egal, ob Sie das Gefühl haben, es sei nur eine Einbildung.»

ELF

«Ich melde mich», sagte Joel und nahm seinen Autoschlüssel. Samantha hatte das Gespräch entgegengenommen und zunächst nicht verstanden, was Verena ihr mit schriller Stimme sagen wollte. Erst als sie Joels Mutter gebeten hatte, von vorne und in der richtigen Reihenfolge zu erzählen, war es klar geworden. Joels Vater war die Treppe hinuntergestürzt und hatte nicht mehr aufstehen können. Er war mit der Ambulanz ins Liestaler Spital gebracht worden. Zum Glück hatte er sich nur einen Bänderriss im linken Fussgelenk und einige Prellungen zugezogen. Hinzu kamen eine Platzwunde auf der Stirn und blaue Flecken. Der Verdacht auf eine Gehirnerschütterung hatte sich nicht bestätigt. Im Spital müsse er nicht bleiben. Da Verena selbst nicht Auto fuhr, brauchte er jemanden, der ihn heimfuhr.

Samantha hatte gefragt, ob sie mitkommen solle.

«So lange wird es nicht dauern», war Joels Antwort gewesen. Er gab Samantha einen Kuss und eilte zu seinem Wagen.

Samantha bereitete sich einen Cappuccino zu und machte es sich mit ihrem Buch auf einem der Liegestühle bequem, die Joel am Morgen aus dem Keller geholt hatte.

So war es perfekt. An der Sonne war es nicht zu heiss, da nach wie vor eine leichte Bise wehte.

Das Klingeln des Telefons riss Samantha aus einer besonders spannenden Szene. Hoffentlich ist es nichts Ernstes mit Beat, dachte Samantha und lief ins Haus.

Die Telefonnummer auf dem Display kam ihr nicht bekannt vor. Ob Joel vom Spital aus anrief?

«Kurt Dobler hier. Gestern muss ich eine Kiste vergessen haben. Könnten Sie bitte nachschauen?»

An einem Sonntag? Samantha wunderte sich über den energischen Tonfall, der keinen Widerspruch zu dulden schien. «Sind die polizeilichen Untersuchungen im Keller beendet, und darf ich das Haus betreten?»

«Den Keller nicht. Der ist abgeschlossen. Die Wohnräume sind frei zugänglich.»

«Ich gehe gerne nachher rüber.»

«Es ist wichtig. Morgen kommen Leute vom Brockenhaus, um zu schauen, welche Möbel sie nehmen möchten.»

Das hatte Kurt Dobler erwähnt, als er sich gestern verabschiedet hatte. Er hatte Joel gezeigt, wo er den Schlüssel am Montagmorgen deponieren sollte.

Samantha war froh, wenn das Haus geräumt war. So langsam war sie zu stark in alles involviert.

«Es wäre schade, wenn die Kiste wegkäme», fuhr er fort. «Da sind Fotos drin.»

Fotos? Samanthas Interesse war sofort geweckt. Wie eine Paparazza, schalt sie sich. «Okay», sagte Samantha. «Ich schaue nach.»

«Würde es Ihnen etwas ausmachen, mir die Kiste vorbeizubringen? Ich habe das Auto zurückgegeben, und das Mobility-Auto ist in den nächsten Tagen besetzt.»

«Das mache ich gerne.»

Kurt Dobler nannte eine Adresse in Bubendorf und lieferte eine Wegbeschreibung dazu, die ziemlich chaotisch war. Wie gut, dass es heutzutage Navis gab. Joel setzte zwar alles daran, ihr das Baselbiet zu zeigen, aber in Bubendorf waren sie bisher nicht gewesen.

Samantha schaute sich um, bevor sie Josefinas Haus betrat. Wie die anderen Male kam sie sich wie ein Eindringling vor. Beklemmung machte sich breit. Der Geruch, der ihr entgegenschlug, schien muffiger als am Vortag zu sein. Die Kellertür war zu und das polizeiliche Siegel angebracht. Obwohl Kurt Dobler gesagt hatte, man dürfe ins Haus, hatte Samantha das Gefühl, etwas Verbotenes zu tun.

Sie entdeckte die Kiste sofort auf einem der Stühle, die beim Esszimmertisch standen, und klemmte sie unter ihren Arm. Sie war erstaunlich leicht. Eilig verliess sie das Haus und atmete auf, als sie draussen war. Sie überquerte die Strasse.

«Hallo, Samantha», grüsste Oliver Marti, der mit seiner Frau aus seiner Einfahrt trat. «Was ist das?» Er deutete auf die Kiste.

«Herr Dobler bat mich, die Kiste zu holen, bevor morgen die Leute vom Brockenhaus kommen.»

«Hat die Polizei das Haus freigegeben?»

«Bis auf den Keller.»

«Es ist mysteriös. Da steigt jemand durch das Kellerfenster ein, um da drin zu graben.» Woher wusste er das? Hatten die Beamten, die ihn befragt hatten, wirklich diese Details verraten?

«Offenbar hatte mich mein Eindruck nicht getäuscht, und die Anwesenheit einer fremden Person war keine Einbildung, als ich vorgestern in der Nacht nach Hause gekommen bin.»

Aufmerksam musterte er Samantha. Hatte die Polizei erwähnt, dass sie ihn gesehen hatte? Das Unwohlsein verstärkte sich.

«Fotos», sagte Oliver und deutete auf die Kiste. Nun bemerkte Samantha den Schriftzug auf der Seite.

«Verständlich, dass Josefinas Vater die haben möchte», sagte Rita. «Erinnerungen. Für ihn muss es hart sein. Erst seine Frau und die andere Tochter bei dem Badeunfall vor – keine Ahnung, wie viele Jahre das her ist, verloren zu haben. Vor Kurzem seine zweite Frau und nun Josefina. Bestimmt hat er nie vermutet, einmal der letzte Überlebende seiner Familie zu sein.»

Das klang seltsam und taktlos. Samantha enthielt sich eines Kommentars.

«Bringst du ihm die Fotos gleich heute?» Oliver starrte die Kiste an, als wollte er sie hypnotisieren.

Was geht dich das an? «Heute oder morgen.»

Samantha verabschiedete sich und kehrte in ihr Haus zurück. Sie stellte die Kiste auf den Boden und spähte durch den Türspion. Oliver und Rita standen an der gleichen Stelle und schauten in ihre Richtung. Oliver zündete eine Zigarette an und reichte sie Rita, bevor er sich selbst eine neue ansteckte. Rita rauchte wieder? Seit sie schwanger war, hatte Samantha sie nicht mehr mit Zigarette gesehen.

Endlich drehten sie sich um und schlenderten zu ihrem Haus.

Samantha blickte auf die Kiste zu ihren Füssen. Sie hatte sich geöffnet. Samantha hockte sich auf den Boden und nahm einen Stapel Fotos heraus, der auf einem Fotoalbum lag. Mehr schlecht als recht drängte sie die Gewissensbisse zurück, als sie die Fotos durchsah. Die meisten waren Schnappschüsse von David und Josefina. Das Fotoalbum enthielt Bilder von Josefina und ihrem Vater. Keine Sexfotos.

Sie beschloss, Kurt Dobler die Bilder sofort zu bringen, da er sie sehnsüchtig erwartete und es nach Bubendorf nicht weit war. Samantha verstaute alles zurück in die Kiste, als ihr Handy den Eingang einer Nachricht meldete.

Es dauert länger, als ich gedacht habe, schrieb Joel.

Kein Problem, antwortete Samantha. *Ich bringe Kurt Dobler die Fotos, die er vergessen hat.*

In wenigen Sätzen fasste sie zusammen, worum Kurt sie gebeten hatte.

Okay, komm danach zu meinen Eltern. Meine Mutter hat Kuchen gebacken und meinte, wir könnten heute Abend bei ihnen grillieren.

Samantha schickte das «Daumen hoch»-Emoji, ein Herz und einen Kussmund hinterher.

Samantha konnte es nicht vermeiden, zum Haus von Oliver und Rita Marti zu schauen, als sie nach draussen ging. Je länger sie über die beiden nachdachte, desto seltsamer erschien ihr deren Verhalten. Sie stellte die Kiste mit den Fotos auf den Beifahrersitz ihres Smart.

Da meinte sie, einen Schatten hinter dem Vorhang zu erkennen. Warum wurde sie das Gefühl nicht los, beobachtet zu werden? Nicht nur beobachtet. Der Antrieb der Person, die hinter dem Vorhang stand, musste mehr als nur Neugierde sein.

Samantha wollte einsteigen und realisierte, ihre Handtasche vergessen zu haben. Sie kehrte ins Haus zurück und fand sie an der Garderobe. Als sie erneut zum Auto ging, stand Rita neben dem Smart und schaute in das Beifahrerfenster.

«Kann ich dir helfen?», fragte Samantha.

Rita zuckte zusammen.

«Ich …» Sie senkte den Kopf. «Bringst du Kurt die Bilder?»

«Ich hatte es vor.»

Rita trat von einem Bein auf das andere und verschränkte die Hände vor ihrem voluminösen Bauch.

«Wo ist das Problem?»

«Sind Josefina und Oliver zusammen auf einem der Fotos?»

Knapp konnte Samantha das «Nein, warum?» in ein «Keine Ahnung, warum?» umwandeln. Rita sollte nicht wissen, dass sie die Fotos angeschaut hatte.

Rita schwieg und knetete die Hände vor ihrem Bauch.

«Wäre das ein Problem?», hakte Samantha nach.

Rita schaute sie wortlos an. War das Angst, die in ihren Augen aufblitzte?

«Wollen wir uns auf die Terrasse setzen?» Samantha machte eine Geste Richtung Garten.

Erleichterung löste für einen Moment die Angst ab.

Rita schaute über die Schulter, bevor sie Samantha folgte. Sie setzte sich mit durchgestrecktem Rücken auf die vordere Kante eines Stuhles.

«Wieso sollte es ein Problem sein, wenn Oliver auf den Fotos ist?», setzte Samantha an.

«Er … ich weiss es nicht genau, aber ich glaube, er hat mich mit ihr betrogen.» Rita sackte in sich zusammen.

«Wieso glaubst du das?», fragte Samantha nach mehreren Sekunden Schweigen.

«Ich habe die beiden gesehen. Nun ja, nicht in flagranti erwischt, aber so gut wie.»

Sprich nicht in Rätseln, dachte Samantha.

«Vor einem halben Jahr fing Oliver an, sich seltsam zu verhalten, wenn wir Josefina trafen. Ich habe es nicht gleich bemerkt. Es ist mir erst rückblickend aufgefallen. Nach dem Zeitpunkt, als ich sie im Garten gesehen hatte.» Sie schaute kurz in Samanthas Richtung. Tränen glänzten in ihren Augen. «Ich war frisch schwanger, und mir war die ganze Zeit kotzübel. Dauernd musste ich erbrechen. Ich bin zu meinem Frauenarzt gegangen, als es immer schlimmer wurde, in der Hoffnung, er werde mir ein Medikament verschreiben oder einen Tipp geben, was man dagegen tun könnte. Als ich an einem Abend von der Untersuchung zurückkam, habe ich sie in Josefinas Garten gesehen. Es war erstaunlich warm für diese Jahreszeit. Sie sassen auf ihrer Terrasse halb hinter einem Blumenkübel versteckt und rauchten einen Joint. Josefina hielt ihn Oliver hin, damit er ziehen konnte. Aus meinem Blickwinkel sah es so aus, als habe sich Josefina gegen Oliver gelehnt und er sie von hinten umarmt. Sie haben mich bemerkt und sind aufgesprungen. Josefina trug eine Bluse. Deutlich habe ich aber gesehen, dass sie darunter nichts anhatte.»

«Hast du Oliver darauf angesprochen?»

«Er wurde wütend. Was ich ihm unterstelle. Es sei nichts dabei, mit der Nachbarin Gras zu rauchen.»

«Konsumiert er öfter Marihuana?» Himmel, klang das geschwollen. Wie in einer Vernehmung.

«Während der Ausbildung hat er hin und wieder gekifft. Zum Entspannen.»

«Könnte er recht haben, und du hast es aus der Entfernung falsch gesehen?»

«Es gab einen anderen Vorfall. Um Silvester herum. Josefina klingelte bei uns und bat um Hilfe, weil die Hauptsicherung dauernd heraussprang. Oliver ist begabt, was Elektronisches betrifft. Als er nach einer halben Stunde zurückkam, hat er nach …» Es bereitete ihr offensichtlich Mühe, weiterzusprechen. «… intensiv nach ihr gerochen, nach ihrem Parfüm und …» Sie brach ab und wischte eine Träne aus dem Augenwinkel.

Hatte Josefina sich an ihren Nachbarn herangemacht, dessen Frau ein Kind erwartete? Rita tat Samantha leid, und falls ihre Vermutung stimmte, hätte sie ein Mordmotiv gehabt.

«Vielleicht geht die Phantasie mit mir durch», sagte Rita und schlang die Arme um ihren Körper. «Und es war nichts. Seitdem gab es keine solchen Anzeichen mehr, und ich wollte meinen Verdacht vergessen. Aber nun taucht dieser Nussbaum auf und fragt, ob Josefina häufig Männerbesuch hatte. Von verschiedenen Männern.»

«Und?», rutschte es Samantha heraus.

Rita antwortete nicht.

«Was hat das mit den Fotos von Kurt Dobler zu tun?»

«Als Nussbaum ging, hörte ich, wie er ein Telefongespräch entgegennahm. Genau habe ich es nicht verstanden, weil er sich zur Strasse entfernte. Aber er sprach von verschwundenen Fotos mit Männern in eindeutigen Positionen.»

«Puh, das ist heftig», stiess Samantha hervor. Gerade rechtzeitig war ihr eingefallen, Bestürzung zeigen zu müssen. Sie wollte Rita nicht wissen lassen, dass ihr das bekannt war. «Du denkst, diese Fotos für Josefinas Vater sind solche Fotos, und Oliver könnte auf einem mit Josefina abgebildet sein?»

Rita nickte.

«Das glaube ich nicht», sagte Samantha und überlegte fieberhaft, wie sie Rita diesbezüglich beruhigen konnte, ohne zuzugeben, die Fotos angeschaut zu haben. «Die Kiste stand gut sichtbar im Wohnzimmer. Ich gehe davon aus, dass die Spurensicherung einen Blick hineingeworfen hat. Sollten da solche Fotos drin gewesen sein, wie du andeutest, hätten sie diese mitgenommen.»

Samantha folgte der Strasse Richtung Seltisberg. Sie fuhr an der Schule vorbei und bog links Richtung Bubendorf ab. Sie folgte der schmalen Strasse, die steil hangabwärts führte. Als sie aus dem kleinen Wald herauskam, breiteten sich Wiesen vor ihr aus. In der Ferne konnte sie eine Ortschaft erkennen und vermutete, es handle sich um Bubendorf. Nachdem sie einen Bauernhof und blühende Obstbäume passiert hatte, führte die Strasse steil hangaufwärts und kurz darauf im Wald erneut bergab. Zwischen den Bäumen konnte Samantha wieder den Ort erkennen. Eindeutig Bubendorf. Im Tal angekommen, bog sie rechts und gleich darauf links ab. Nachdem sie weitere Male abgebogen war, meldete die Frauenstimme aus dem Navi, am Ziel angekommen zu sein. Keines der Parkfelder vor den Blöcken war als Besucherparkplatz gekennzeichnet. Samantha stellte ihren Smart auf dem ersten ab, trotz des Parkverbotschildes mit dem Zusatz «nur für Anwohner», das vor einem Parkfeld weiter rechts stand und die gesamte Fläche zu betreffen schien.

Ein grüner Kombi fuhr im Schritttempo an ihr vorbei. Als er

auf Samanthas Höhe war, verlangsamte er sein Tempo und hielt beinahe an. Samantha sah einen dunkelhaarigen Fahrer, der in ihre Richtung schaute.

Der Kombi mit Baselbieter Kennzeichen wendete einige Meter weiter vorne und kehrte zurück. Einige Meter von ihr entfernt hielt er am Strassenrand an. Der Fahrer stieg nicht aus. Samantha meinte zu erkennen, wie der Mann ein Handy ans Ohr hielt.

Samantha stieg aus. Zwei Frauen kamen den Weg entlang, der zu den Blöcken führte. In ihren Blicken lag Misstrauen.

«Darf ich hier parken, wenn ich kurz jemanden besuchen möchte?», fragte Samantha.

Keine der beiden antwortete. Sie musterten Samantha, bevor sie weitergingen. Samantha beschloss, das als Zustimmung aufzufassen, und nahm die Kiste vom Beifahrersitz.

Während der Fahrt hatte sie überlegt, wie sie Kurt Dobler darauf ansprechen sollte, ob er wisse, was in Josefinas Keller vergraben gewesen sei.

Samantha erreichte den ersten Block und studierte die Klingeltafeln neben der Glastür.

«Brauchen Sie Hilfe?» Ein Mann mittleren Alters stand hinter Samantha.

«Ich suche Kurt Dobler.» Sie nannte die Adresse.

«Das ist dort.» Er deutete auf den Nachbarblock.

Samantha bedankte sich und wurde beim nächsten Eingang fündig. Sie klingelte. Nichts passierte. Verwundert sah Samantha zur Gegensprechanlage. Bevor sie abgefahren war, hatte sie Kurt Dobler angerufen und ihn wissen lassen, die Fotos gleich vorbeizubringen.

«Ich bin zu Hause», hatte er versichert und angefügt: «Wo soll ich sonst hin.» Das hatte nach einer grossen Portion Einsamkeit geklungen, und Samantha fragte sich, ob er keine Freunde hatte.

Samantha stiess gegen die Tür. Sie war verschlossen. Erneut klingelte sie. Als wiederum nichts passierte, überlegte sie, was sie tun sollte. Die Kiste war zu gross, um sie im Milchkasten zu deponieren.

Zwei Buben, die Samantha auf zehn Jahre schätzte, stiessen

die Tür auf. Sie stürmten an Samantha vorbei und rannten Richtung Strasse. Bevor die Tür zufallen konnte, schlüpfte Samantha hinein.

«Ich wohne im Erdgeschoss in der hinteren Wohnung», hatte Kurt Dobler erklärt.

Samantha klingelte und lauschte. Keine Schritte. Sie stellte die Kiste auf die graue Fussmatte und überlegte, ob sie die Fotos so ohne Weiteres hierlassen konnte.

Der Gedanke behagte ihr nicht. Genauso wenig behagte ihr, dass Kurt Dobler nicht da zu sein schien, obwohl sie sich verabredet hatten. Ob er einen neuen Hexenschuss hatte, der ihn ausser Gefecht gesetzt hatte? Oder schlimmer, hatte er einen Herzinfarkt erlitten? Samantha drückte die Klinke nach unten und schrak zurück, als die Tür sich mit einem Klicken öffnete.

Vorsichtig stiess sie sie ein Stück weiter auf. «Herr Dobler?»

Stille.

«Ich bin es, Samantha Kälin.»

Keine Antwort.

«Ich habe die Fotos gebracht.»

Das Schweigen war bedrohlich. Nur das Ticken einer Uhr war zu hören. Zögernd trat Samantha ins Innere. Die Luft war abgestanden, und Lüften hätte gutgetan, aber der Gang sah blitzblank geputzt aus. Auf den weissen Platten war kein einziges Staubkorn zu sehen. Das Gleiche galt für das halbhohe dunkelbraune Schränkchen neben der Garderobe. An der Garderobe hingen Jacken, die genau eine Handbreit Abstand zueinander hatten. Die drei Schuhpaare darunter standen ordentlich aufgereiht wie mit dem Lineal ausgerichtet.

Samantha klopfte gegen die erste Tür und fand sich in einer Küche wieder, die in die Jahre gekommen war. Hier war wie im Gang alles aufgeräumt. Ausser einer Kaffeemaschine stand nichts auf der Anrichte. Der Wasserhahn und das Spülbecken glänzten wie in einem Werbespot für Putzmittel. Ein schwacher Geruch nach Teigwaren und Tomatensauce hing in der Luft.

Samantha lief weiter und rief erneut Kurt Doblers Namen. Der nächste Raum war ein Wohnesszimmer. Penible Ordnung.

Neben einer Tür, die auf eine Terrasse führen musste, standen in einem Regal Bücher, deren Buchrücken den gleichen Abstand zur Kante des Tablars hatten. Die Vase mit Osterglocken befand sich genau in der Mitte des runden Wohnzimmertischchens. Samantha betrat den Raum. Sie blickte nach rechts und erschrak, als sie den aufrecht sitzenden Mann auf dem Sofa bemerkte. Auf den zweiten Blick erkannte sie Kurt Dobler. Mit aufgerissenen Augen starrte er sie an.

«Bitte entschuldigen Sie. Ich wollte Sie nicht erschrecken. Sie haben die Tür nicht geöffnet, und ich –» Samantha entdeckte auf dem blauen Pullover einen dunklen Fleck. Doblers Hände, die auf seinem Schoss lagen, waren blutverschmiert.

Samantha sass in Kurt Doblers Küche. Ihre Hände lagen ineinander verkrampft auf dem Tisch.

Nussbaum lehnte sich nach hinten und verschränkte die Arme vor der Brust. Er hatte sich Samanthas Erklärung, warum sie hier war, angehört, ohne sie zu unterbrechen.

«Die Kiste ist offen», sagte er. «Haben Sie die Fotos angeschaut?»

«Ja», antwortete Samantha. Leugnen war zwecklos, aber man konnte die Wahrheit anpassen. «Sie ist mir aus der Hand gefallen. Offenbar war sie nicht richtig zu. Ich habe die Bilder wieder eingeräumt.»

Nussbaum beugte sich vor und legte die Hände auf den Tisch – nur wenige Zentimeter von Samanthas entfernt.

«Schnappschüsse, ein Fotoalbum, aber keine kompromittierenden Bilder», fühlte Samantha sich genötigt zu sagen.

Nussbaum zog die Kiste zu sich heran. Er nahm einzelne Bilder heraus, legte sie zurück und holte das Fotoalbum hervor. Er blätterte es durch und legte es ohne Kommentar zurück. «Haben Sie was angefasst, als Sie durch die Wohnung gegangen sind?»

«Ja. Die Haustür, die Küchentür und … keine Ahnung.»

«Haben Sie Herrn Doblers Position verändert?»

«Nein.»

«Sicher?»

«Ich habe schnell begriffen, dass er nicht mehr lebt.» Samantha deutete auf ihre Brust. «Das Dunkle ist Blut, und er hatte es an den Händen. Er wurde erschossen, nicht wahr?»

«Das sieht so aus. Ist Ihnen beim Eintreffen etwas aufgefallen?»

Samantha überlegte. «Nein, bis auf die unverschlossene Wohnungstür.»

«Habe ich Sie richtig verstanden? Die Tür war zu, aber nicht abgeschlossen?»

«Ja, um sie zu öffnen, habe ich die Türklinke heruntergedrückt.»

«Warum haben Sie das getan und die Kiste nicht einfach vor die Tür gestellt?»

«Ich hatte das Gefühl, es stimme etwas nicht. Herr Dobler wusste, dass ich kommen würde. Ihm war es wichtig, dass ich die Fotos schnell vorbeibringe. Bevor ich in Liestal abfuhr, habe ich es ihn wissen lassen. Er sagte, er sei zu Hause.»

«Wie klang Herr Dobler am Telefon? Gab es Anzeichen, es könnte etwas nicht in Ordnung sein?»

«Eigentlich nicht. Er klang niedergeschlagen, so wie er immer klang, wenn ich mit ihm in den letzten Tagen Kontakt hatte. Er schien sich aber zu freuen, weil ich die Fotos heute schon bringen wollte. Er sagte, er werde uns einen Kaffee kochen, und schien froh über die Aussicht auf Besuch zu sein.»

«Warum sind Sie allein gekommen?»

Samantha verstand die Frage nicht und schaute Nussbaum verwirrt an.

«Wieso hat Herr Gyger Sie nicht begleitet?»

Warum sollte das wichtig sein? Samantha berichtete von Beats Unfall. Nussbaum schrieb in sein Notizbuch und klappte es zu. Er stand auf. «Bitte melden Sie sich, wenn Ihnen noch etwas einfällt, und halten Sie sich zur Verfügung.»

Erleichtert, gehen zu können, machte Samantha sich auf den Weg zu ihrem Wagen. Sie lehnte sich dagegen und atmete mehrmals tief durch. Zwei Streifenwagen standen neben ihrem Smart, und sie bemerkte den grünen Kombi vor Nussbaums Wagen am Strassenrand. Mehrere Leute standen in einiger Entfernung. Ein Beamter redete auf sie ein. Vermutlich forderte er sie auf wegzugehen. Gaffer.

Ein Mann schlenderte rauchend zum grünen Kombi. Er warf die Zigarette auf die Strasse und stieg ein.

***

«Trink das.» Verena stellte eine Tasse Tee vor Samantha auf den Tisch. Wie sie den Weg zu Joels Eltern gefunden hatte, wusste Samantha nicht. Ihr Gehirn musste abgespeichert haben, mit ihnen verabredet zu sein, und hatte unbewusst die Führung übernommen. Ein Wunder, war sie ohne Unfall angekommen.

«Was für eine Geschichte», sagte Beat.

Er sass Samantha gegenüber am Küchentisch und hatte seinen Fuss auf einen zweiten Stuhl gelegt.

Samantha konnte sich nicht erinnern, von Kurt Dobler berichtet zu haben. Sie wusste nur, wie sie mehr zur Haustür gestolpert als gegangen war. Sie hatte unzusammenhängende Sätze gesprochen, als Verena ihr die Tür geöffnet hatte. Ihre komplette Aufnahmefähigkeit hatte erst eingesetzt, als Verena den Tee vor sie gestellt hatte.

«Wir hatten befürchtet, du hättest vergessen, hier vorbeizukommen, nachdem du ihm die Fotos gebracht hast.» Verena zog sich einen Stuhl heran und setzte sich neben ihren Mann. «Joel hat mehrmals versucht, dich zu erreichen, und wir haben uns ernsthaft Sorgen gemacht.»

Auf die Idee, auf ihr Handy zu schauen oder anzurufen, war Samantha nicht gekommen.

«Hat die Polizei einen Verdacht, was passiert sein könnte?», fragte Verena.

Zu mehr, als den Kopf zu schütteln, war Samantha nicht imstande.

«So schnell geht das nicht, Mueti.» Joel stiess sich von der Küchenanrichte ab und stellte sich hinter Samantha. Er legte seine

Hände auf ihre Schultern und begann, diese leicht zu kneten. «Mir gefällt es nicht, dass ausgerechnet du ihn gefunden hast», sagte er. «Mir kommt es so vor, als habe jemand versucht, dich dorthin zu locken.»

Samantha verkrampfte sich augenblicklich. Sie rief sich in Erinnerung, wie Kurt Dobler am Telefon geklungen hatte. War Anspannung in seiner Stimme gewesen? Oder Angst? Hatte er ihr sogar eine versteckte Botschaft zukommen lassen wollen? Sosehr sie sich bemühte, sie kam zu keinem anderen Schluss als zu dem, was sie Nussbaum erzählt hatte.

«Warum sollte jemand Sammy zu diesem Dobler locken?», warf Beat ein. «Das macht keinen Sinn.»

«Dir ist nichts aufgefallen, als er dich anrief?», fragte Joel, anstatt auf den Einwand seines Vaters einzugehen.

«Nein.» Samanthas Stimme klang wie das Krächzen einer Krähe. «Er bat mich, ihm die Kiste mit den Fotos aus dem Haus zu holen, damit sie nicht aus Versehen von der Brockenstube oder von der Räumungsfirma weggeworfen wird.» Sie trank einen kleinen Schluck Tee und verbrannte sich beinahe den Mund. Rasch schluckte sie und spürte den Weg nach, den die heisse Flüssigkeit ihre Speiseröhre entlang Richtung Magen nahm. Die Hitze breitete sich wellenförmig in ihrem Körper aus, was unangenehm war.

«Hattest du den Eindruck, er stünde unter Stress, als ihr telefoniert habt?», fragte Joel weiter.

«Ihm war wichtig, dass ich die Fotos sofort holte. Er machte auf mich einen enttäuschten Eindruck, als ich sagte, ich werde sie nicht heute vorbeibringen können, was mich dazu bewogen hat, es doch schon heute zu tun.»

«Waren unter den Bildern Fotos wie … du weisst, was ich meine?» Er setzte sich neben Samantha und musterte sie aufmerksam.

«Du hast in den Sachen geschnüffelt?», rief Verena entsetzt.

«Mir ist die Kiste runtergefallen», benutzte Samantha die gleiche Lüge wie bei Nussbaum. «Da die Kiste nicht richtig verschlossen war, musste ich die Bilder wieder einräumen.»

Joels Mundwinkel zuckten nach oben. Ihm war eindeutig klar, wie es gewesen sein musste.

«Es waren keine solchen Bilder dabei.»

«Was meinst du mit ‹solche Bilder›?», fragte Verena irritiert.

«Das ist also nicht der Grund», überging Joel die Frage seiner Mutter, wofür Samantha dankbar war. «Könnte zu dem Zeitpunkt, als ihr telefoniert habt, jemand bei ihm gewesen sein?»

«Das kann ich nicht beurteilen.»

«Schluss mit dem Thema», sagte Verena energisch. «Zeit, um eine Kleinigkeit zu essen.» Sie stellte Teller und Tassen auf den Tisch.

«Deine Osterwähe?», fragte Joel erstaunt. «Ostern ist längst Vergangenheit.»

«Nur zwei Wochen», hielt seine Mutter dagegen. «Da ihr an Ostern wegen der unsäglichen Sache in eurer Nachbarschaft nicht in den Genuss gekommen seid, habe ich gedacht, es wäre heute eine gute Gelegenheit, das nachzuholen. Ostern ohne Osterwähe war für dich als Kind undenkbar, und mindestens einmal im Jahr muss es sie geben. Es ist zudem die ideale Nervennahrung, die Sammy nach dem Erlebnis braucht.» Sie reichte Samantha ein Stück.

Obwohl sie glaubte, keinen Hunger zu haben, war ihr Magen anderer Meinung.

«Der ist fein. Er ist weniger süss als die Variante, die ich kenne. Normalerweise ist der Osterfladen aus Mürbeteig, nicht wahr?»

«Mürbeteig ist uns zu süss, und ich mache den Kuchen immer mit einem Wähenteig.»

Samantha nahm sich ein weiteres Stück und konnte Verena die Freude darüber deutlich ansehen.

***

«Vielen Dank für das Nachtessen», sagte Samantha und verabschiedete sich von Verena mit drei Wangenküsschen. Obwohl der Himmel nach wie vor bewölkt war, war es angenehm mild gewesen. Joel hatte den Grill in Betrieb genommen. Zum ersten Mal in diesem Jahr, wie Beat mehrfach betont hatte.

Der gemütliche Abend hatte Kurt Doblers Tod in den Hintergrund gedrängt.

Joel hielt neben Samanthas Smart an, den sie neben Joels Wagen in die Einfahrt seiner Eltern gestellt hatte.

Er gab Samantha einen Kuss. «Treffpunkt zu Hause?»

«Ja.»

Er stieg in seinen Wagen ein. Samantha wartete, bis er rückwärts aus der Einfahrt gefahren war, und öffnete die Fahrertür. Sie stieg nicht gleich ein und liess die Umgebung auf sich wirken. Das Quartier, in dem Joels Eltern wohnten, bestand aus älteren Einfamilienhäusern, die teilweise hinter Büschen, Hecken und Bäumen versteckt waren, deren zartgrüne Blätter noch nicht dicht genug waren, um die Sicht zu verdecken. Zwischen den Bäumen konnte Samantha einen modernen grauen Block erkennen. Das Gymnasium, das Joel als Jugendlicher besucht hatte. In dem Kirschenbaum in Verenas Garten stritten sich zwei Amseln. Die eine flog los und landete wenige Meter von Samantha entfernt auf der Wiese, in der Osterglocken blühten. Die zweite folgte und stürzte sich auf die erste. Federn flogen.

Sich prügelnde Vögel, dachte Samantha und konnte nicht anders als lachen. Das erschreckte die Streithähne, und sie flogen zeternd davon.

Samantha wollte einsteigen, als sie den grünen Kombi bemerkte, der schräg gegenüber der Einfahrt parkte. Der Motor wurde angelassen. Langsam fuhr der Wagen an. Der Mann auf dem Beifahrersitz blickte zu ihr. Genau konnte sie ihn nicht erkennen, da sein Gesicht im Schatten lag. Das konnte unmöglich derselbe sein, den sie in Bubendorf gesehen hatte. Schliesslich gab es eine Menge solcher Kombis. Ausserdem wusste Samantha nicht, um welche Automarke es sich bei dem in Bubendorf gehandelt hatte. Die Kombis hatten für sie alle mehr oder weniger die gleiche Form.

Langsam schob der Wagen sich an der Einfahrt vorbei und verschwand aus Samanthas Blickfeld. Sie rannte zur Strasse und konnte gerade noch erkennen, wie er in die nächste Strasse abbog. Baselbieter Kennzeichen. Das musste aber nichts heissen.

Im Kanton Basel-Landschaft waren bestimmt viele derartige Fahrzeuge gemeldet.

«Nein», sagte Samantha mit Nachdruck. Das musste ein anderer Wagen gewesen sein. In Bubendorf hatte nur eine Person in dem Wagen gesessen. Hier waren es zwei gewesen.

Hör auf, Gespenster zu sehen, dachte Samantha und ging zu ihrem Smart. Die Entspannung, die sie beim Anblick der sich streitenden Amseln verspürt hatte, war verschwunden. Das Gefühl, beobachtet zu werden, stellte sich ein. Während sie zu Joels Haus fuhr, schaute Samantha in regelmässigen Abständen in den Rückspiegel. Ein dunkelgrüner Kombi tauchte nicht darin auf.

Du hast es dir eingebildet, dass er vor dem Haus von Joels Eltern auf dich gewartet hat, redete sie sich ein. Sie revidierte den Beschluss, Nussbaum anzurufen. Hysterisch zu erscheinen war das Letzte, das sie wollte.

ZWÖLF

«Der Milchaufschäumer ist kaputt», sagte Dominik. Sein Frust traf Samantha mit voller Wucht. «Und das an einem Montagmorgen.»

«Vormittag», erwiderte Samantha. «Immerhin ist es halb zehn.»

«Egal, ohne einen anständigen Cappuccino wird der Tag eine Katastrophe.»

Dem musste Samantha insgeheim zustimmen. «Hat es einen Schwingbesen?»

«Einen was?»

Samantha durchstöberte die Schubladen. «Das hier.»

Dominik starrte den Schwingbesen an, als habe er nie einen gesehen. «Was wir nicht alles in unserer Küche haben», brummte er. «Was hat das Ding mit unserem nicht zubereitbaren Cappuccino zu tun?»

Anstelle zu antworten, goss Samantha einen Fingerbreit Milch in einen kleinen Topf. Während sie diese erhitzte, schwenkte sie den Schwingbesen mit schnellen Bewegungen durch die Milch.

«Was gibt das, wenn das fertig ist?»

«Milchschaum. Kümmere du dich um den Kaffee.»

«Wow», sagte Dominik, als Samantha den Milchschaum in die Tassen goss. «Der ist besser als der von der Aufschäumvorrichtung. Mein Tag ist gerettet.» Er nahm seine Tasse und verschwand in die Richtung seines Büros.

Samantha trat mit ihrem Cappuccino auf die Terrasse und musste blinzeln, da die Helligkeit sie blendete. In der Sonne war es zu heiss, und Samantha gesellte sich zu David, der den Sonnenschirm aufgespannt hatte. Er rutschte ein Stück zur Seite. Samantha wusste nicht, wie sie ein Gespräch beginnen sollte. Zu gerne hätte sie gewusst, wie es ihm ging und wie die Vernehmung vor einer Woche verlaufen war.

«Bevor du fragst, mir geht es gut.» Das klang barsch – nach

dem Motto: Lass mich in Ruhe. «Die Grippe hat nichts mit dem Verhör zu tun», fügte er an.

«Verhör?», rief Samantha.

«Mein unfreiwilliger Besuch auf dem Polizeiposten Gutsmatte war nicht gerade das, was man sich wünscht», fauchte er. «Es war wie das Verhör eines Schwerverbrechers.» David stellte die Espressotasse schwungvoll auf den Tisch. «Ich musste ihnen für jede Sekunde am Osterwochenende erklären, was ich gemacht hatte.»

«Sie glauben, du hast Josefina getötet?»

«Ich weiss nicht, was sie glauben, aber es geht in diese Richtung. Sie haben die Tatwaffe gefunden. Eine Weinflasche mit meinen Fingerabdrücken. Ob sie mir geglaubt haben, dass ich diese Josefina zu Weihnachten geschenkt hatte, bezweifle ich, auch wenn dieser Nussbaum nach meiner Erklärung erst einmal Ruhe gegeben hat. Vermutlich liegt es an meinem Alibi zum vermuteten Todeszeitpunkt. Meine Freundin und ich sind am Samstagabend spontan losgefahren. Wir sind in die Ferienwohnung am Bodensee gegangen und hatten Besuch von den Nachbarn, denen die Wohnung auf dem gleichen Stock gehört. Immer wenn wir da sind, trinken wir etwas zusammen. Josefina wurde gemäss Rechtsmediziner gegen Mitternacht getötet. Zu dem Zeitpunkt haben wir diskutiert, ob wir eine weitere Flasche Wein aufmachen sollen. Ostersonntag waren wir in Vaduz, und von Sonntag auf Montag haben wir wieder in der Wohnung übernachtet.»

Moment, dachte Samantha. Das war eine andere Version als die, die er ihr neulich erzählt hatte. Wenn sie sich richtig erinnerte, hatte er gesagt, erst am Sonntagvormittag nach Vaduz gefahren zu sein.

Bevor sie sich entschieden hatte, ob sie diesbezüglich noch einmal nachfragen sollte, fuhr David fort. «Damit bin ich aus dem Schneider, da unsere Bodenseenachbarn das Alibi bestätigt haben.» Kurz überzog ein Grinsen sein Gesicht, das wie ein Triumph aussah. David lehnte sich nach hinten und breitete die Arme aus. «Offenbar funktioniert die einfache Variante nicht. Die Ermittler müssen ihre grauen Zellen mehr aktivieren.» Er lachte schallend. «Ob es ihnen passt oder nicht.»

Samantha fand sein Benehmen befremdlich.

«Entschuldige. Das ist taktlos. Natürlich geht mir Josefinas Tod nahe. Ich möchte, dass die Polizei den Täter schnell findet, damit er zur Rechenschaft gezogen wird, auch wenn es Josefina nicht lebendig macht. Ich bin einfach wahnsinnig erleichtert, nicht als Tatverdächtiger Nummer eins zu gelten.»

Samantha rührte mit dem Löffel im Cappuccino und dachte über Davids Aussage nach. Sollte er der Polizei zuerst eine andere Version erzählt haben, würde Nussbaum nachgehakt haben. Sie musste es damals missverstanden haben. Oder hatte er die Geschichte nachträglich angepasst, um nicht in den Fokus der Polizei zu rücken?

«Hey, du machst den Schaum, das Beste daran, kaputt.»

«Was? Ja, stimmt.» Samantha leckte den Löffel ab.

«Was ist los?»

«Weisst du das von Josefinas Vater?»

«Kurt? Nein. Was ist mit ihm?»

Samantha war hin- und hergerissen, ob sie ihm von dem Mord berichten sollte. In den Medien wurde bislang kein Name genannt.

Für einen Rückzieher war es zu spät. Sie beobachtete David genau. Seine Augen weiteten sich. Der Schreck stand ihm ins Gesicht geschrieben und schien nicht gespielt zu sein.

«Kurt und ich waren nicht die besten Freunde», sagte David und betrachtete konzentriert seine Fingernägel. «Er hielt nichts von mir, und ich mochte ihn ebenfalls nicht. Häufig hatten wir Meinungsverschiedenheiten, und ich habe ihm mehr als einmal die Pest an den Hals gewünscht. Aber das …» Er brach ab.

Die Polizei wusste bestimmt von dem nicht guten Verhältnis der beiden Männer und würde David ein weiteres Mal vorladen. Ob er auch für den frühen gestrigen Nachmittag ein Alibi vorweisen konnte?

«Ich war zu Hause», sagte David, als ahne er Samanthas Gedanken. «Nach dem Mittagsschlaf bin ich mit meiner Tochter auf den Spielplatz gegangen. Leider wird das meine Partnerin nicht bestätigen können. Sie hat eine Freundin besucht. Dieser ging es nicht gut, da sie sich von ihrem langjährigen Freund getrennt hatte.» Er stand auf und trat an den Rand der Terrasse. «Ob mir die Polizei das abnimmt, wird sich zeigen. Ich besitze keine Waffe und kann nicht einmal schiessen. Schau nicht so erstaunt. Ich war nicht beim Militär und habe stattdessen Zivildienst gemacht.»

Da war er wieder, dieser unterschwellig aggressive Tonfall. David verschränkte die Arme vor der Brust und schaute demonstrativ an Samantha vorbei.

Das Schweigen zog sich in die Länge und wurde zusehends unangenehm. Samantha suchte fieberhaft nach einer Möglichkeit, es zu durchbrechen. Es kam ihr keine brauchbare Alternative in den Sinn. Ihre Gedanken drifteten zu Josefinas Haus, und prompt tauchte die Frage auf, die sie beschäftigte, seitdem sie das ausgehobene Loch im Keller entdeckt hatte.

«Wem gehört das Haus, in dem Josefina gewohnt hat?»

David fuhr herum. «Warum willst du das wissen?» Aggression pur. Wie ein Tier, das sich in die Enge getrieben fühlte.

«Nur so. Er wird nicht über die –» Grabungen erfreut sein, hätte sie beinahe angefügt, konnte sich jedoch knapp bremsen.

Davon hatte bis jetzt nichts in den Medien gestanden. Samantha war sich sicher, Nussbaum würde nicht begeistert sein, wenn sie diese Information weitergab. Besonders, wenn sie es David erzählte.

«Was?», fragte David. Sein Misstrauen war überdeutlich. «Das Haus gehört Peter Bauer. Er ist Eigentümer von Bauer Immobilien, und seine Firma besitzt mehrere Immobilien in Liestal, die sie vermietet. Er wird froh sein, auf diese Weise eine unliebsame Mieterin loszuwerden.»

Samantha wich zurück. Da war sie wieder, diese Härte. Härte war zu harmlos ausgedrückt. Es war Hass, der in Davids Augen funkelte. David nahm die Tasse und verschwand im Gebäude.

Benommen von dieser heftigen Reaktion, blieb Samantha sitzen. Was war zwischen den beiden vorgefallen? Obwohl es ihr nicht gefiel, konnte sie nachvollziehen, dass Nussbaum David als Tatverdächtigen ins Auge gefasst hatte. Auch wenn er für den Augenblick entlastet zu sein schien.

Das Gespräch mit David liess Samantha keine Ruhe. Mehrere Male war sie an seinem Büro vorbeigegangen. Er hatte ihr einen zornigen Blick zugeworfen, wenn er sie bemerkt hatte. Die Botschaft war klar: Samantha sollte ihn in Ruhe lassen. Samantha kehrte mit einem Kaffee zu ihrem Arbeitsplatz zurück. Das war heute bereits der vierte. So viele trank sie bis elf Uhr normalerweise nicht und merkte deutlich die Wirkung des Koffeins.

Outlook meldete den Eingang einer Nachricht. Endlich, dachte Samantha. Sie hatte den Lieferanten zweimal gebeten, die Ergebnisse der Studie zu dem Wirkstoff zu schicken, den sie unter anderem neu in der Antifaltencreme, der Anti-Akne-Creme und der Creme, die altersbedingte Pigmentflecken aufhellen sollte, einsetzen wollten. Samantha öffnete die PDF-Dokumente und überflog die Texte. Keine allergischen Reaktionen und keine Hautreizungen. Die Probanden meldeten einen deutlichen Rückgang der Falten oder Akne beziehungsweise eine deutliche Aufhellung der Pigmentflecken. Besser konnte es nicht sein. Nun konnte sie endlich die Flyer anpassen und die Studienergebnisse eintragen. Samantha griff nach der Maus und stiess dabei gegen die Tasse, die umkippte. Kaffee ergoss sich über den Tisch. Samantha fluchte und suchte hektisch nach einem Papiertaschentuch.

«Was ist passiert?», fragte Dominik, der im Türrahmen auftauchte.

«So eine Sauerei», schimpfte Samantha weiter und tupfte über den Tisch.

«Du bist heute nicht ganz bei der Sache.» Dominik reichte ihr ein Päckchen mit Papiertaschentüchern.

«Was soll das heissen?»

«Du machst den ganzen Morgen einen rastlosen Eindruck, und ich glaube, das hat nicht nur mit dem verschütteten Kaffee zu tun. War dein Wochenende nicht gut?»

«Das kannst du laut sagen.» Samantha erzählte ihm, wie sie Kurt Doblers Leiche gefunden hatte.

Dominik schloss die Tür. «Das ist heftig. Erst eure Nachbarin und nun deren Vater. Das würde auch an mir nicht spurlos vorbeigehen. Bitte doch Franz, dir heute freizugeben. Er hat bestimmt Verständnis.»

Auf diese Idee war Samantha nicht gekommen. Sie wägte kurz ab. «Ich glaube, das ist keine Lösung. Zu Hause grüble ich mehr, und hier lenke ich mich immerhin ab.»

Dominik zog Christians Stuhl heran und setzte sich rittlings darauf. «Wo in Bubendorf wohnte der Vater?»

«Warum?»

«Ich wohne selbst dort und habe mitbekommen, wie die Polizei durch das Quartier gefahren ist.»

Samantha nannte ihm die Adresse.

«Himmel!», stiess Dominik hervor. «Das ist nur zwei Strassen weiter. Vielleicht bin ich ihm sogar mal begegnet.»

Das war nicht auszuschliessen. Samantha verkniff es sich, eine Personenbeschreibung zu liefern. Dominik stützte den Kopf auf die Unterarme, die er auf die Rückenlehne gelegt hatte.

«Das ist nicht der erste Mord, der passiert. In der Regel aber sind sie weit weg. Man fühlt zwar mit dem Opfer, ist aber nicht direkt betroffen. Wenn das in der Nachbarschaft passiert, ist das was anderes.»

Wie wahr, dachte Samantha.

Dominik stand auf. «Ich sollte mich zurück an die Arbeit begeben.» Die Tür wurde aufgestossen, als er nach der Klinke griff.

Franz betrat mit einem Mann, den Samantha nicht kannte, den Raum. «Das ist Samantha Kälin. Sie ist unsere Qualitätsverantwortliche. Und hier ist Dominik Eichinger. Er ist für den Einkauf zuständig.» Verwundert musterte Samantha den blonden, schlanken Mann, den sie auf Ende dreissig schätzte. Gab es einen neuen Mitarbeiter?

«Das ist Ralph Maurer. Er kommt sich auf die Stelle des neuen Verkäufers vorstellen, den ich für den deutschen Markt einstellen möchte.»

Stimmt, da war etwas gewesen. Samantha reichte dem Mann die Hand. Sein Händedruck war fest.

«Christian Probst ist heute nicht da», sagte Franz und deutete auf den leeren Arbeitsplatz. «Er ist in Deutschland unterwegs. Das waren alle unseres überschaubaren Teams.»

«Wo haben Sie früher gearbeitet?», fragte Dominik.

Maurer nannte den Namen einer Firma, von der Samantha bisher nichts gehört hatte.

«Die ist um einiges grösser als unser Betrieb hier», sagte Franz.

«Das ist einer der Gründe, weshalb ich gerne bei Amry Cosmetics arbeiten würde. Die Firma war ein Familienbetrieb, als ich dort angefangen hatte. Inzwischen hat sie eine Grösse erreicht, bei der alles, also die Prozesse und der Kontakt zu den Kollegen, unpersönlich wird.» Er nickte Dominik und Samantha zu, wobei er Samantha länger anschaute, bevor sie den Raum verliessen.

«Ich denke, er würde gut zu uns passen», sagte Dominik und folgte den beiden Männern. Aus der entgegengesetzten Richtung kam David. Sein Blick, den er ihr zuwarf, war ähnlich finster wie vorhin.

Samantha setzte sich und startete aus einem Impuls heraus den Browser. Nach wenigen Sekunden wurde sie fündig. Peter Bauer war Miteigentümer des Immobilienunternehmens, das drei Liegenschaften in Liestal besass – einen Wohnblock und zwei Einfamilienhäuser, die vermietet wurden. Bei dem eidgenössisch diplomierten Immobilientreuhänder handelte es sich um den stellvertretenden Geschäftsführer. Mehr Informationen waren ausser dem Bild nicht zu entnehmen. Samantha betrachtete das Foto. Gut genährt, war das, was ihr spontan einfiel. Obwohl der Mann in die Kamera lachte, war das Foto nicht vorteilhaft. Seine Hängebacken und das Doppelkinn kamen auf dem Bild deutlich zur Geltung.

Samantha klickte durch die Webseiten. Fünf Mitarbeiter hatte die Firma. Beim Geschäftsführer musste es sich um den Vater oder den Onkel von Peter Bauer handeln. Die Ähnlichkeit war nicht zu übersehen.

Unter der Rubrik «Unsere Philosophie» las Samantha Wörter wie wertschätzend, kompetent, gewissenhaft, zukunfts- und erfolgsorientiert.

Was konnte sie mit dieser Information anfangen? Nichts, lieferte sie die Antwort gleich selbst. Wenn sie herausfinden wollte, ob es möglich war, dass Josefina ermordet worden war, um eine unliebsame Mieterin loszuwerden, würde sie mit Peter Bauer oder jemandem von dem Unternehmen sprechen müssen.

Denk bloss nicht daran, dort anzurufen, dachte sie. Das solltest du den Profis überlassen.

Nussbaum und sein Team würden den Vermieter bestimmt befragt haben. Die Idee blieb hartnäckig.

Als Dienstleistungen bot die Firma Immobilienvermarktung wie Vermietung und Kauf sowie die Immobilienschätzung an. Unter «Mieten» fand Samantha Josefinas Haus.

Das ging aber schnell, dachte sie und klickte durch die Fotos. Auf den Aufnahmen flutete warmes Sonnenlicht durch die Fenster in die leeren Zimmer mit frisch geschliffenen Holzböden und einer modernen Küche. Es musste sich um ältere Aufnahmen handeln, als das Haus unbewohnt gewesen war. Nichts war von der beklemmenden Atmosphäre zu spüren, die Samantha in dem Haus empfunden hatte.

Das Objekt wurde als älteres Haus mit guter Bausubstanz in einem ruhigen Quartier angepriesen. Der Mietpreis war um über fünfhundert Franken teurer als der, den Joel für sein Haus zahlte. Erstaunlicherweise hatte seine Vermieterin Isabel Herzog Küng die Miete nicht erhöht, nachdem sie von ihren Eltern das Haus übertragen bekommen hatte. Genauso erstaunlich war, dass sie Joel nicht zwecks Eigenbedarfs gekündigt hatte, wie sie vor einem Jahr angedeutet hatte.

Fünfhundert Franken mehr war viel, fand Samantha. Dabei hatte Josefinas Haus zwei Zimmer weniger, und das Grundstück schien kleiner.

Samantha betrachtete die Fotos. Sie kannte sich nicht genügend aus, um zu beurteilen, ob die Miete für Josefinas Haus überrissen oder ob die, die Joel zahlen musste, günstig war.

Samantha griff nach dem Mobilteil des Telefons. Sie scrollte nach unten und entdeckte die Telefonnummer, die man anrufen sollte, wenn man Interesse hatte. Lass das, dachte sie.

Das Klingeln des Telefons schreckte sie aus ihren Gedanken, und sie hätte es beinahe fallen gelassen.

«Nussbaum hier.»

Mit Mühe konnte Samantha ein Seufzen unterdrücken. Früher oder später hatte sie damit gerechnet, Nussbaum werde sich melden.

Das Timing war unheimlich. Als ob er gespürt hatte, dass sie sich in die Polizeiarbeit einmischen wollte.

«Ich würde gerne mit Ihnen Ihre Aussage von gestern durchgehen und weitere Fragen stellen. Können Sie heute Nachmittag auf den Polizeiposten Gutsmatte kommen?»

Samantha setzte sich an den Tisch, Nussbaum und Lorenz Bühler gegenüber. Unauffällig sah sie sich um. Viel hatte sich nicht verändert, seit sie vor über einem Jahr das letzte Mal hier gewesen war. Einzig die Stühle waren ausgetauscht worden. Statt schwarz waren sie nun anthrazitfarben.

Nussbaum holte einige Blätter aus einer Klarsichtmappe und legte sie vor sich auf den Tisch. «Bitte berichten Sie uns nochmals, wie Sie Kurt Dobler aufgefunden haben.»

Samantha wiederholte das, was sie ihm gestern gesagt hatte. Nachdem sie geendet hatte, las Nussbaum den Text, bei dem es sich um ihre gestrige Aussage handeln musste.

«Es tut mir leid, wenn ich dem nichts zuzufügen habe», sagte Samantha.

«Ihnen ist keine Person aufgefallen, die sich auffällig verhalten hat?»

«Nein», antwortete Samantha und dachte gleichzeitig an den Fahrer des dunkelgrünen Kombis.

«Niemand?», hakte Nussbaum nach. Er musste ihr Zögern bemerkt haben.

«Ich möchte nicht, dass jemand unnötig in Ihren Fokus gerät. Doch als ich ankam, fuhr ein dunkelgrüner Kombi an mir vorbei, wendete und hielt weiter vorne am Strassenrand. Der Mann blieb im Auto sitzen. Als ich später aus dem Haus kam, war er noch da. Er musste sich unter die Schaulustigen gemischt haben und kehrte zu seinem Wagen zurück.»

«Als Sie aus dem Block kamen?»

Samantha nickte.

«Verstehe ich das richtig? Der Mann stand bei den Schaulustigen und ging zu seinem Wagen, nachdem er Sie erblickt hatte.»

War ihr Erscheinen der Grund, oder interpretierte sie zu viel hinein? Er hatte in ihre Richtung geschaut, und Samantha erinnerte sich an die Beklemmung, als sich ihre Blicke trafen.

«Können Sie ihn beschreiben?»

«Er war zu weit weg. Aus der Entfernung wirkte er schlank und so gross wie Sie. Dunkelblonde Haare.»

«Ist er gleich abgefahren?»

«Nein. Er ist mit mir losgefahren.»

«Ist er Ihnen gefolgt?»

«Er fuhr ein Stück hinter mir her, bevor er abbog.»

«Wo genau bog er ab?»

«Das weiss ich nicht. Der Wagen war jedenfalls auf einmal weg.»

«Kennzeichen?»

«BL und die erste Ziffer war eine Zwei. Mehr kann ich Ihnen nicht sagen. Zu der Automarke kann ich Ihnen ebenso keine Angaben machen.»

Nussbaum machte Notizen. «Darf ich Sie nochmals fragen, welchen Weg Sie durch die Wohnung genommen haben?»

«Zuerst betrat ich die Küche und anschliessend das Wohnzimmer. Dort habe ich Herrn Dobler gefunden.»

«In seinem Badezimmer waren Sie nicht?»

Was sollte diese Frage? «Nein, warum?»

Nussbaum und Bühler wechselten einen Blick, bevor Nussbaum sich bückte und einen Gegenstand auf den Tisch legte, der in einem durchsichtigen Beutel steckte.

Samantha erkannte ihren Autoschlüssel. «Wo haben Sie den Zweitschlüssel meines Smart her?», rief sie.

«Er lag unter dem Lavabo in Herrn Doblers Bad. Das Blut hier», er deutete auf den Schlüsselbart, «stammt von Herrn Dobler.»

In Samanthas Ohren rauschte es. Nussbaum und Bühler verschwammen vor ihren Augen. «Ich habe Herrn Dobler nicht erschossen», presste sie hervor. «Ich habe nie eine Waffe in der Hand gehabt, geschweige denn weiss ich, wie man so ein Ding abfeuert.»

«Wie kommt Ihr Schlüssel in das Badezimmer?», fragte Bühler.

«Das kann ich Ihnen nicht sagen», flüsterte Samantha.

«Wann haben Sie ihn das letzte Mal gesehen?»

«Das weiss ich ebenfalls nicht.»

«Welche Schuhgrösse haben Sie?»

«Wie bitte?» Das alles wurde immer absurder, und Samantha fragte sich, wann sie aus diesem Alptraum erwachen würde. «Sechsunddreissig.»

Bühler und Nussbaum schauten einander an. Bühler schüttelte leicht den Kopf. Glaubten sie ihr nicht? Samantha zog den rechten Schuh aus und reichte ihn über den Tisch. «Überzeugen Sie sich selbst.»

Nussbaum bemühte sich offenbar, sein Schmunzeln zu unterdrücken, was ihm nicht gelang. «Haben Sie diese Schuhe gestern getragen?»

«Ja.»

Nussbaum drehte ihn hin und her und stand auf. Fassungslos schaute Samantha ihm nach, als er mit dem Schuh den Raum verliess.

«Es dauert nicht lange», sagte Bühler.

***

Hand in Hand schlenderten Samantha und Joel den Waldweg entlang. Vereinzeltes Vogelgezwitscher und das Klopfen eines Spechtes waren zu hören. Ein schöner milder Abend, der einen Vorgeschmack auf den Sommer lieferte und einen vergessen liess, dass erst April war.

Heute gelang es ihr nicht, den Tag ausklingen zu lassen und zur Ruhe zu kommen.

«Wie kommt dein Autoschlüssel in Kurts Wohnung?», fragte Joel.

«Das ist genau die Frage, die ich nicht beantworten kann. Inzwischen ist mir eingefallen, dass ich den Schlüssel Lorena gegeben habe, als ich ihr den Smart vor Ostern auslieh.»

«Hat Lorena dir den Schlüssel zurückgegeben?»

«Sie meinte, ja. Das hat sie gesagt, als ich vorhin mit ihr telefoniert habe. Sie hat keine Erklärung, wie er in Herrn Doblers Badezimmer gekommen ist.»

«Du erinnerst dich also nicht daran, wann Lorena dir den Schlüssel zurückgegeben hat.»

«Da ich den Schlüssel nie gebraucht habe, ist mir sein Verschwinden nicht aufgefallen.»

«Hast du das Herrn Nussbaum gesagt?»

«Ja.» Zum Glück hatte Nussbaum nicht weiter nachgebohrt.

«Wie passt der blutige Schuhabdruck zu dem Ganzen?»

«Gemäss Herrn Nussbaum handelt es sich um den Abdruck eines Frauenschuhs, den sie im Badezimmer gefunden hatten. Die Person hat Grösse achtunddreissig. Meine Füsse sind um zwei Nummern kleiner, und das Profil der Schuhsohle stimmt nicht ganz mit dem von meinen Schuhen überein, die ich gestern getragen habe.»

Erneut tauchte Nussbaums skeptisches Gesicht vor ihrem inneren Auge auf. Zwar hatte er es nicht gesagt, aber zwischen den Zeilen hatte Samantha den Verdacht herausgehört, sie könnte am Tag von Doblers Tod andere Schuhe getragen haben. Auf die Frage, warum er ihr unterstellte, um zwei Nummern grössere Schuhe getragen zu haben, hatte sie keine Antwort bekommen. Samantha war froh, dass er sie nicht dabehalten hatte. Vermutlich reichten seine Vermutungen und die Beweislage nicht aus.

«Das Profil meines Schuhs ist abgenutzter als das des Schuhs, der den Abdruck hinterlassen hat.»

Sie erreichten eine Fläche mit neu angepflanzten Bäumen. Erste Knospen hatten sich geöffnet und überzogen die Bäume mit einem zaghaften hellgrünen Schimmer. Sie gingen an einem Brunnen vorbei und folgten hintereinander dem schmalen Weg bergab. Durch die Bäume hatten sie eine gute Aussicht über Liestal. Auf der Seltisbergerstrasse fuhren zwei Autos vorbei.

Der Himmel hatte sich verdunkelt. Entferntes Donnergrollen war zu hören.

«Sonst ist er identisch?», fragte Joel.

«Offenbar hat die Person die gleiche Schuhmarke getragen wie ich.»

«Das ist ein grosser Zufall.»

«Mein Schuh ist keine Einzelanfertigung, und es gibt ihn überall zu kaufen.»

Sie bogen in die Strasse ein, in der sie wohnten. «Du bist nicht tatverdächtig. Das zählt.»

«Ich stehe aber recht weit oben auf der Liste.»

Joel blieb stehen. «Das ist nicht dein Ernst. Ich kann den Gedankengang von Herrn Nussbaum nicht nachvollziehen. Warum sollst du Kurt erschossen haben und vor allem, wie? Du warst zu diesem Zeitpunkt nicht dort.» Sie bogen in die Einfahrt von Joels Haus ein.

«Moment», sagte Joel. «Morgen ist Dienstag.» Er ging zur Garage und holte den Kehrichtsack. Er kehrte zur Strasse zurück. Der Wind frischte auf und brachte den Geruch von Regen mit.

«Leider war ich um den Zeitpunkt herum dort. Der Mord muss wenige Minuten vor meinem Eintreffen geschehen sein, wenn ich das richtig verstehe, was Herr Nussbaum gesagt hat.»

Joels Augen weiteten sich. «Du wärst beinahe dem Mörder begegnet?», sagte er und liess den Sack am Strassenrand auf den Boden plumpsen.

In Samanthas Kopf machte es «klick», und ihre Knie wurden weich. War der Täter vor Ort gewesen? Hatte er sich im Bad versteckt, als sie die Wohnung betreten hatte? Samantha hatte keine blutigen Abdrücke auf dem hellen Plättliboden gesehen, als sie durch den Flur gegangen war. Die hätten da sein müssen, wenn einer im Bad gewesen war. Hatte der Täter die Spuren bis auf den Abdruck im Bad weggewischt? Oder machte sie einen Denkfehler?

Genaueres hatte Nussbaum ihr nicht erzählt. Allerdings würde er ihr nicht alle Details auf die Nase binden. Doblers Mörder musste die Schuhe ausgezogen und sie im Badezimmer gereinigt haben. Dabei hatte sie ihn gestört, und er musste fluchtartig die Wohnung verlassen haben. Hatte er bei der Reinigung den einzelnen Schuhabdruck im Badezimmer übersehen?

Samantha versetzte sich in Doblers Wohnung. Bis auf die unverschlossene Wohnungstür war ihr nichts seltsam erschienen. Wenn sie sich richtig erinnerte, war die Badezimmertür geschlossen gewesen. Sie hatte nichts gehört, als sie die Wohnung betreten hatte. Auch kein fliessendes Wasser aus dem Badezimmer. Hätte sie an der Stelle des Täters die Badezimmertür geschlossen, während sie ihre Schuhe säuberte? Unwahrscheinlich, da er nicht damit rechnen musste, dass jemand kam.

Er musste die Tür geschlossen und sich ruhig verhalten haben, als Samantha die Wohnung betreten hatte. Als sie im Wohnzimmer war, musste er aus der Wohnung geschlüpft sein. Es gab keine andere Erklärung.

Erneut überlegte Samantha, ob sich Kurt Dobler bei ihrem Telefongespräch seltsam verhalten hatte, kam aber zu keinem Schluss. Ihre Gedanken kehrten zum Mörder zurück. Er … Stopp, der Abdruck stammte von einem Frauenschuh. Ein Mord mit Schusswaffe passte nicht zu einer Frau. Allerdings konnten genügend Frauen schiessen. Es gab Polizistinnen, Frauen beim Militär oder einfach welche, die Mitglied in einem Schützenverein waren. Was wäre geschehen, wenn sie im Bad nachgeschaut hätte? Vor Samanthas innerem Auge tauchte ein Schatten auf, der den Lauf einer Waffe gegen ihren Kopf drückte. In ihren Ohren rauschte es, und es war, als würde das Licht um sie herum gedimmt.

«Sammy!» Joels Stimme kam wie aus weiter Ferne. «Du bist aschfahl.»

«Ich muss mich setzen», stiess Samantha hervor, rutschte zu Boden und lehnte sich gegen ihren Smart, bevor Joel sie fassen konnte.

DREIZEHN

Samantha fluchte. Gegenüber der Einfahrt von Joels Haus parkte ein weisser Transporter ohne Aufschrift. Ein grauer Mercedes stand auf der anderen Seite und blockierte die halbe Einfahrt. Die Besitzer beider Wagen waren nicht zu sehen.

Sogar mit dem Smart würde es ein schwieriges Unterfangen, in die Einfahrt zu fahren. Endlich hatte Samantha sich durch die schmale Lücke gequetscht. Sie stieg aus, streckte sich und sog die milde Frühlingsluft tief ein, die nach Regen roch.

Sie war früh dran. Der Kontrolltermin beim Zahnarzt hatte weniger lange gedauert als angenommen, worüber Samantha froh war. Die Zahnreinigung war unangenehm gewesen, aber nun hatte sie ein Jahr Ruhe.

Aus Josefinas Haus traten zwei Männer. Langsam kamen sie auf dem Weg zur Strasse. Der Wohlbeleibte kam Samantha bekannt vor. Er betätigte seinen Autoschlüssel, und die Lichter des Mercedes leuchteten auf. Er nahm vom Beifahrersitz ein Couvert, das er dem anderen Mann reichte, und schlug die Autotür zu.

«Könnten Sie Ihren Wagen bitte ein Stück weiter vorne parken?», sagte Samantha.

«Warum sollte ich das?», herrschte er sie an.

«Es wäre leichter, in unsere Einfahrt zu kommen.»

«Was wollen Sie? Sie haben es doch mit Ihrer Seifenkiste geschafft.»

Wie bitte? Samantha stemmte die Hände in die Hüfte und baute sich vor dem Mann auf. «Ich habe Sie freundlich gebeten, aber ich kann gerne die Polizei bitten, Sie abzuschleppen.»

Verblüfft schaute er sie an und sagte kein Wort.

«Ich verlange nichts Unmögliches von Ihnen.»

«Ja, ja. Regen Sie sich nicht auf.» Er stieg in den Wagen und setzte einige Meter nach vorne.

«Vielen Dank», sagte Samantha zuckersüss und holte die Post aus dem Briefkasten.

«Weiber», hörte sie den Wohlbeleibten brummen. Gleichzeitig wurde ihr klar, um wen es sich handelte: Josefinas Vermieter. Somit konnte sie ihre Idee vergessen, sich als Interessentin für das Haus auszugeben, um herauszufinden, ob die Immobilienfirma mit ihrem Tod zu tun hatte. Allerdings bestand die Möglichkeit, telefonisch nachzufragen. Samantha wägte die Option ab. Lieber nicht, kam sie zum Schluss. Am Telefon würde sie nichts in Erfahrung bringen. Sie müsste das Haus besichtigen, damit sie ein längeres Gespräch führen und es entsprechend steuern konnte. Bauer würde sie aufgrund ihres nichteuropäischen Aussehens sofort wiedererkennen.

Wobei, sie brauchte gar keine Nachforschungen mehr anzustellen. Der Mann war dermassen unsympathisch. Sie traute ihm alles zu.

Halt, ermahnte sie sich. Sein Verhalten war kein Grund, ihn sofort zu verdächtigen. Davids Worte «unliebsame Mieterin loswerden» hallten in ihrem Kopf nach.

«Sie hat recht», sagte der andere Mann, der vom Aussehen her das krasse Gegenteil von Peter Bauer war. «Lass deinen Frust nicht an anderen Leuten aus.»

«Bei dem Saustall, den sie hinterlassen hat?» Bauer deutete auf das Haus. «Ich sollte dem Typen dankbar sein, dass er nachgeholfen und sie ins Jenseits befördert hat. Hätte glatt meine Idee sein können.»

«Nun mach einen Punkt.»

«Nein, sie hat es nicht besser verdient. Dauernd hat sie mir den Mieterverband auf den Hals gehetzt. Nur Theater. Und jetzt diese Sauerei im Haus. Das muss voll saniert werden. Wer kommt für die Kosten auf? Niemand, da ihr Alter auch das Zeitliche gesegnet hat.» Sein Gesicht war inzwischen dunkelrot, und das Doppelkinn wackelte hin und her. «Das wird mir eine Lehre sein. In Zukunft werde ich meinen Mietern hin und wieder einen Besuch abstatten.»

«Du darfst nicht unangemeldet aufkreuzen.»

«Auch wenn ich mich anmelden muss und sie Zeit haben, aufzuräumen, gewinnt man einen Eindruck.» Er bemerkte Samantha. «Glotzen Sie nicht so doof.» Mit ausgreifenden Schritten eilte er auf das Haus zu. «Neugieriges Ausländerpack.»

Samantha war sich sicher, dass er es extra laut gesagt hatte, damit sie es hören konnte.

***

Joel verhielt sich seltsam. Den ganzen Abend schon. Allgemein hatte er in der letzten Zeit häufiger solche Stimmungsschwankungen. Es waren nicht wirklich Stimmungsschwankungen. Er wurde nicht laut oder reagierte genervt. Im Gegenteil. Er war ruhig und verschlossen. Es war, als belaste ihn etwas. Wenn Samantha ihn darauf ansprach – direkt oder indirekt –, wich er aus.

«Es ist nichts», war seine Antwort.

Samantha hatte überlegt, ob der Grund bei AarePharm lag. Hatte es Probleme mit den Amerikanern gegeben? Oder lag es an dem Geschäftsführer? Auch wenn er umgänglich war, hatte er in Joels Augen nicht unbedingt Ahnung von der Materie, was bereits öfter zu Problemen zwischen AarePharm und dem Mutterkonzern geführt hatte. Hatte es erneut Diskussionen gegeben, weil die Zahlen nicht stimmten?

Hatte Joel sich deswegen zurückgezogen und Samantha gebeten, ihn allein zu lassen? Er sass auf der Terrasse und trank einen Tee. Dabei schaute er ins Leere.

Samantha lehnte sich gegen die Terrassentür und versuchte, sein Verhalten zu interpretieren. War sie der Grund? Oder war er ernsthaft erkrankt und überlegte, wie er es ihr schonend sagen konnte?

Bevor sie diesen Gedankengang weiterführen konnte, unterbrach sie die Klingel. Erleichtert über die Ablenkung öffnete Samantha die Haustür. Die Freude verpuffte, als sie Nussbaum und Bühler erkannte. Sie warf einen Blick auf ihre Armbanduhr.

«Wir wissen, wie spät es ist, aber es ist wichtig. Daher wollte ich nicht bis morgen warten und Sie auf den Polizeiposten bitten.»

Samantha bat die Männer ins Haus und hoffte, es werde keine neuen Anschuldigungen geben. Im Wohnzimmer erwartete Joel sie. Offenbar war er mit seinen Gedanken nicht weit genug weg gewesen, um die Klingel zu überhören.

«Wir würden gerne mit Frau Kälin allein sprechen», sagte Nussbaum.

Das klang unheilvoll. Mit deutlichem Unbehagen kam Joel der Bitte nach und kehrte auf die Terrasse zurück. Dort blieb er stehen und schaute zum Wohnzimmer.

Nussbaum nahm ungefragt auf einem der Sessel Platz und lenkte damit Samanthas Aufmerksamkeit auf sich. Er stellte eine Tasche auf das Glastischchen.

«Darf ich nochmals Ihre Schuhe sehen, die Sie getragen haben, als Sie Herrn Dobler aufgefunden haben?»

Also doch ein unangenehmer Besuch. Samantha holte das Schuhpaar und stellte es vor Nussbaum auf den Boden.

Nussbaum holte aus der Tasche einen einzelnen Schuh heraus – den rechten, der in einem durchsichtigen Plastiksack steckte. Er stimmte farblich und vom Modell mit denen von Samantha überein. Im Gegensatz zu ihren Schuhen machte er einen weniger abgenutzten Eindruck und schien so gut wie neuwertig zu sein.

Nussbaum hielt die Sohlen ihres Schuhs gegen die des Schuhs aus dem Sack und reichte Samantha anschliessend den einzelnen Schuh. «Bitte ziehen Sie ihn an.»

«Was?»

Anstelle einer Antwort hielt er ihr weiter den Schuh hin.

«Ist das der Schuh, dessen Abdruck vom Tatort stammt?», fragte Samantha entsetzt.

Nussbaum deutete mit Nachdruck auf den Schuh in seiner Hand. Samantha kam der Aufforderung nach.

«Und?», fragte er.

«Und was?»

Nussbaum sagte nichts.

«Er ist mir zu gross», sagte Samantha.

Nussbaum ging vor Samantha in die Hocke und drückte auf die Schuhspitze. Samantha war irritiert und fragte sich, was das sollte.

«Haben Sie den Job gewechselt und sind neuerdings Schuhverkäufer?»

«Tatsächlich, Sie haben mindestens zwei Fingerbreit Platz», sagte Nussbaum und ignorierte damit Samanthas Bemerkung. «Können Sie bitte herumlaufen?»

Widerwillig kam Samantha der Aufforderung nach. Es war wie bei der Anprobe in einem Schuhgeschäft, als sie im Wohnzimmer auf und ab lief.

«Ich rutsche mit der Ferse hinten hoch», sagte sie.

«Das Laufen funktioniert nicht schlecht», merkte Bühler an, ohne auf Samanthas Aussage einzugehen.

«Ich habe keinen Halt und könnte so nicht länger durch die Gegend laufen», wiederholte sie.

«Wo und wann haben Sie Ihre Schuhe gekauft?» Nussbaum deutete auf Samanthas Schuhe neben dem Glastischchen.

«Letzten Herbst in Lenzburg.» Samantha nannte den Namen des Schuhgeschäfts, das schweizweit Filialen hatte.

«In Lenzburg?» Das «Sind Sie sicher?» klang zwischen den Zeilen mit.

«Wenn ich gewusst hätte, dass das einmal wichtig wird, hätte ich die Quittung aufbewahrt», gab Samantha schnippisch zurück.

«Dieser Schuh wurde in Liestal gekauft», sagte Nussbaum.

Woher wusste er das?

«An der Schuhsohle befand sich ein Rest des Etiketts. Wir haben das Schuhpaar unweit des Blocks, in dem Herr Dobler wohnte, im Kehricht gefunden. Bei der Untersuchung des linken Schuhs wurden Blutreste sichergestellt, die eine Übereinstimmung mit dem Blut von Herrn Dobler geliefert haben.»

Nussbaum packte den Schuh zurück in den Plastiksack. «Ich kann und will nicht an Zufälle glauben, wenn der Täter oder die Täterin das gleiche Schuhmodell wie Sie am Tatort getragen hat.»

«Warum sollte ich mir die gleichen Schuhe ein zweites Mal kaufen und dazu zwei Nummern grösser, um sie bei einem Mord zu tragen?», rief Samantha heftig.

«Das haben wir uns ebenfalls gefragt.»

«Wollen Sie damit andeuten, ich habe mir extra zu grosse

Schuhe gekauft, um Herrn Dobler zu erschiessen, damit es nicht auffällt, dass ich es war?»

Ein Lächeln umspielte Nussbaums Mund, bei dem es Samantha kalt den Rücken herunterlief.

«So dumm würde nicht einmal ich sein», rief sie und verwünschte sich für ihre mangelnde Beherrschung. «Ich würde ein ganz anderes Schuhmodell wählen. Eines, das überhaupt nicht zu meinem Stil passt.»

Weiterhin umspielte das süffisante Lächeln Nussbaums Lippen.

«Ich würde sicher nicht das Schuhmodell nehmen, das ich jeden Tag trage», wiederholte Samantha mit Nachdruck. «Überhaupt würde ich nicht auf so eine Idee kommen.»

«Wer könnte ein Interesse haben, mit Ihrem bevorzugten Schuhmodell Spuren an einem Tatort zu hinterlassen?»

Samantha schlang die Arme um ihren Oberkörper. Hiess das, Nussbaum hielt sie nicht mehr für tatverdächtig? Die Erleichterung darüber stellte sich nicht ein.

«Ich weiss es nicht. Könnte diese Person nach dem Mord am Tatort gewesen sein und aufgrund des Schocks das Weite gesucht haben, nachdem sie Herrn Dobler entdeckt hatte, ohne den Notruf zu wählen?» Sobald Samantha die These ausgesprochen hatte, fiel ihr auf, wie unsinnig sie war.

«Diese Theorie haben wir ebenfalls aufgestellt, Frau Kälin. Von den Nachbarn war es keiner, der vor Ihnen Herrn Dobler entdeckt hatte.»

Oder keiner gab es zu, weil die Person Konsequenzen befürchtete.

«Dazu passt diese offensichtliche Putzaktion nicht», fuhr Nussbaum fort. «Das trauen wir keiner Person zu, die gerade eine Leiche entdeckt hat. Obwohl, wir gehen eher davon aus, dass der Täter den Gang gereinigt hat.»

«Offensichtlich geputzt?»

«Die Spurensicherung hat Putzspuren gefunden. Die Untersuchungen brachten Blutspritzer auf dem Plattenboden im Gang zutage.»

Samantha musste ihn verständnislos angesehen haben.

«Blut kann man nicht endgültig beseitigen. Latente Rückstände können mit Luminol sichtbar gemacht werden. Im UV-Licht leuchten diese violett.»

Davon hatte Samantha gehört. Wie es aber genau funktionierte, wusste sie nicht.

«Gemäss unseren Untersuchungen muss Herr Dobler im Gang erschossen worden sein», fuhr Nussbaum fort, und Samantha brauchte einen Augenblick, bis sie seinem Gedankensprung folgen konnte. «Aus uns bis anhin unerklärlichen Gründen hat der Täter ihn auf das Sofa gesetzt. Dabei muss Blut an den Schuh gelangt sein.»

Samantha war erstaunt, dass Nussbaum mit ihr über diese Details sprach.

Sie war zierlich, und ihre Kraft reichte nicht aus, einen Toten allein durch die Wohnung zu schleppen. Oder ging er davon aus, sie habe einen Komplizen, und er wollte sie mit seiner Aussage aus der Reserve locken?

«Es gibt eine andere Erklärung für dieses unlogische Verhalten des Täters», sagte Nussbaum. «Jemand hat den Schuh und die Spuren präpariert.»

«Um den Verdacht auf mich zu lenken?», flüsterte Samantha. Es musste so sein, wie Joel vermutete. Es hatte sie jemand zum Tatort gelockt.

«Wer könnte ein Interesse daran haben, Sie in unseren Fokus zu rücken?»

«Ich weiss es nicht.»

Ein Frösteln ging durch Samanthas Körper. Eine falsche Fährte, die zu ihr führte. Absichtlich? Vor ihrem inneren Auge tauchte ein Mann auf, der einen Schuh mit Doblers Blut bestrich, im Bad sorgfältig einen Abdruck machte und das Schuhpaar unweit der Wohnung in den Kehricht schmiss, aber dabei darauf achtete, dass die Polizei es fand.

Nein, dachte sie, so was ist absurd.

«Der Schuh ist ein gängiges Modell, das man überall kaufen kann», sagte sie. «Viele Frauen laufen damit herum, weil der

Schuh bequem ist und gleichzeitig modisch aussieht. Er könnte ihn daher gewählt haben.»

Samantha konnte nicht mehr still sitzen und stand auf. Sie trat an das Terrassenfenster. Joel war nicht mehr dort. Er spazierte durch den Garten und blieb bei den Büschen stehen. Als er sich umdrehte, begegnete sein Blick ihrem. Sogar aus dieser Distanz konnte Samantha seine Besorgnis erkennen.

«Ihre Vermutung mit dem Schuh klingt phantasievoll», sagte Samantha mit Nachdruck. «Wozu dieser Aufwand? Müsste sein Interesse nicht sein, nach erfolgreicher Tat den Tatort schnell zu verlassen?»

«Sie haben keine Ahnung, auf welche absurden Ideen Täter kommen. Wer kennt Ihre Schuhe?»

«Viele. Ich habe sie täglich an.»

VIERZEHN

Samantha klappte den Schirm zusammen und betrat das Rathaus Café in Lenzburg. Das Wetter war heute alles andere als angenehm. Es nieselte den ganzen Tag – mal stärker und mal weniger. Hinzu kam der unangenehme kühle Wind.

Samantha entdeckte Lorena in der hinteren linken Ecke. Sie hatte einen Café Crème und ein Stück Rüeblitorte vor sich stehen.

Lorena hatte Samantha gebeten, ihr beim Aussuchen des Hochzeitskleides zu helfen. Sie hatten daher am Nachmittag abgemacht. Da Samantha genügend Überzeit hatte, konnte sie heute freinehmen.

«Für eine Hochzeit immer», hatte Franz gesagt, als Samantha ihn gefragt hatte.

Lorena sass auf der Bank, und Samantha nahm auf einem der schwarzen Stühle Platz.

«Ich nehme das Gleiche», sagte Samantha und deutete auf den Kuchen. «Zum Trinken aber gerne einen Cappuccino.»

«Gerne», sagte die Kellnerin.

«Es tut mir leid, dass ich zu spät bin. Auf der Autobahn hatte es einen Unfall. Wartest du schon lange?»

«Zehn Minuten. Es ist also nicht der Rede wert.»

Die Kellnerin brachte den Cappuccino und die Rüeblitorte. Samantha steckte das Marzipanrüebli in den Mund.

«Ich bin aufgeregt», sagte Lorena. «Hoffentlich hat es dort ein Kleid, das mir gefällt und das gleichzeitig erschwinglich ist.»

«Bestimmt.» Samantha seufzte innerlich. Sie war mit Lorena in drei verschiedenen Hochzeitsmodegeschäften gewesen, hatte Kataloge angeschaut und im Internet gesurft. Entweder war das Kleid zu teuer, oder es gefiel Lorena nicht. «Man heiratet nur einmal», hatte sie erklärt.

«Hoffentlich», war Cédrics Kommentar gewesen. «Zum

Glück hat Lorena sich in den Kopf gesetzt, ich dürfe das Kleid erst bei der Hochzeit sehen. Somit bin ich fein raus.»

«Wie geht es dir?», fragte Lorena. «Du siehst abgekämpft aus.»

«Der Mord an der Nachbarin und ihrem Vater setzt mir zu.»

«Verständlich.»

«Und das ist nicht alles. Die Polizei scheint mich aus einem mir unersichtlichen Grund im Visier zu haben.»

«Warum das?»

Samantha berichtete von dem Schuhabdruck und dem Autoschlüssel, den die Ermittler in Doblers Badezimmer gefunden hatten.

«Das hast du gestern erzählt, und ich finde es seltsam. Wie kommt dein Schlüssel ausgerechnet dorthin?»

«Das ist die grosse Frage. Ich erinnere mich nur, ihn dir geliehen zu haben, aber nicht, wann du ihn mir zurückgegeben hast.»

«Ich habe dir den Schlüssel vor Ostern zurückgegeben, kurz nachdem ich den Smart zurückgebracht hatte, wie ich dir schon gestern gesagt habe.» Samantha zuckte bei Lorenas Tonfall zurück. Warum fühlte Lorena sich angegriffen?

«Weisst du, wann das genau war?»

«Ich habe es nicht in der Agenda vermerkt. Ich weiss nur, wie dankbar ich dir war, weil du mir den Wagen geliehen hast, da meiner in der Werkstatt war und ich dringend ein Auto brauchte. Cédric konnte mir seines damals nicht geben.» Lorena lächelte, aber wirkte alles andere als freundlich. «Hätte ich geahnt, worauf das hinausläuft, hätte ich dich nie gefragt.»

Samantha verkniff sich eine Antwort und fragte sich, warum Lorena so reagierte. Sie hatte ihr keinen Vorwurf gemacht.

«Weisst du nicht, wo du den Schlüssel anschliessend hingelegt hast?», fragte Lorena.

Wie denn, dachte Samantha. Ich erinnere mich nicht einmal, dass du ihn mir zurückgegeben hast.

Sie setzte ein entschuldigendes Lächeln auf, und glücklicherweise verschwand der grimmige Ausdruck aus Lorenas Gesicht. Streit war das Letzte, das Samantha wollte.

«Ich denke, ich habe ihn in meine Handtasche gesteckt, und als ich zu Hause angekommen bin – keine Ahnung», sagte Samantha und überlegte, ob das so gewesen sein könnte. «Normalerweise hätte ich ihn zu den anderen Schlüsseln gelegt. Dort ist er aber nicht, und in der Handtasche ist er auch nicht mehr.»

«Willst du behaupten, ich hätte –» Die Feindseligkeit war zurück.

«Natürlich nicht», unterbrach Samantha sie. «Wahrscheinlich habe ich ihn verloren und …» Und danach taucht er aus einem unerfindlichen Grund in Kurt Doblers Wohnung auf, führte Samantha den Satz in Gedanken zu Ende.

Sie assen eine Weile schweigend weiter. Lorenas Verstimmung war greifbar, und Samantha konnte es ihr nicht verübeln. Keine idealen Voraussetzungen, um ein Hochzeitskleid aussuchen zu gehen.

Lorena trank ihren Kaffee aus und machte der Kellnerin ein Zeichen, zahlen zu wollen.

Lorena drehte sich vor dem Spiegel und betrachtete sich aus allen Perspektiven. Sie strich ihre Haare nach hinten und fuhr mit den Handflächen über den weiss glänzenden Stoff. Zu Samanthas Erleichterung hatte sich Lorenas Stimmung aufgehellt, als sie den Laden betreten hatten.

«Das ist es», sagte Lorena und betrachtete sich nochmals von allen Seiten im Spiegel.

Samantha verspürte einen Anflug von Eifersucht. Sie musterte die Hochzeitskleider. Zu gerne hätte sie das eine oder andere anprobiert. In der nächsten Sekunde musste sie über sich schmunzeln. Sie und Kleider. Zum Leidwesen ihrer Adoptivmutter hatte sie diese verschmäht und hatte lieber Jeans angezogen. Wenn sie ein Kleid angezogen hatte, was selten vorkam, hatte es spätestens am Abend ein Loch gehabt, weil Samantha damit auf Bäume geklettert oder durch Büsche gerannt war.

«Erinnerst du dich, wie gerne ich Prinzessin gespielt habe und mich mit den alten Kleidern meiner Mutter verkleidet habe?», fragte Lorena.

Zu gut erinnerte Samantha sich daran. Lorena war in dieser Beziehung ganz anders gewesen. Wenn sie die Kleider hervorgeholt hatte, hatte Samantha generell die Flucht ergriffen.

Lorenas grüne Augen funkelten. «Wie eine Prinzessin.»

«Das freut mich», sagte die Verkäuferin. «Ich nehme die Änderungen vor und melde mich bei Ihnen. Moment.» Sie trat hinter Lorena und raffte Stoff an der Taille. «Hier machen wir es ein wenig enger.»

«Aber nicht zu viel. Am Abend möchte ich richtig essen können, ohne das Gefühl zu haben, das Kleid platze gleich.»

«Keine Sorge.»

Lorena verschwand in der Umkleidekabine.

Samantha stand auf und ging die Stangen entlang. Mit der Hand fuhr sie über die Stoffe der Kleider. Sie waren weich.

Wie sie in so einem Kleid aussehen würde? Würde ein europäisches Hochzeitskleid zu ihr passen? Vermutlich nicht.

Sie dachte daran, was ihre indische Schwester Ranjana gesagt hatte. «Ich habe den Sari genäht, den du an deiner Hochzeit tragen sollst.»

Heiraten. Bisher war das für Samantha kein Thema. Sie liebte Joel auch ohne Trauschein. Aber heiraten? Die Vorbereitungen für Lorenas und Cédrics Hochzeit liessen den Gedanken aufkommen, wie es wäre, wenn sie heiraten würde. Hier, zwischen den Kleidern, entwickelte sich sogar ein Verlangen danach.

Ihr müsst zuerst zusammenziehen, sagte eine Stimme in ihrem Kopf. Den Schritt dazu hatte sie heute getan. Joels grosser Wunsch rückte näher. Sie wollte ihn am Abend überraschen, indem sie ihm verkündete, die Kündigung für ihre Wohnung abgeschickt zu haben.

Lorena reichte der Verkäuferin das Kleid.

«Bis bald», sagte diese und hielt Lorena und Samantha die Tür auf.

Lorena hakte sich bei Samantha unter, und sie schlenderten die Rathausgasse entlang. Es hatte während der letzten Stunde, die sie in dem Laden gewesen waren, aufgeklart, und die Temperatur war angestiegen. Das nun milde Wetter hatte die Leute auf die Gasse gelockt. Fast alle Tische, die die Restaurants und Cafés rausgestellt hatten, waren besetzt. Servierpersonal beeilte sich, den Wünschen der Gäste nachzukommen.

«Möchtest du etwas trinken?», fragte Samantha und deutete auf einen Tisch, der gerade frei wurde.

«Ein anderes Mal gerne, aber ich sollte nach Brugg. Cédric und ich haben ein Testessen geplant.»

Sie bogen in die Leuengasse ein und erreichten zwei Minuten später den Parkplatz Seifi.

«Wenn es nur schon Herbst wäre. Ich kann es kaum erwarten, bis es endlich so weit ist», sagte Lorena. «Ob man da oben heiraten kann?»

Samantha brauchte einige Sekunden, bis sie verstand, was Lorena meinte. «Soviel ich weiss, ja.» Sie betrachtete das Schloss Lenzburg, das über der Altstadt thronte. «In einem Schloss heiraten», murmelte Samantha. «Da bekomme sogar ich Lust zu heiraten.»

Lorena blieb vor ihrem Auto stehen. «Du? Wen? Etwa Joel?»

«Wen sonst?»

«Das würde ich lieber lassen, nachdem ich –» Lorena presste die Hand auf den Mund.

«Nachdem was?»

Lorena druckste herum.

«Raus damit!»

«Nachdem ich ihn gesehen habe.» Lorena wich Samanthas Blick aus.

«Wann hast du ihn getroffen? Davon hat er mir nichts gesagt.»

«Wohlweislich. Ich habe ihn nicht getroffen, sondern nur gesehen. Er war beschäftigt. Ich sollte los, da ich knapp dran bin.»

Samantha fasste Lorenas Arm, als sie sich abwandte.

«Womit war er beschäftigt?»

«Cédric und ich waren heute Vormittag in Liestal. Wie du weisst, habe ich den ganzen Tag freigenommen.»

«Und da seid ihr nicht bei mir vorbeigekommen? Wir hätten

zusammen zu Mittag essen und danach gemeinsam nach Lenzburg fahren können.»

«Wir hatten nicht viel Zeit. Ich meine, Cédric musste gegen ein Uhr wieder zurück bei der Arbeit sein. Wir wollten zu dieser Goldschmiedin im Stedtli, die uns empfohlen worden ist.»

«Chiara Tomasi?»

«Ja, so heisst sie. Als wir in die Goldstube gehen wollten, war das Atelier zu, und ein Schild «Heute geschlossen» hing an der Tür. Wir haben uns gewundert, weil wir einen Termin abgemacht hatten. Cédric war sauer, weil er sich extra freigenommen hatte. Bevor ich ihm gefolgt bin, habe ich durch das Schaufenster gespäht. Da habe ich gesehen, wie sie ... Das willst du nicht wissen.» Lorena schaute Samantha gequält an.

«Lorena!»

«Sie hat einen Mann geküsst, den ich gut kenne.»

«Joel?» Samantha hatte das Gefühl, jemand zöge ihr den Boden unter den Füssen weg.

Lorena nickte mit Nachdruck. «Sie standen in der Nähe der Tür und waren gut zu erkennen.»

«Hast du es eventuell falsch interpretiert?»

«Das, was die beiden im Begriff waren zu tun, kann keiner falsch interpretieren.»

Samantha verschränkte die Arme vor der Brust. «Nein!», sagte sie mit Nachdruck. «Du kannst Joel nicht leiden und –»

«Da ich wusste, wie du reagieren würdest, habe ich Fotos gemacht.»

«Was?»

Lorena holte ihr Handy aus der Handtasche und reichte es Samantha, nachdem sie es entsperrt hatte.

Unglaube machte sich breit, als Samantha den Mann und die Frau erkannte, die eng umschlungen auf der rechten Seite standen. Im Hintergrund war nur eine Wand zu sehen, aber es war für Samantha trotzdem eindeutig Chiaras Goldstube. Joel war im Profil gut zu sehen. Die Deckenlampe liess den Kastanienton seiner Haare richtig leuchten. Chiara hatte ihr Gesicht an seine Halsbeuge gedrückt.

«Ich habe weitere Aufnahmen gemacht.» Lorena wischte über das Display.

Samantha konnte nicht mehr als Schemen sehen, da ihr Tränen in die Augen schossen.

«Oh, verdammt, wenn man vom Teufel spricht», rief Lorena.

Ein Audi parkte neben Lorenas Wagen. Samantha bemerkte Joel, der ihnen zuwinkte. Er stieg aus und kam auf sie zu.

«Hatten die Damen bei der Kleidersuche Erfolg?», fragte er. Samantha wich zurück, als er sie umarmen wollte.

«Verschwinde!», rief sie. Tränen rannen über ihre Wangen.

«Sammy, was ist passiert?»

«Glaubst du, das kommt nicht irgendwann raus?»

«Wovon sprichst du?»

«Wie lange wolltest du das durchziehen?»

Hilflos sah Joel Lorena an.

«Geh zu deiner neuen Flamme und wage es nicht, noch mal hier aufzutauchen.» Samantha wandte sich ab und rannte los.

«Sammy!»

Sie blickte über die Schulter und sah, wie Lorena Joel zurückhielt und auf ihn einredete.

Samantha hastete an verwunderten Passanten vorbei und bog in die Rathausgasse ein. Sie murmelte eine Entschuldigung, als sie eine ältere Frau anrempelte. Charlotte Häfliger trat aus dem Haus, in dem sich Samanthas Wohnung befand. Samantha zwängte sich an ihr vorbei hinein.

«Also wirklich!», erboste sie sich. «Anstand kann man von so einer wie Ihnen nicht erwarten, aber das –»

Den Rest hörte Samantha nicht mehr. Sie stolperte in ihre Wohnung, schlug die Tür zu, schloss ab und liess den Schlüssel stecken.

Er hat einen Schlüssel, dachte sie und schob den Riegel vor. Samantha wollte trotzdem sichergehen und stellte einen Stuhl unter die Türklinke. Sie lehnte sich gegen die Tür und fuhr mit dem Handrücken über ihre Augen.

Das Geräusch eines Schlüssels, der ins Schloss geschoben wurde, liess Samantha vor Schreck einige Schritte von der Tür weg machen.

«Sammy!», erklang es einige Sekunden später von der anderen Seite der Tür. «Lass mich rein.»

Samantha öffnete den Mund und schloss ihn gleich wieder. Diskussionen brachten nichts.

Joel rüttelte an der Tür. «Sammy, das stimmt so nicht, wie es scheint.»

Wie in einem schlechten Liebesfilm, dachte Samantha. Sie rannte in ihr Schlafzimmer, schloss die Tür und liess sich auf ihr Bett fallen. Es klingelte.

«Sammy», hörte Samantha dumpf.

Ihr Handy klingelte. Samantha schaltete es aus. Gleich darauf folgte nochmals die Türglocke. Fest presste sie ihr Kopfkissen auf das Ohr. Sie wollte Joels Ausflüchte nicht hören.

***

Samantha stützte die Ellenbogen auf den Tisch und legte ihr Kinn auf die Hände. Sie starrte vor sich hin. Christa Ott stellte eine Schüssel mit Teigwaren, geröstete gemahlene Nüsse und gehobelten Parmesan in die Mitte des Tisches. Normalerweise wäre ihr das Wasser im Munde zusammengelaufen. Stattdessen verursachte der würzige Duft Übelkeit, und sie fragte sich, wie sie einen Bissen hinunterbringen sollte.

«Keine Sorge, Christa hat keine Maiglöckchen daruntergemischt», sagte Norbert mit einem Augenzwinkern und deutete auf die Schüssel. Offenbar war er darum bemüht, die gedrückte Stimmung zu heben.

«Maiglöckchen?», fragte Samantha verständnislos.

«Norbert hat mich immer aufgezogen, wenn ich Bärlauch gesammelt habe. Ob ich sicher sei, dass es keine Maiglöckchen sind.» Sie wandte sich an Norbert. «Dieses Mal kannst du sicher sein. Aus Bequemlichkeitsgründen habe ich den Bärlauch im Laden gekauft.» Sie nahm Samanthas Teller, schöpfte grosszügig vom Teigwaren-Cherrytomaten-Gemisch darauf und streute die gemahlenen Nüsse darüber. «Meine Bärlauch-Krawättli werden dir guttun.»

Neue Tränen traten in Samanthas Augen.

«Na, na», sagte Christa.

Samantha wusste nicht, wie lange sie mit dem Kissen auf dem Ohr im Bett gelegen war. Irgendwann hatte sie zur Toilette gehen müssen. Nachdem sie in den Wohn-Ess-Bereich ihrer kleinen Wohnung gegangen war, klopfte es an der Tür. Zunächst war sie wie erstarrt, in der Annahme, Joel sei noch da. Erst als sie Christa hörte, wie sie ihren Namen rief, öffnete Samantha die Tür.

«Was ist mit euch beiden los?», fragte Christa. Ihre Erleichterung war deutlich, als sie Samantha erblickte. Offenbar war sie länger vor der Tür gestanden.

Anstatt zu antworten, brach Samantha in Tränen aus. Kurzerhand nahm Christa sie mit in ihre Wohnung, in der es verlockend nach Kräutern duftete.

In stockenden Sätzen erzählte Samantha Christa und ihrem Mann, was vorgefallen war.

«Das kann ich mir nicht vorstellen», war Christas Kommentar. «Er war durch den Wind, als ich ihn im Treppenhaus angetroffen habe. Aus dem, was er mir erzählt hat, bin ich nicht schlau geworden.»

Christa hatte Joel gesagt, er solle nach Hause fahren, und sie würde mit Samantha sprechen. Morgen sei das Missverständnis bestimmt aufgeklärt.

«Die Fotos von Lorena sind eindeutig», erwiderte Samantha.

«Meinst du nicht, es gibt dafür eine harmlose Erklärung?»

«Das hat nicht harmlos ausgesehen.» Bei «harmlos» malte Samantha mit den Fingern Anführungszeichen in die Luft.

«Auf das brauchen wir eine Stärkung. Iss mit uns zu Abend.»

Samanthas Einwand, sie habe keinen Hunger, hatte sie nicht gelten lassen.

Samantha betrachtete die grosse Schüssel mit Teigwaren. Mit dieser Menge konnte Christa das gesamte Haus versorgen. Norbert schöpfte sich eine grosszügige Portion auf seinen Teller.

«Du hältst dich zurück», sagte Christa. Sie beugte sich vor und tätschelte Norberts Bauchansatz.

Diese vertraute Geste verursachte einen Stich in Samanthas

Innerem. Die beiden hatten sich mit achtzehn Jahren kennengelernt und waren inzwischen seit über fünfzig Jahren verheiratet. Die gegenseitige Zuneigung war in dieser langen Zeit geblieben. Das war heutzutage nicht selbstverständlich.

Norbert fuhr sich über seinen Bauch und grinste. «Liebe geht eben durch den Magen, und du kochst zu gut.»

Samantha zuckte zusammen.

«Entschuldige bitte.» Er sah zerknirscht aus.

Samantha zwang sich, eine Gabel in den Mund zu schieben. Es schmeckte vorzüglich, wie sie feststellen musste.

Christa lenkte das Gespräch auf Alltagsthemen, wofür Samantha dankbar war. Sie fragte Samantha, ob es ihr weiterhin gut bei dem Kosmetikunternehmen gefiel. Samantha berichtete von ihrer Arbeit und ihren Kollegen. Am Ende schöpfte sie zweimal nach.

Samantha half Christa beim Abräumen, während Norbert den Fernseher einschaltete. Samantha lehnte sich an den Türrahmen. Sie hatte kein Bedürfnis, in ihre Wohnung zurückzukehren. Wenn sie allein war, würde es keine Ablenkung mehr geben.

Offenbar blieb das Norbert nicht verborgen. «Schau mit uns die Nachrichten», sagte er.

Dankbar nahm Samantha das Angebot an und liess sich neben Norbert auf das Sofa fallen. Wie häufig in der Vergangenheit war sie um Christa und Norbert froh. Die beiden waren inzwischen für sie mehr als gute Freunde.

«… weiterhin sind die Hintergründe des Überfalls auf den Juwelierladen in der Liestaler Innenstadt von gestern Abend unbekannt», sagte die Moderatorin.

Ein Beitrag wurde eingeblendet. Die Journalistin stand in der Nähe eines Eingangs eines Juweliergeschäfts. Samantha richtete sich auf. Ein Überfall am Dienstagabend in Liestal? Davon hörte sie zum ersten Mal.

Die Kamera schwenkte über die Ladenfront. Das war Chiara Tomasis Goldstube.

Die Journalistin hob das Mikrofon an. «Gemäss Mediensprecher der Baselbieter Polizei wurden mehrere Schmuckstücke entwendet. Dabei richtete die Täterschaft eine enorme Verwüstung an.»

Die Kamera zoomte das Schaufenster heran. Viel war jedoch nicht erkennbar.

«Dass der Einbruch im Zusammenhang mit der Schiesserei vom Dienstag vor zwei Wochen steht, sei unwahrscheinlich, wie der Mediensprecher der Kantonspolizei auf Anfrage erklärte.»

Dem war Samantha sich nicht sicher und dachte an das, was Chiara über die beiden Männer und diese Schiesserei erzählt hatte. Die Männer mussten es auf ihr Goldschmiedeatelier und nicht auf Josefinas Kosmetikstudio abgesehen haben und waren beim Vorsondieren gestört worden.

Genugtuung mischte sich in das Entsetzen. Samantha war nicht stolz darauf, den Überfall als Ausgleich dafür zu sehen, dass Chiara mit Joel angebandelt hatte.

FÜNFZEHN

Am liebsten hätte Samantha den Kopf auf das Pult gelegt, während ihr Computer hochfuhr. Nur mit Mühe konnte sie dem Drang widerstehen. Sie bemerkte, wie ein Mann und eine Frau hinter Dominik an ihrem Büro vorbeigingen, die sie nicht kannte. Dominik hatte von einem neuen Lieferanten gesprochen. Falls die ersten Gespräche zufriedenstellend verliefen, sollte Samantha dazustossen.

Die beiden blieben stehen und blickten in Samanthas Richtung. Samantha gab sich beschäftigt und schaute auf ihren Bildschirm. Dabei wanderten ihre Augen zu ihrem Handy, das sie neben die Tastatur gelegt hatte.

Als sie es am Morgen eingeschaltet hatte, waren mehrere WhatsApp-Nachrichten von Joel eingegangen, und es hatte verpasste Anrufe angezeigt.

Als sie bei Christa und Norbert gewesen war, hatte er es zudem auf ihrem Festnetz versucht. Die Nachrichten auf dem Anrufbeantworter hatte Samantha ungehört gelöscht.

Als ihr Handy vorhin geklingelt hatte und auf dem Display Joels Name erschienen war, hatte Samantha es schnell wieder ausgeschaltet. Mit Joel wollte sie definitiv nicht reden.

Dominik sagte etwas zu dem Mann und der Frau und deutete in Samanthas Richtung.

Geht endlich, dachte sie. Schliesslich entfernten sie sich, und Samantha atmete auf. Heute war so ein Tag, an dem Samantha sich wünschte, die Türen wären nicht aus Glas.

Obwohl Samantha nicht das Gefühl hatte, die Leute würden durch die Türen spähen, um die anderen zu kontrollieren, gab es Tage, an denen sie sich wie auf dem Präsentierteller vorkam. So wie heute.

Christian Probst marschierte pfeifend in den Raum. Schwungvoll setzte er sich auf seinen Stuhl. In seinem linken Ohr steckte ein kabelloser Kopfhörer, den er benutzte, um andere nicht zu stören. Mit Musik sei er speditiver, hatte er Samantha erklärt. Er schätze Franz, weil er das zuliess.

«Hallo, Samantha», rief er und griff nach der Maus. Mit den Fingern der anderen Hand trommelte er im Takt zu dem Song, den er offenbar gerade hörte.

Mit seiner erfrischenden Art erinnerte der Mann Mitte vierzig sie an ihren ehemaligen Kollegen Eric, mit dem sie bei AarePharm ein Büro geteilt hatte.

«Ist alles in Ordnung?» Christian schob seine Brille nach vorne und musterte sie über den Rand. «Du siehst müde aus.»

«Schlecht geschlafen», murmelte Samantha.

«Kein Wunder bei dem Aufruhr, der seit zwei Tagen im Stedtli herrscht.»

«Ich war in Lenzburg.»

«Das ist eindeutig die bessere Alternative. Gefühlt läuft überall Polizei herum. Bevor ich es vergesse, dein Freund hat vorhin angerufen, als du noch nicht hier warst. Du sollst bitte zurückrufen.»

«Ex-Freund.»

«Was?»

«Ex-Freund», wiederholte Samantha.

«Das ist ein schlechter Witz, oder?» Er rollte mit seinem Stuhl neben Samantha, als sie nicht antwortete. «Es ist demnach kein Wunder, dass du wie ausgekotzt aussiehst.»

«Vielen Dank für das Kompliment.»

Samantha hielt ihren Blick weiter auf den Bildschirm gerichtet. Christians Neugier war deutlich. Sie war dankbar, weil er seine Fragen zurückhielt.

«Kann ich etwas für dich tun?», fragte er nach einer Weile.

Samantha schüttelte den Kopf.

«Soll ich sagen, du bist nicht da, wenn er ein weiteres Mal anruft?»

«Das wäre lieb», antwortete Samantha.

Früher oder später würde sie sich einem Gespräch stellen müssen. Zum jetzigen Zeitpunkt hatte sie nicht die Kraft dazu. Ausserdem wollte sie sich erst klar werden, wie sie ihm begegnen wollte.

«Christian?» Jasmin Hofer streckte den Kopf zur Tür herein. «Hast du gerade Zeit?»

«Ja.» Er rollte mit seinem Stuhl zurück an sein Pult.

«Ich habe hier die Flyer und Proben für unsere neue Antifaltencreme.» Sie stellte eine Kiste, auf der einige Blätter lagen, auf seinen Tisch. «Verteilst du die bitte bei deinen nächsten Touren an die Kunden?»

Christian nahm eine Tube aus der Kiste und drehte sie hin und her. «Sieht gut aus. Ich nehme die Sachen mit.» Er lehnte sich nach hinten. «Gibt es Neuigkeiten aus dem Stedtli?»

«Es ist alles ruhig.»

«Jasmin wohnt in der oberen Wohnung des Hauses, in dem der Schmuckladen ist, der verwüstet worden ist», erklärte Christian Samantha.

Das hatte Samantha nicht gewusst. «Hast du von dem Überfall vorgestern etwas mitbekommen?», fragte sie Jasmin.

«Ich habe tief und fest geschlafen. Erst als die Polizei anrückte, bin ich aufgewacht, was kein Wunder war, da der Krach, den sie veranstaltet haben, Tote hätte aufwecken können.»

«Musstest du eine Aussage machen?», fragte Christian.

«Ja. Ich war noch nie auf einem Polizeiposten und kam mir wie eine Schwerverbrecherin vor. Der Beamte, wie hiess er gleich – irgendein Baum.»

«Nussbaum», sagte Samantha.

«Stimmt. Du kennst ihn?», fragte Jasmin verwundert.

«Er hat mich befragt, als das mit unserer Nachbarin passiert ist.»

«Er war nett. Leider konnte ich ihm nicht helfen, da ich, wie gesagt, alles verschlafen habe.» Sie strich eine Haarsträhne hinter ihr Ohr. «Man könnte meinen, wir wohnen im Wilden Westen. Erst die Schiesserei am Dienstag vor zwei Wochen und nun dieser Überfall.»

«Meinst du, es gibt einen Zusammenhang?», fragte Samantha und dachte an das, was sie gestern in den Nachrichten gehört hatte.

«Keine Ahnung.»

«Ich denke, obwohl die Polizei das verneint, liegt ein Zusammenhang nahe», sagte Christian. «Beim ersten Mal wurden sie gestört und sind zurückgekehrt.»

«Ich frage mich, ob man den Überfall nicht hätte verhindern können», warf Jasmin ein. «Ob man nicht aufmerksamer das Stedtli hätte beobachten müssen.»

«Es war nicht klar, was die vermummten Personen gesucht hatten», erwiderte Christian. «Sie hätten nach einer spontanen Gelegenheit suchen können.»

«Beim ersten Versuch sah es aus, als hätten sie es auf den Kosmetikladen von Davids ermordeter Ex abgesehen, wenn man der Darstellung dieser Zeugin glauben kann. Wobei das Studio gemäss der Info in den Medien nur zufällig ausgesucht worden war.»

«Welcher Zeugin?», fragte Samantha.

«Sie wurde in der Zeitung nicht namentlich erwähnt. Aber sie gab an, gesehen zu haben, wie die Männer die Rathausstrasse entlanggeschlendert waren. Hier und da in die Schaufenster geschaut und sich schliesslich an der Tür von dem Kosmetikstudio zu schaffen gemacht hatten.»

Samantha dachte an das Gespräch mit Chiara. War sie diese Zeugin gewesen?

«Die arme Chiara», murmelte Jasmin. «Sie hat mich beraten, wenn ich Hilfe bei Schmuck brauchte. Sie hat mir einen Kettenanhänger mit einem Lapislazuli gemacht, den mir meine Grossmutter geschenkt hat. Chiara Tomasis Talent ist unglaublich. Jedes Schmuckstück ist ein Unikat.»

Samanthas Telefon klingelte. Sie wollte das Gespräch entgegennehmen, hielt aber inne. «Joel», flüsterte sie.

«Sekretariat Christian übernimmt.» Das klang geschäftsmässig, und Samantha hätte fast gelächelt, wenn nicht der Schmerz in ihrem Inneren gewesen wäre.

Jasmin warf Samantha und Christian abwechselnd fragende Blicke zu.

«Nein, sie ist nicht am Platz. Kann ich etwas ausrichten? – Kein Problem, mache ich gerne.»

Erneut klingelte Samanthas Telefon, und sie erkannte die interne Nummer vom Labor.

«Ich fürchte, wir haben ein Problem mit dem Mandelöl», sagte Emma Hofmann ohne Einleitung. «Kannst du kommen? Das, was wir heute geliefert bekommen haben, ist ranzig.»

Erleichtert, aus dem Büro fortzukommen, verliess Samantha den Raum.

Samantha lehnte sich gegen die Wand des Rathauses und schaute Richtung Törli. Ihr Blick schweifte zurück und blieb an dem Eingang zu Chiaras Goldatelier hängen.

Sie hatte ihre Mittagspause allein verbringen wollen. Ihre Kollegen hatten genickt und diesen Wunsch nicht kommentiert. Samantha war überzeugt, inzwischen wusste jeder von ihrer Trennung. Kein Wunder in einem Betrieb mit zehn Mitarbeitern. Sosehr sie das Gefühl einer kleinen Familie schätzte, manchmal wäre es besser, in einem grossen Unternehmen zu arbeiten, in dem vieles anonym war.

Sie nippte an ihrem Cappuccino to go. Er schmeckte bitter. Dabei hatte sie mehr Zucker als sonst dazugegeben. Vermutlich lag es nicht an dem Kaffee, sondern an ihrer Stimmung. Das Lachssandwich, das sie von derselben Bäckerei wie sonst gehabt hatte, hatte sie heute salzig empfunden.

In Chiaras Atelier schien niemand zu sein. Samantha fragte sich, warum sie ausgerechnet hier hingegangen war und was es bringen sollte, wenn sie herkam. Hatte sie ihre Neugier, ob man etwas von dem Überfall sehen konnte, hergetrieben? Oder war Joels Affäre der Grund? Zweites, musste sie sich eingestehen und wusste, wie lächerlich es war. Sie würde kaum um diese Zeit Joel und Chiara bei einem Stelldichein antreffen.

Sie dachte an Joels Stimmungsschwankungen in der letzten Zeit. Nun war ihr klar, warum er hin und wieder verschlossen gewesen war und sich zurückgezogen hatte. Das schlechte Gewissen hatte ihn geplagt. Die Wut begann zu brodeln und drängte die Niedergeschlagenheit zur Seite. Wie lange ging das zwischen den beiden schon?

«Die müssen richtig gewütet haben», drang eine Stimme an Samanthas Ohr.

Sie hatte die beiden Frauen nicht bemerkt, die unweit von ihr stehen geblieben waren. Die Ältere hatte leuchtend weisse Haare. Obwohl die Haare der Jüngeren dunkelbraun waren, konnte die Ähnlichkeit der beiden nicht übersehen werden: Mutter und Tochter.

Vor den Füssen der jüngeren Frau hatte sich ein schwarzer Pudel hingelegt. Er hatte seinen Kopf auf den Vorderpfoten platziert und blickte zu den beiden Frauen hoch.

«In der Zeitung steht, es könnte ein Racheakt gewesen sein», sagte die ältere Frau.

«Du meinst, es ging nicht primär um Diebstahl? Willst du damit sagen, es wurde nichts gestohlen?»

«Gewisse Schmuckstücke sind weg, aber bei Weitem nicht alle, wie man erwarten würde.»

Unweigerlich musste Samantha zu Chiaras Schmuckatelier schauen.

«Viele wertvolle Stücke sind noch da. Entweder hatten die Diebe keine Ahnung, oder sie wollten, wie gesagt, etwas anderes bezwecken. Das Inventar ist mehr oder weniger zerstört.»

«Die Diebe müssen etwas Spezielles gesucht haben», sagte die jüngere Frau.

«Franzi sagt, es mache keinen Sinn, was weggekommen ist.»

«Woher weiss Franzi das?»

«Sandra! Ihr Sohn ist bei der Polizei. Bei der ... Wie nennt man das, die die Spuren untersuchen?»

«Spurensicherung?»

«Ja, genau.»

Da wundert man sich, wie Informationen, die man lieber aus ermittlungstechnischen Gründen zurückbehalten würde, an die Öffentlichkeit dringen, dachte Samantha.

«Vielleicht wurden sie gestört.»

«Eine Möglichkeit, hat er gesagt. Das ist aber Gegenstand der Untersuchung.» Die Frau streckte sich und straffte die Schultern. Sie reckte das Kinn, als wollte sie sagen: Siehst du, ich habe den

Durchblick. «Es werde diskutiert, wer Rache an dieser bedauernswerten Frau nehmen möchte. Bisher sind sie keinen Schritt weiter mit ihren Ermittlungen.»

Die jüngere Frau setzte sich in Bewegung. Der Pudel sprang auf und umrundete sie schwanzwedelnd. Die ältere hakte sich bei ihr unter. «Ich jedenfalls traue mich in der nächsten Zeit nachts nicht mehr auf die Strasse», sagte sie, bevor die beiden ausser Hörweite waren.

Samantha stiess sich von der Wand ab und überquerte die Strasse. Sie blieb vor dem Schaufenster stehen und spähte ins Innere. Zu ihrer Überraschung erblickte sie kein Chaos, dafür herrschte Leere. Der runde Tisch und die Stühle waren auf die Seite geschoben. Die Vitrinen waren fort, und vor einem Sockel waren Scherben zu einem kleinen Haufen zusammengefegt. Im hinteren Teil des Raums erkannte Samantha Chiaras Werkbank. Auch diese war leer. Nichts deutete darauf hin, dass hier normalerweise ein Schmuckgeschäft war.

«Ich habe geschlossen.»

Samantha fuhr erschrocken herum.

Chiara wirkte kleiner als an dem Tag, an dem Samantha sie zum ersten Mal getroffen hatte. Das übermütige Glitzern in ihren Augen war verschwunden, und ihr Gesicht war fahl. Sogar ihre Haare machten einen matten Eindruck.

«Ah, ciao … Samantha, nicht wahr?»

Samanthas Mund war wie ausgetrocknet. Joels Geliebte stand vor ihr. Am liebsten hätte Samantha sie angefahren, was ihr einfiel, sich an Joel heranzumachen. Mehr noch, am liebsten hätte sie ihr den Hals umgedreht. Aber sie riss sich zusammen.

Es fiel Samantha schwer, zu glauben, wie diese Frau, die sie vor einigen Tagen sympathisch gefunden hatte, es bewusst darauf angelegt hatte, ihr Joel auszuspannen. Wusste sie überhaupt, dass Joel kein Single war?

«Ich würde dich gerne hereinbitten, aber … Du hast bestimmt davon gehört, was passiert ist.»

Mehr als ein Nicken brachte Samantha nicht zustande.

Chiara fuhr mit der Hand durch ihre Haare. «Gerade hatte ich es geschafft und habe schwarze Zahlen geschrieben. Und jetzt das. Ich weiss nicht, wer mir das antun wollte und warum.»

«Es tut mir leid, was geschehen ist», murmelte Samantha. Das klang hohl. Nicht nur hohl. An Chiaras Stelle würde sie annehmen, sie hätte damit zu tun.

«*Grazie.*»

«Meine Mittagspause ist ohnehin fertig. Ich drücke die Daumen, dass die Polizei die Kerle schnell findet.»

«*Grazie*», wiederholte Chiara und betrat den Laden.

Durch das grosse Fenster sah Samantha, wie Chiara den Raum durchquerte und im hinteren Teil durch die Tür verschwand.

***

Samantha legte den Anwohnerparkschein hinter die Frontscheibe des Smart und stieg aus. Kraftlos schlurfte sie Richtung Lenzburger Altstadt. Sie war erschöpft. Neben der schlaflosen Nacht laugte das Wechselbad der Gefühle zwischen Trauer, Verzweiflung und Wut aus.

In der Rathausgasse wich sie Passanten aus, die das angenehme Frühsommerwetter auf die Strasse gelockt hatte. Gelächter und Gesprächsfetzen drangen an Samanthas Ohr. Die Fröhlichkeit der Leute liess sie niedergeschlagener werden.

Ihr Fuss blieb an einem Stein des Kopfsteinpflasters hängen. Samantha strauchelte und wurde am Arm gepackt.

«Na, na, hübsche Frau», sagte ein Mann. «Nicht hinfallen.»

Samantha stützte sich an dem kräftigen Arm ab und schaute auf. Blaue Augen funkelten sie belustigt an.

«Ihr trauriges Gesicht passt nicht zu diesem wunderschönen Tag und zu einer schönen Frau. Darf ich Sie auf einen Kaffee einladen? Als kleine Aufmunterung.»

Samantha schaute den Mann genauer an. Er musste Ende dreissig sein, hatte dunkelblonde Haare und Lachfältchen in den Augenwinkeln. Sie wollte ablehnen, aber er kam ihr zuvor.

«Nein sagen gilt nicht.»

Er dirigierte sie zu einem Tisch und zog einen Stuhl nach

hinten. Samantha setzte sich. Was tat sie da? Liess sich von einem wildfremden Mann einladen.

«Was möchten Sie?», fragte er, als die Kellnerin an den Tisch trat.

Samantha brachte keinen Ton heraus.

«In dem Fall nehmen wir je ein Stück Rüeblitorte und einen Kaffee?» In seinen blauen Augen lag die Aufforderung, sich dazu zu äussern.

Samantha nickte. Rüeblitorte? Ihr Lieblingskuchen. Das konnte er nicht wissen.

«Es tut mir leid, wenn ich mich aufdränge, aber ich habe heute keine gute Tat getan, und Sie sehen aus, als brauchen Sie eine Ablenkung.»

«Danke.» Gegen ihren Willen merkte Samantha, wie gut das tat, was gerade passierte. «Die kann ich in der Tat gebrauchen.»

«War es nicht Ihr Tag heute?»

Direkt war er, das musste man ihm lassen. Allerdings störte es Samantha nicht. Im Gegenteil. Die Last der Trübsal fiel von ihren Schultern.

«Nicht meine Woche oder mein Monat, würde es besser treffen.»

«So schlimm? Lassen Sie mich raten, Sie haben Ihren Job verloren, haben sich scheiden lassen, oder jemand ist gestorben?»

Nun konnte Samantha ihr Lachen nicht zurückhalten. «Treffer. Punkt zwei trifft es fast. Aber nicht geschieden, sondern nur Schluss gemacht.»

«‹Nur Schluss machen› reicht. Ich bin Rolf, Ihr edler Ritter.»

«Wie bitte?»

«Rolf Ritter», sagte er. «Oder einfach Rolf, wenn das okay ist.» Er reichte ihr über den Tisch die Hand.

«Samantha Kälin oder einfach Samantha.» Sie drückte seine Hand und schmunzelte.

Die Kellnerin brachte Kaffee und Kuchen. Samantha hatte fast den ganzen Tag nichts Richtiges gegessen. Sie schob ein Stück in den Mund. Der Kuchen war perfekt – saftig, nussig und nicht zu süss. Sie merkte, wie ihre Lebensgeister zurückkehrten.

Sie war sich zwar bewusst, dass Rolf Ritter mit ihr flirtete, aber sie ging auf das Spiel ein. Samantha berichtete von ihrem Job bei Amry Cosmetics.

«Ich arbeite bei einer Lebensversicherung im internationalen Bereich in Zürich», sagte Rolf. Seine Augen huschten zur Seite, und Samantha fragte sich, was daran schlimm war. «Sind Sie von Lenzburg?»

«Ja, ich wohne hier in der Altstadt.»

«Ich wohne in Staufen.» Er bedachte Samantha mit einem intensiven Blick.

Das ging Samantha nun doch zu schnell, und sie überlegte, wie sie ihm das klarmachen konnte, ohne dass es wie eine grobe Zurückweisung wirkte.

Sein Handy klingelte. Rolf entschuldigte sich und nahm das Gespräch entgegen. «Ja, ist gut», sagte er in den Hörer. «Entschuldige, ich sollte los», wandte er sich an Samantha, nachdem er das Gespräch beendet hatte. «Sehen wir uns wieder?», fragte er und machte der Kellnerin ein Zeichen, zahlen zu wollen.

«Warum nicht?», hörte Samantha sich sagen, bevor sie sich die Antwort überlegt hatte.

Er machte einen beschwingten Eindruck, als er sich durch die Leute schlängelte. Bevor er aus Samanthas Blickfeld verschwand, drehte er sich zu ihr um und hob die Hand. Ein alleinstehender Mann, der obendrein gut aussehend war.

Lass das, dachte sie und betrachtete die Telefonnummer, die er auf die Serviette geschrieben hatte. Du willst nichts von ihm und solltest ihm keine Hoffnung machen.

Von Männern hatte sie für den Augenblick genug, und die Trennung von Joel schmerzte zu stark. Joel. Rasch drängte sie den Gedanken an ihn zur Seite und konzentrierte sich darauf, aus der Begegnung mit Rolf Kraft zu schöpfen.

Samantha ass ihren Kuchen auf und machte sich auf den Heimweg.

Als sie die Tür erreichte, wurde diese schwungvoll geöffnet. Beinahe wäre Samantha mit Charlotte Häfliger zusammengestossen, die in der Wohnung über dem Schuhladen wohnte, in dem sie auch als Verkäuferin arbeitete.

«Sie», stiess Charlotte Häfliger hervor.

«Auch Ihnen einen guten Abend», sagte Samantha.

«Ich dachte, Sie seien ausgezogen.»

«Noch nicht, aber ich habe die Wohnung gekündigt.»

Charlotte Häfliger steckte sich die Zigarette an, die sie im Mund hatte und die bei jedem Wort auf und ab wippte. Eine Rauchwolke waberte Samantha entgegen. Sie unterdrückte ein Husten und wedelte sie zur Seite.

«Endlich. Faule Ausländer, die bereits um diese Zeit herumlungern, können wir nicht gebrauchen.» Charlotte Häfliger nahm einen tiefen Zug und blies den Rauch in Samanthas Richtung.

«Sie haben offenbar ebenfalls Feierabend und Zeit zum Nichtstun.» Du solltest dich nicht immer von ihr provozieren lassen, dachte Samantha ärgerlich. Es bringt nichts.

Den Stich, den Charlotte Häfligers Anfeindungen in ihrer Magengegend verursachte, konnte Samantha nicht unterdrücken. Seitdem diese Frau eingezogen war, nutzte sie jede Begegnung, um Samantha darauf hinzuweisen, was sie von Leuten hielt, die keine gebürtigen Schweizer waren.

«Frechheit!», brauste Charlotte Häfliger auf. «Ich mache nur meine wohlverdiente Pause.» Sie nahm einen weiteren Zug. «Endlich hat unser Vermieter Einsehen und setzt Sie auf die Strasse.» Mit hocherhobenem Kopf marschierte sie Richtung Kirchgasse davon.

Die Leichtigkeit, die Samantha beim Kaffeetrinken mit Rolf Ritter empfunden hatte, war verpufft.

Gekündigt. Sie würde sich in einer absehbaren Zeit eine neue Bleibe suchen müssen.

Samantha schleppte sich die Treppenstufen in den obersten Stock hoch, in dem sich ihre Dachwohnung befand. Sie wollte den Schlüssel ins Schloss stecken, liess ihn aber fallen. Fassungslos schaute sie die Tür an. Sie stand eine Handbreit offen. Am Rahmen war Holz abgesplittert. Samantha stiess sie auf und schrie, als sie das Chaos erblickte.

Samantha nahm alles wie durch einen Schleier wahr. Der Nebel lichtete sich, und sie erkannte Christa Ott. Christa stellte ein Glas Wasser vor Samantha hin.

Wo Christa hergekommen war und wie Samantha in ihre Wohnung gelangt war, konnte sie nicht nachvollziehen. Christas Mund bewegte sich. Mehr als ein Rauschen drang nicht in Samanthas Kopf vor. Christa streckte die Hand aus und berührte Samanthas Arm. Erneut bewegten sich ihre Lippen. Was sie sagte, erreichte Samantha auch dieses Mal nicht. Christa setzte sich neben Samantha, nahm ihre Hände und strich darüber.

«Sammy, bitte rede mit mir.»

In der Tür tauchte Norbert auf, hinter ihm ein Mann in Polizeiuniform.

«Sie steht unter Schock und ist nicht ansprechbar.» Wen meinte Christa? Sie?

Der Beamte setzte sich Samantha gegenüber an den Tisch. «Ich bin Simon Berger», sagte er.

Samantha murmelte einen Gruss.

«Bei der Wohnung handelt es sich um Ihre?» Er deutete mit dem Finger gegen die Decke.

Mehr als ein Nicken brachte Samantha nicht zustande.

«Haben Sie Ihre Wohnung betreten oder etwas angefasst?»

Wenn sie das wüsste. Samantha schüttelte den Kopf und hoffte, das entspräche der Wahrheit.

«Sie?», wandte der Beamte sich an Christa.

Christa verneinte.

«Waren Sie zusammen, als Sie den Einbruch bemerkten?»

«Nein. Nach Samanthas Aufschrei bin ich nach oben geeilt. Samantha sass auf dem Boden und hatte sich gegen den Türrahmen gelehnt. Sie starrte in die Wohnung und war völlig aufgelöst. Drinnen herrschte das totale Chaos, soweit ich das von der Wohnungstür sehen konnte. Ich habe Samantha mit in unsere Wohnung genommen und den Notruf gewählt.»

«Sie sind nach Hause gekommen und haben die aufgebrochene Tür entdeckt?», wandte Berger sich an Samantha.

«Ja», brachte Samantha hervor.

«Wann hatten Sie Ihre Wohnung verlassen?»

«Gegen sieben Uhr heute Morgen.»

«Ist Ihnen zu diesem Zeitpunkt etwas aufgefallen? Eine Person, die sich in der Gasse herumtrieb?»

«Nein.»

«Ist die Haustür unten abgeschlossen?»

«Normalerweise sollte sie das», übernahm Christa. «Seit Frau Häfliger hier wohnt, ist das nicht sicher.»

«Häfliger», wiederholte der Beamte und blätterte in seinem Notizbuch. «Die Wohnung über dem Schuhladen?»

«Richtig.»

«Sie arbeitet im Schuhladen?»

«Ja.»

Er machte Notizen. Obwohl der Text für Samantha auf dem Kopf stand, war die gestochen scharfe Schrift gut lesbar: «Häfliger nochmals befragen, ob die Haustür heute offen stand.»

«Das würde bedeuten, der Einbrecher konnte ungehindert ins Haus.»

Das war nicht als Frage, sondern als Aussage formuliert. Trotzdem nickte Samantha.

«Sie haben nichts gehört?» Abwechselnd schaute er Christa und Norbert an.

«Wir waren gegen elf Uhr am Vormittag eingeladen. Erst um sechzehn Uhr sind wir zurückgekehrt», sagte Christa.

«Als Sie nach Hause kamen, ist Ihnen nichts aufgefallen?»

«Nein. Oder halt, die Haustür war wie so oft in letzter Zeit nicht abgeschlossen.»

«Sie sind direkt in Ihre Wohnung gegangen, nehme ich an.»

«Wir hatten keine Veranlassung, zu Samanthas Wohnung zu gehen, wenn Sie das meinen.»

«Haben Sie etwas gehört, nachdem Sie zu Hause waren?»

Christa verneinte.

Der Stift huschte über die Seiten des Notizbuches.

«Herr Meier ist berufstätig und war ausser Haus», sagte Berger, während er schrieb. «Frau Häfliger war im Schuhladen und hat nichts gehört. Das Haus stand sozusagen leer, und der Einbrecher hatte freie Bahn. Immerhin können wir den Zeitraum eingrenzen, in dem der Einbruch stattgefunden haben muss.» Er klappte das Notizbuch zu. «Ich wäre froh, wenn Sie nachschauen könnten, ob etwas weggekommen ist», wandte er sich an Samantha.

Samantha schlüpfte hinter Berger in ihre Wohnung an einem Beamten der Spurensicherung vorbei, der Fotos von dem aufgebrochenen Schloss machte.

Das Chaos traf sie erneut mit voller Wucht. Der Sekretär stand offen. Aus dem Regal daneben waren Ordner und Bücher auf den Boden gefegt worden. Die Stühle waren umgeworfen, und die Pflanze, die auf dem Glastischchen gestanden war, lag auf dem Holzboden. Im Küchenbereich standen die Schränke offen, und Geschirr und Gläser lagen zerbrochen auf dem Boden. Unmittelbar sah sie das Chaos in Josefinas Haus vor sich. Ihr Kopf weigerte sich zu verstehen, was das bedeutete.

«Als ob Vandalen gewütet hätten», hörte Samantha eine Männerstimme aus dem Badezimmer.

Wie in Trance folgte sie Berger Richtung Schlafzimmer. Kleidungsstücke waren aus dem Schrank gerissen und über dem Boden verstreut worden. Die Schublade des Nachttischchens lag zerbrochen auf dem Boden. Samantha machte kehrt. Im Badezimmer empfing sie der Duft ihres Parfüms, das Joel ihr geschenkt hatte. Intensiv. Ihr wurde schlecht. Sie würde diese Marke nie mehr benutzen können. Das zerbrochene Fläschchen und weitere Toilettenartikel waren im ganzen Raum verteilt.

«Haben Sie eine Ahnung, was der Einbrecher gesucht haben könnte?»

«Nein.»

«Haben Sie Wertgegenstände in der Wohnung?»

«Das Wertvollste ist der Fernseher.» Den hatten sie nicht mitgenommen. Der lag zerstört auf dem Boden im Wohnzimmerbereich.

«Schmuck?»

Samantha kehrte ins Schlafzimmer zurück. Die kleine verzierte

Holzschmuckdose, ein Geschenk ihrer indischen Schwester Ranjana, stand zu Samanthas Verwunderung auf dem Nachttischchen. Die wenigen Ketten, Ringe und Ohrringe, die Samantha besass, waren darin.

Anstatt auf die Frage des Beamten zu antworten, hielt Samantha ihm die Dose hin. Er schaute sie ratlos an.

«Alles da», sagte sie.

Seine Ratlosigkeit wuchs offenbar. «Ich weiss, es ist schwierig, aber fällt Ihnen etwas auf, das fehlt?»

«Nein.» Wie denn in dem Chaos, fügte sie in Gedanken an. Ihre Beine drohten einzuknicken. Samantha setzte sich auf das Bett.

«Mich wundert, dass keiner im Haus den Einbruch bemerkt hat», sagte jemand im Wohnzimmer. «Das Ganze muss mit einem riesigen Getöse vonstattengegangen sein.»

«Wir müssen die Schuhverkäuferin nochmals befragen», sagte ein anderer. «Sie war die einzige Person, die zu dem Zeitpunkt des Einbruchs im Haus war. Von ihrem Schuhladen sieht man die Haustür.»

«Falls sie zu dem Zeitpunkt hingeschaut hat, als der oder die Einbrecher das Haus betraten», gab ein anderer zurück.

Die Häfliger wird nichts bemerkt haben, dachte Samantha. Oder bemerkt haben wollen.

Sie traute ihr sogar zu, den Einbrecher ins Haus gelassen und bewusst weggeschaut zu haben. Schliesslich hatte sie zwei- oder dreimal versucht, Samantha loszuwerden, indem sie Samantha beim Vermieter angeschwärzt hatte, weil sie angeblich zu laut Musik hörte oder mit schmutzigen Schuhen das Haus betreten und das gesamte Treppenhaus verdreckt hatte. Als der Vermieter Samantha deswegen zur Rede gestellt hatte, konnte sie zum Glück jedes Mal nachweisen, zu dem Zeitpunkt nicht im Haus, sondern bei Joel gewesen zu sein.

Christa stellte Brot, Käse und Konfitüre auf den Tisch. Norbert füllte Tee in Samanthas Tasse.

«Ich möchte euch nicht zur Last fallen», hatte Samantha gesagt, als die beiden ihr das Sofa zum Übernachten angeboten hatten.

«Wo willst du sonst hin?», hatte Norbert gefragt und damit ungewollt Samantha tiefer in die Mutlosigkeit gezogen, da er damit den Nagel auf den Kopf getroffen hatte.

Nach Liestal konnte sie nicht mehr ausweichen. Samantha hätte Lorena anrufen können, aber sie wollte ihre Freundin nicht ausnutzen. Ihre Kolleginnen vom Volleyball schieden aus. In den letzten Monaten war Samantha nur sporadisch zum Training gegangen, da sie meistens in Liestal war. Der Kontakt war seltener geworden. Ihre Arbeitskollegen wollte Samantha nicht fragen, obwohl sie davon ausging, diese würden ihr helfen.

«Hier», sagte Christa und reichte Samantha den Brotkorb. Obwohl Samantha keinen Hunger hatte, griff sie zu.

«Es fehlt definitiv nichts?», fragte Norbert.

«Definitiv kann ich das nicht sagen. Auf den ersten Blick nicht.»

«Mich erschreckt die Brutalität, mit der der Einbrecher vorgegangen ist», sagte Christa. «Warum Samanthas Wohnung?»

«Sie ist ganz oben. Da wird er am wenigsten überrascht», sagte Samantha.

«Er wird richtig Krach gemacht haben, und er musste davon ausgehen, dass jeder es mitbekommt», sagte Norbert. «Immerhin konnte er nichts von der Abwesenheit der anderen Mieter wissen.»

«Er wird das Haus beobachtet haben.»

«In dem Fall hat er es auf Samantha abgesehen. Dem ging es in erster Linie ums Zerstören. Wen hast du sauer gemacht?»

«Das hat mich Herr Berger auch gefragt. Keine Ahnung.»

«Denk nach», forderte Norbert sie auf.

«Frau Häfliger», rutschte es Samantha heraus.

«Unseren Hausdrachen?», fragte Christa. «Ich traue ihr alles zu, aber Einbruch und Zerstörung?»

«Sie hat von Anfang an etwas gegen Samantha gehabt. Sie hat öfter angedeutet, wie froh sie wäre, endlich eine Idee zu haben, wie man Sammy loswird.»

«Dabei ist das nicht nötig», sagte Christa. «Samantha hat gekündigt.»

«Du hast was?», rief Norbert. «Hast du dich mit Joel versöhnt, und zieht ihr zusammen?»

Samantha öffnete den Mund, um zu antworten, aber Norbert sprach gleich weiter. «So schade ich es finde, wenn du weggehst, aber es wurde endlich Zeit.»

«Wir haben uns nicht versöhnt», murmelte Samantha.

«Norbert!» Christa stiess mit dem Ellenbogen leicht gegen Norberts Seite und warf ihm einen Blick zu, der nichts anderes als «Du Trampeltier» heissen konnte.

«Frau Häfliger kam mir heute Nachmittag entgegen», sagte Samantha. Joel war der Letzte, über den sie sprechen wollte.

«Und?»

«Verbales Gift, mehr nicht.»

«Um ehrlich zu sein, zu mehr halte ich sie nicht fähig», sagte Christa. «Sie ist zu feige. Denk nach, wer sonst hat etwas gegen dich?»

«Joel», flüsterte Samantha.

«Das halte ich für weit hergeholt. Joel ist nicht gewalttätig und bricht die Tür nicht auf. Er hat einen Schlüssel, warum sollte er bei dir einbrechen?»

«Um den Verdacht von sich abzulenken», flüsterte Samantha.

«Das glaubst du selbst nicht», rief Christa.

Nein, dachte Samantha. Das tue ich nicht. Aber sie liess es unausgesprochen.

Samantha war es nicht recht, dass Christa und Norbert Ott ihr das Wohnzimmer überliessen. Sie hatte jedoch heute Abend keine andere Wahl. In ihre Wohnung konnte sie nicht zurück. Abgesehen von dem Chaos, hatte Berger ihr erklärt, die Spurensicherung sei frühestens morgen abgeschlossen.

Samantha senkte das Handy, das sie eingeschaltet hatte, um nach einer Unterkunft zu surfen. Dabei hatte sie die Informationen zu den verpassten Anrufen von Joel und seinen Nachrichteneingängen in der Combox ignoriert.

Sie legte das Handy auf das Wohnzimmertischchen. Die Kraft, heute Abend ein Zimmer in einer Pension zu suchen, hatte sie nicht. Das würde sie morgen als Erstes in Angriff nehmen, da sie Christas und Norberts Hilfsbereitschaft nicht ausnutzen wollte.

Im Gang hörte sie Stimmen. Christa und Norbert hatten beim Nachtessen davon gesprochen, einen Abendspaziergang unternehmen zu wollen. Offenbar brachen sie gerade auf. Samantha schob das Kissen und die Bettdecke, die auf dem Sofa ausgebreitet waren, zur Seite und legte sich auf den Rücken. Das Sofa war schmal und kurz, aber es würde gehen. Gehen müssen.

Sie hörte, wie die Wohnungstür ins Schloss fiel. Die alte Uhr, die neben dem Buffet stand, schlug neun Mal. Gleichzeitig meldete ihr Handy den Eingang einer WhatsApp-Nachricht. Obwohl sie nicht wollte, schielte sie zum Handy. Die Nachricht war von Ranjana.

Was ist los?, las Samantha, und sie durchfuhr ein Schreck. Für heute hatte sie sich mit ihrer indischen Schwester zu ihrem wöchentlichen Skypen verabredet. Da ihr Laptop bei Joel war, musste sie auf ihr Handy zurückgreifen.

Bald darauf hatte sie die Verbindung hergestellt.

«Entschuldige, ich habe die Zeit vergessen», sagte Samantha auf Englisch, nachdem sie sich begrüsst hatten.

«Wo bist du?», fragte Ranjana.

«In Lenzburg.» Samantha versuchte, locker zu klingen.

«In deiner Wohnung?»

Samantha schwieg.

«Anshana?» Obwohl Ranjana wusste, dass Samantha den Namen gebrauchte, den ihr ihre Adoptiveltern gegeben hatten, verwendete sie Samanthas indischen Namen.

Samantha war froh darüber. Es vermittelte Nähe. Nähe zu ihrer leiblichen Familie, von der sie noch längst nicht alle kennengelernt hatte. Nähe zu dem Ort, wo sie ihre Wurzeln hatte, der ihr aber ebenso fremd war. Sie war froh, in der Schweiz und nicht in Indien leben zu dürfen.

Jedes Mal wenn sie das dachte, meldete sich das schlechte Gewissen, das ihr vorwarf, ihre Heimat zu verraten. Welches

Land war aber ihre Heimat, fragte sie zurück. Darauf lieferte das Gewissen ihr keine Antwort und liess nur diese Zerrissenheit zurück.

«Anshana», wiederholte Ranjana. «Was ist los?»

Samantha setzte sich so, dass Ranjana möglichst wenig vom Raum sah.

«Nichts.»

Sie wollte ihrer Schwester nichts über die momentane Situation erzählen. Das traumatische Erlebnis, das sie bei ihrem Besuch in der Schweiz vor einem Jahr erlitten hatte, wollte sie nicht erneut aufleben lassen.

Die Schweiz erschien Ranjana seit ihrer Entführung nicht als ein sicheres Reiseland, obwohl Samantha versucht hatte, sie zu überzeugen, dass Derartiges nicht zum Schweizer Alltag gehörte.

«Das ist nicht dein Sofa, auf dem du sitzt, und Joel gehört es auch nicht.»

Mist.

«Warum liegen dort Bettdecke und ein Kopfkissen?»

Rasch drehte Samantha das Handy in eine andere Position. «Ich bin bei Christa.»

«Um diese Zeit? Es muss elf Uhr am Abend bei euch sein.»

«Nein, neun Uhr.»

Die Forderung, ihr die Wahrheit zu sagen, konnte Samantha selbst auf dem Display ihres Handys gut in Ranjanas Gesicht erkennen. Sie gab sich geschlagen. Ranjana würde keine Ruhe geben.

Die Miene ihrer Schwester wechselte von Unglauben über Schreck zu Angst und Sorge, aber sie unterbrach Samantha nicht.

«Da ist es in Indien sicherer», sagte sie, nachdem Samantha geendet hatte.

«Das stimmt nicht.»

«Meinst du, der Einbruch in deine Wohnung hängt mit den Morden in Liestal zusammen?»

«Unwahrscheinlich», sagte sie, war sich dessen aber nicht sicher. Erneut sah sie das Chaos in Josefinas Haus vor sich. Die Parallelen waren erschreckend.

«Du sagst, es sei nichts gestohlen worden.»

«Das weiss ich nicht. Das werde ich erst merken, wenn ich das Chaos aufräume.»

«Wie gut, dass du Unterschlupf bei Christa gefunden hast. Ich erinnere mich gut an die freundliche Frau, die unter dir wohnt. Es ist wichtig, solche Menschen um sich zu haben.»

Dem konnte Samantha nur zustimmen.

«Kannst du so lange bei ihr bleiben, bis die Polizei dir erlaubt, in die Wohnung zurückzukehren?»

«Das könnte ich, aber ich möchte die Hilfsbereitschaft nicht ausnutzen. Morgen sehe ich zu, eine vorübergehende Bleibe zu finden. In Liestal und Umgebung, damit ich nicht so weit zur Arbeit fahren muss.»

«Ich finde es schlimm, dass du nicht zu Joel kannst», wechselte Ranjana das Thema. «Ich bin entsetzt, wie er dich hintergangen hat.»

Samantha drängte die aufsteigenden Tränen zurück.

«Obwohl ich nichts von eurer Lebensweise halte, vor der Hochzeit zusammenzuwohnen, habe ich mir gewünscht, du wärst zu ihm nach Liestal gezogen. Zum Glück hast du es nicht getan. So was hätte ich nicht von ihm erwartet.»

Glaubst du, ich, dachte Samantha.

«Um ehrlich zu sein, kann ich mir nicht vorstellen, dass er dich betrogen hat. Bist du sicher, dass Lorena nicht etwas missverstanden hat?»

«Ihre Schilderungen und die Fotos waren eindeutig.»

«Könnte sie es nicht erfunden haben?»

Samantha richtete sich auf. «Wieso sollte Lorena diese Geschichte erfinden? Sie hatte Fotos.»

«Heutzutage kann man Fotos bearbeiten.»

«Wieso sollte Lorena das tun?», rief Samantha. Ranjanas Annahme war zu absurd.

«Sie ist eifersüchtig.»

«Eifersüchtig? Lorena? Auf wen? Joel?»

«Sie hat ihn mit einem seltsamen Blick angesehen, als ich bei euch war.»

«Was meinst du mit seltsamem Blick? Ob sie in ihn verliebt ist?»

Anstelle zu antworten, wackelte Ranjana auf die eigentümliche Art mit dem Kopf hin und her, wie es Inder oft machen. Samantha hatte diese Bewegung vor dem Spiegel versucht, war allerdings gescheitert.

«Lorena heiratet im Herbst Cédric. Die beiden sind seit Ewigkeiten zusammen.»

«Sie muss nicht automatisch in Cédric verliebt sein.»

«Das glaube ich doch. Warum sollte sie ihn sonst heiraten?»

«Liebe ist es zwischen mir und Nilay auch nicht. Wir akzeptieren die Entscheidung, die unsere Eltern getroffen haben, und haben gelernt, einander zu respektieren, und sind inzwischen ein gutes Team. Vielleicht ist es bei Lorena ähnlich. Ausserdem ist Cédric eine gute Partie. Er hat ein Haus, einen guten Job und –»

«In der Schweiz haben wir das Glück, unsere Partner aussuchen zu dürfen», unterbrach Samantha ihre Schwester. «Ich würde keinen heiraten, den ich nicht liebe, auch wenn ich ihn respektiere. Ausserdem verdient Lorena selbst genug.»

Ranjana wackelte erneut mit dem Kopf.

Konnte das stimmen, was sie andeutete? Samantha kannte Lorena seit frühster Kindheit, und sie waren immer unzertrennlich gewesen. Lorena ging bei Samantha ein und aus und umgekehrt. «Familienfusion» hatten ihre Adoptiveltern es genannt. Nach der Schule war jede ihren Weg gegangen, das hatte ihrer tiefen Freundschaft aber nicht geschadet.

Samantha liess die Begegnungen von Lorena mit Joel vor ihrem inneren Auge erscheinen. Ihr fiel nichts auf. Im Gegenteil, Lorena verhielt sich reserviert gegenüber Joel. Sie hatte ihn von Anfang an nicht gemocht, und daran hatte sich nichts geändert.

«Ich finde es schade, wenn es mit eurem Besuch bei uns nichts wird», sagte Ranjana.

Joel und Samantha hatten geplant, im Herbst nach Indien zu fliegen, um weitere Mitglieder aus Samanthas leiblicher Familie kennenzulernen. Ranjana wollte unbedingt, dass Joel mitkam. Samantha war den Verdacht nicht losgeworden, Ranjana wolle ihn der Familie vorstellen, damit ihr Bruder, der nach dem Tod des Vaters als männliches Oberhaupt der Familie fungierte, seinen Segen zur Hochzeit geben konnte.

Joel hatte sich über Ranjanas Bemühungen amüsiert. «Lass uns mitspielen», hatte er gesagt. Ihm machte es offensichtlich Spass, als Samanthas Bräutigam gehandelt zu werden, obwohl sie bisher keine Heiratspläne hatten.

Samantha wechselte das Thema und plauderte einige Minuten mit Ranjana über ihren Job, bevor Ranjana erneut den Besuch in Indien anschnitt.

«Komm allein nach Agra. Unser Bruder Harjit stellt dich mehreren Familien vor. Vielleicht ist da ein passender Mann für dich dabei.»

«Ich möchte nicht so schnell heiraten», rief Samantha.

«Anshana, du bist dreissig Jahre alt. Du hast keine Kinder und bist unverheiratet.»

In Indien ein Ding der Unmöglichkeit, wie Samantha wusste. Dort galt sie als Ladenhüter.

«Du solltest froh sein, wenn du noch einen Mann findest», kam es von Ranjana.

«In der Schweiz ist das nicht so», sagte Samantha mit Nachdruck.

Dreissig Jahre alt, dachte sie, nachdem sie sich verabschiedet hatten. Keine Kinder. Kein Mann. Neue Niedergeschlagenheit senkte sich über sie.

Samantha dachte an den aufkeimenden Wunsch in dem Geschäft mit den Hochzeitskleidern. Ein Funken Wahrheit war an Ranjanas Aussage. Der Wunsch nach Familie wurde grösser.

Hatte sie etwa Torschlusspanik? Hör auf damit!

Stimmen auf dem Gang liessen sie aufhorchen. Norbert und Christa waren zurück.

Gleich darauf klopfte es, und Christa streckte den Kopf zur Tür herein. «Wir gehen ins Bett. Fühle dich wie zu Hause. Nimm keine Rücksicht auf uns, wenn du morgen früh rausmusst.»

Samantha schlüpfte in den Jogginganzug, den Christa ihr zur Verfügung gestellt hatte, und breitete die Decke auf dem Sofa aus.

Die Polizei hatte darauf bestanden, es dürfe nichts aus ihrer Wohnung entfernt werden, solange die Spurensicherung nicht abgeschlossen war.

Samantha streckte sich auf dem Sofa aus, soweit das möglich war. Es war zu kurz und zu schmal. Samantha legte die Füsse auf die Armlehne. Sie platzierte die Arme dicht neben ihren Körper und spürte auf der rechten Seite die Kante der Sitzfläche. Bequem war anders.

Samantha überlegte, wie sie an frische Kleidung kommen sollte. Bei Joel hatte sie genug. Sie konnte ohne Weiteres morgen vorbeifahren, wenn er bei der Arbeit war.

Sein Haus war der letzte Ort, den sie aufsuchen wollte. Eine andere Idee hatte sie aber nicht, und wählerisch konnte sie in ihrer Situation nicht sein.

Samantha schaltete das Licht ein und nahm ihre Handtasche. Der Schlüssel zu seinem Haus war darin. Joel fuhr in der Regel kurz nach sieben Uhr nach Egerkingen und kehrte erst gegen achtzehn Uhr zurück. Dazwischen hätte sie genügend Gelegenheit, sich frische Kleidung und Toilettenartikel zu holen. Würde er es merken? Bei den Toilettenartikeln vermutlich, wenn einige auf dem Tablar vor dem Badezimmerspiegel fehlten. Begeistert würde er nicht sein, wenn sie in seiner Abwesenheit das Haus betrat. Sie beschloss, lieber nur Kleider zu holen. Alles andere konnte sie im Supermarkt kaufen.

Samantha steckte den Schlüssel zurück. Ihre Finger berührten dabei einen kleinen länglichen Gegenstand. Verwundert holte sie ihn heraus. Ein Computerstick. Nicht irgendeiner, sondern der von Josefina. Fassungslos starrte sie ihn an. Hatte er die ganze Zeit in der Tasche gelegen? Offensichtlich. Er musste aus dem Couvert gefallen sein, da es nicht verschlossen gewesen war. Kein Wunder, hatte sie ihn bei dem Chaos in ihrer Handtasche übersehen.

Sie legte ihn auf das Wohnzimmertischchen. Waren darauf die Fotos gespeichert, die ihr aus der Tasche entwendet worden waren? Gab es sogar weitere Bilder, eventuell von der Person, die das Couvert genommen hatte?

Das Sofa war unbequem. Abgesehen davon, dass es zu kurz und zu schmal war, war die Sitzfläche unterschiedlich hart. Dort, wo häufig jemand sitzen musste, war es weich. Die Stellen dazwischen drückten in den Rücken. Wenn sie sich umdrehte, musste sie aufpassen, nicht hinunterzufallen.

Wenn sie sich auf die Seite legte, hingen die Knie über den Rand. Samantha drehte sich auf den Rücken und streckte die Beine aus. Die Armlehne drückte unangenehm in die Waden. Sie bezweifelte, in der Nacht ein Auge zutun zu können.

Neben dem unbequemen Sofa waren ihre Gedanken schuld.

Joel.

Der Stick.

Ihre Wohnung.

Es rumpelte. Samantha begriff erst Sekunden später, dass sich über ihr ihre Wohnung befand. Es knackte. Lief jemand durch ihr Wohnzimmer? War das Haus tatsächlich so ringhörig? Christa hatte einmal behauptet, sie würde hören, wenn Samantha in ihrer Wohnung herumlief.

Samantha richtete sich auf. Jeder konnte dort oben sein. Die Wohnungstür hatte man nicht verschliessen, sondern nur anlehnen können. Zwar hatte die Polizei ein Siegel angebracht, aber es sah nicht aus, als würde es richtig halten.

War der Einbrecher zurückgekehrt, weil er vorher gestört worden war? Hatte er nicht das gefunden, was er gesucht hatte? Wollte er sich in der Nacht in Ruhe umsehen?

Wut und Entschlossenheit drängten das Entsetzen zurück. Samantha stand auf. Sie schlich zur Tür und rannte gegen den Schrank. Als sie die Richtung änderte, stiess sie mit dem Bein gegen das Wohnzimmertischchen.

Sie stützte sich an der Wand ab und befühlte vorsichtig das Schienbein, das schmerzhaft pochte. Das würde einen grossen blauen Flecken geben. Verflixte Orientierungslosigkeit. Es war stockdunkel. Warum hatte sie die Storen heruntergelassen, bevor sie sich hingelegt hatte? Sie hätte die Stehlampe neben dem Sofa einschalten sollen.

Nachdem sie das Bein wieder belasten konnte, tastete sie

sich an der Wand entlang. Endlich fand sie die Tür. Samantha schlüpfte in den Gang. Durch die offene Küchentür drang ein Lichtschimmer. Samantha schlich zur Wohnungstür und öffnete sie leise. Hoffentlich hörten Christa und Norbert sie nicht. Die beiden würden annehmen, sie sei ein Einbrecher, und würden einen riesigen Schrecken bekommen.

Samantha betrat das Treppenhaus, und das Licht schaltete sich automatisch ein. Sie huschte auf Socken die Treppe hoch.

Ihre Wohnungstür stand offen. Das Siegel hing am Türrahmen. War jemand in ihrer Wohnung, oder hatte ein Luftzug die Tür geöffnet? Wut und Entschlossenheit nahmen zu.

Obwohl ihr bewusst war, wie unvernünftig es war, schlich sie näher. Das Licht aus dem Treppenhaus erhellte einen kleinen Bereich ihres Wohn-Ess-Zimmers. Das Chaos hatte sich nicht verändert. Weder in der Küche noch in der Wohnzimmerecke befand sich jemand.

Samantha horchte. Nichts war zu hören.

Sie griff nach dem Brotmesser, das am Boden lag. Das Licht im Treppenhaus erlosch, und Dunkelheit hüllte Samantha ein. Sie brauchte einen Augenblick, bis sich ihre Augen daran gewöhnt hatten und sie in dem spärlichen Licht, das von der Gasse durch die Fenster schimmerte, Schemen erkennen konnte.

Plötzlich einsetzender Regen trommelte auf das Dach und erschreckte Samantha beinahe zu Tode und vertrieb ihre Entschlossenheit.

Samantha zwang den Drang, ihr Vorhaben abzublasen, in den Hintergrund. Mit den Füssen glitt sie vorsichtig über den Boden und stiess die herumliegenden Sachen auf die Seite. Sie tastete sich Zentimeter für Zentimeter Richtung Schlafzimmer. Die Tür war angelehnt. Samantha hielt den Atem an und lauschte. Nichts. Sie stiess die Tür auf, schaltete das Licht ein und presste die Augen zusammen.

Dumme Idee, dachte sie. Jeden Augenblick rechnete sie damit, gepackt oder zusammengeschlagen zu werden. Nichts dergleichen geschah. Samantha blinzelte. Keiner befand sich im Raum. Sie schloss die Schlafzimmertür.

Samantha wich dem Chaos aus und ging zum Fenster. Es tat weh, ihre Wohnung in diesem Zustand zu sehen. Sie war mit den Jahren zu einem Refugium geworden, trotz des Einbruchs vor zwei Jahren.

Das war ein weiterer Grund, warum sie die Wohnung bisher nicht gekündigt hatte. Gestern hatte sie mehrfach überlegt, ob sie den Vermieter anrufen sollte, um ihre Kündigung rückgängig zu machen. Das würde sie nun nicht mehr tun. Sicherheit würde sie hier nie mehr verspüren. Es schmerzte, ihren Rückzugsort auf diese Art zu verlieren.

Samantha beschloss, in Christas und Norberts Wohnung zurückzukehren, da sie sich die Schritte offenbar nur eingebildet hatte. Sie blickte auf die Kleider am Boden. Es würde nicht auffallen, wenn sie das eine oder andere Stück mitnahm. So hätte sie immerhin morgen frische Kleider, und es würde ihr den Ausflug in Joels Haus ersparen. Einige Toilettenartikel wollte sie holen, sofern sie etwas fand, das heil geblieben war.

Samantha durchfuhr ein Schreck. Das Bad. Dort hatte sie nicht nachgeschaut. Neue Angst kroch ihren Rücken nach oben.

Es ist keiner in der Wohnung. Er hätte sofort die Gelegenheit ergriffen, mir etwas zu tun, versuchte sie sich zu beruhigen. Oder, falls dort ein Eindringling gewesen war, hatte er die Chance genutzt, um das Weite zu suchen.

Die Angst liess sich nicht vertreiben. Samantha presste ihr Ohr gegen die Tür und lauschte. Nichts.

Ewig würde sie hier nicht bleiben können.

«Los», flüsterte sie.

Sie riss die Tür auf. Das Licht erhellte den Gang und die Tür des Badezimmers, die offen stand. Samantha stürmte aus dem Schlafzimmer und schaltete das Licht im Bad ein. Knapp konnte sie einen Aufschrei zurückhalten, als sie die Person erblickte.

«Das bist du selbst, du verrücktes Huhn», murmelte sie und betrachtete sich im Spiegel.

Zu ihrer Erleichterung befand sich keiner im Bad. Samantha bückte sich und sammelte Deo und einige Schminksachen ein. Die würde sie brauchen, um sich morgen oder besser heute, wie ihre Armbanduhr ihr verriet, in einen passablen Zustand zu bringen.

Haarbürste, Zahnpasta und Zahnbürste wanderten ins Necessaire, bevor sie sich aufrichtete und einen neuen Blick von sich im Spiegel erhaschte. Die Haut war grau, und unter den Augen zeichneten sich dunkle Ringe ab. Sie sollte lieber zusehen, etwas zu schlafen.

Samantha kehrte ins Wohnzimmer zurück. Im Treppenhaus herrschte weiterhin Dunkelheit. Als sie die Wohnungstür erreicht hatte, realisierte sie, das Licht im Schlafzimmer und Bad angelassen zu haben.

Samantha unterdrückte einen Fluch. Sie schaltete das Licht aus und kehrte zum Wohnzimmer zurück. Irritiert blieb sie stehen und brauchte einen Moment, bis sie begriff, dass das Treppenhaus hell erleuchtet war. In dem Lichtschein zeichnete sich die Silhouette einer Person ab, die vor der Wohnungstür stand.

«Sie sind in polizeiliches Sperrgebiet eingedrungen.»

Es dauerte ein wenig, bis Smantha die schrille Stimme erkannte.

«Ich habe es also richtig gehört, dass hier oben jemand ist. Offenbar ist einer wie Ihnen nicht klar, was eine Absperrung bedeutet.»

Samantha schaltete das Licht ein und blickte in das verkniffene Gesicht von Charlotte Häfliger.

«Erstens stand die Tür offen, und ich habe nachgeschaut, ob jemand in der Wohnung ist. Und zweitens: Es handelt sich hierbei um meine Wohnung und nicht um Ihre.»

«Sie brauchen nicht unverschämt zu werden.»

«Und Sie nicht anmassend.»

«Das ist die Höhe! Ich werde das der Polizei mitteilen und hoffe, Sie bekommen ein Verfahren wegen Behinderung der Ermittlungsarbeiten angehängt.»

Hatte Charlotte Häfliger damit recht? Nicht einschüchtern lassen, dachte sie und verschränkte die Arme vor der Brust.

«Warum haben Sie nichts unternommen, als hier oben eingebrochen wurde? Das kann man als Beihilfe werten.»

Kurz flackerte es in Charlotte Häfligers Augen. War das Angst? Der Ausdruck war schnell wieder verschwunden. Sie reckte das Kinn nach vorne. «Zusätzlich werde ich dem Vermieter einen Tipp geben, Sie endlich rauszuschmeissen, und ihn bitten, keine neuen Ausländer ins Haus zu nehmen. Das führt nur zu Ärger.»

«Das ist keine Antwort auf meine Frage», zischte Samantha. «Warum haben Sie nichts unternommen, als die Vandalen hier gewütet haben?»

«Weil ich nichts bemerkt habe.»

«Das ist angesichts der Verwüstung unmöglich. Ich habe keinen Krach gemacht, und Sie haben das mitbekommen. Das Gepolter der Einbrecher muss um einiges lauter und auf der Strasse zu hören gewesen sein.»

«Behaupten Sie, ich hätte mich der unterlassenen Hilfeleistung schuldig gemacht?»

«Das haben Sie gesagt. Oder Sie haben stillschweigend geduldet, was hier ablief, oder haben die Vandalen sogar unterstützt.»

«Hören Sie mir genau zu.» Charlotte Häfliger trat dicht an Samantha heran. «Das ist Verleumdung.»

Speicheltropfen sprühten auf Samanthas Haut. Mit Mühe gelang es ihr, nicht zurückzuweichen.

«Das hier», Samantha machte eine Handbewegung, die ihr gesamtes Wohnzimmer einschloss, «ist eine wunderbare Gelegenheit, mich zu vergraulen. Vielleicht haben Sie sogar mitgeholfen.»

«Das ist unerhört! Ich werde Sie anzeigen.»

«Versuchen Sie es. Sie haben keine Beweise und keine Zeugen.»

«Meine Aussage reicht.»

«Das nennt man Aussage gegen Aussage.» Lass dich nicht auf dieses Niveau herab. Aber Samantha konnte nicht anders. Dazu war sie zu sehr in Fahrt.

«Sie werden es sehen. So einer wie Ihnen wird man nicht glauben. Das gibt eine saftige Geldstrafe. Eventuell wandern Sie sogar hinter Gitter. Da gehört so eine wie Sie hin.» Charlotte Häfliger wirbelte herum und verschwand.

Samantha musste sich einige Sekunden gegen den Türrahmen lehnen, bevor sie mit weichen Knien zu Christas und Norberts Wohnung wanken konnte. Sie schaltete das Licht ein und liess sich auf das Sofa fallen.

Stimmte das, was Charlotte Häfliger behauptete? Konnte sie wegen der Worte, die sie Charlotte Häfliger an den Kopf geworfen hatte, ins Gefängnis wandern? Woher wusste sie das?

Sie hat eine Bekannte, die bei der Staatsanwaltschaft tätig ist, fiel Samantha ein. Das hatte ihr Christa erzählt, kurz nachdem Charlotte Häfliger eingezogen war.

Samantha legte die Kleider auf einen Sessel und nahm das Handy vom Wohnzimmertisch.

Samantha fand das Strafgesetzbuch online. Tatsächlich. Geldstrafe oder bis zu drei Jahren Freiheitsstrafe konnten ihr blühen. Sie liess sich rückwärts auf das Sofa fallen. Falls Charlotte Häfliger ihre Drohung wahr machte, hatte sie eventuell ein Problem mehr. Aussage gegen Aussage, versuchte Samantha sich zu beruhigen.

Sie versuchte sich in Erinnerung zu rufen, was sie der Frau an den Kopf geworfen hatte. Während sie darüber nachdachte, kam sie zum Schluss, ihre Vorwürfe waren nicht aus der Luft gegriffen. Sie traute Charlotte Häfliger alles zu. Die nächste Frage: Warum tauchte sie mitten in der Nacht vor der Wohnung auf? Sie konnte Samantha nicht gehört haben, so leise, wie sie durch das Treppenhaus und die Räume geschlichen war. Steckte sie mit dem Einbrecher unter einer Decke und hatte den Auftrag, das zu finden, was er gesucht hatte?

SECHZEHN

Samantha schlurfte auf den Eingang von Amry Cosmetics zu. Sie war hundemüde und konnte sich fast nicht auf den Beinen halten.

Zu ihrer Verwunderung war sie gegen Morgen eingeschlafen. Mehr als zwei Stunden waren es nicht gewesen. Der Schlafmangel summierte sich mit dem der Nacht davor und dem der vorangegangenen Nächte, in denen sie ebenfalls nicht gut geschlafen hatte. Er setzte Samantha zu. Sie war längst nicht fahrtauglich gewesen. Ihre Reaktionsschnelligkeit hatte zu wünschen übrig gelassen. Zwei- oder dreimal hatte sie ihrem Schutzengel gedankt, dass es zu keinem Unfall gekommen war.

Einige Meter vor der Tür liess Samantha ein Geräusch hinter sich aufmerken. Sie drehte sich um und brauchte einen Augenblick, bis ihr klar wurde, wer vor ihr stand.

«Du?», war alles, was sie sagen konnte. Joel hatte sie hier am wenigsten erwartet.

«Ja, ich. Sonst habe ich keine Gelegenheit, zu erfahren, was Lorena dir für Lügen aufgetischt hat, damit du mich aus deinem Leben schmeisst, und warum sie es ausgerechnet dieses Mal geschafft hat, dass du ihr Glauben schenkst. Aus unerfindlichen Gründen hat sie was gegen mich. Von Anfang an, wie wir beide wissen.» Er hob die Hand, als Samantha zu einer Erwiderung ansetzen wollte. «Inzwischen ist es egal. Lorena hat endlich Erfolg gehabt, und das reicht. Ich will nur das hier loswerden, da ich erstens keine Verwendung dafür habe und es zweitens nicht behalten möchte, weil es zu … Ach egal.» Er drückte Samantha einen kleinen Plastiksack in die Hand und wandte sich zum Gehen. «Ich wünsche dir alles Gute. Mach es gut.»

«Joel», stiess Samantha hervor.

«Lass es gut sein», rief er und eilte davon. Einige Sekunden vergingen, bis Samantha imstande war, ihre Füsse dazu aufzufordern, ihm zu folgen. Sie erreichte den Besucherparkplatz, als Joels blauer Audi vorbeifuhr. Ein dunkler Kombi stiess rückwärts aus einem Parkfeld und folgte Joels Wagen. Einige Sekunden später waren beide Wagen verschwunden.

«Nein!» Samantha rannte hinter den Autos her. Als sie die Rheinstrasse erreichte, waren die Wagen verschwunden. Sie lehnte sich gegen die Wand eines Gebäudes. Tränen rannen über ihre Wangen.

«Samantha?» Jemand berührte sie am Arm. «Um Himmels willen, was ist passiert?»

Samantha wischte die Tränen mit dem Handrücken fort. «Dominik?» Wie peinlich. Reiss dich zusammen. «Nichts.»

«Nach nichts sieht das nicht aus, wenn du so aufgelöst bist.»

«Kümmere dich um deine eigenen Sachen.» Samantha wandte sich ab. Sie schlüpfte ins Gebäude und gelangte zu ihrer Erleichterung ungesehen in ihr Büro.

Christian war zum Glück nicht da. Samantha stellte die Handtasche auf den Schreibtisch und lief zur Toilette. Ihre Augen waren mit Kajal und Wimperntusche verschmiert. Samantha spritzte sich Wasser ins Gesicht und rubbelte über die Augen. Mit zweifelhaftem Erfolg. Sie sah wie ein Pandabär aus. Endlich gelang es ihr, mit Seife die Augenpartie zu reinigen. Dafür waren die Augen nun feuerrot.

Sie verliess die Toilette und stiess beinahe mit Dominik zusammen. «Bitte entschuldige das vorhin», murmelte sie und wollte weitergehen.

Er hielt sie am Arm fest. «Ich mache mir Sorgen.»

«Mein Freund war vorhin da. Ich … wir haben uns getrennt und …» Samantha konnte nicht verhindern, dass neue Tränen in ihre Augen traten.

«Das habe ich bereits gehört. Hat er dich bedroht?»

«Nein.»

Dominik musterte sie aufmerksam. Samantha gelang es, dem Blick standzuhalten. «Er hat mir nur etwas vorbeigebracht. Als endgültigen Schlussstrich.»

«Was hat er gebracht?»

«Keine Ahnung. Ich habe nicht nachgesehen. Aber gefährlich wird es nicht sein.»

«Wenn du Hilfe brauchst, musst du es sagen.»

«Mache ich.»

«Versprochen?»

«Ja.» Samantha wischte sich über die Augen.

Christian stand auf, als sie das Büro betrat. Er nahm eine Mappe vom Tisch. Samantha murmelte eine Begrüssung und setzte sich an ihren Schreibtisch.

«Falls mich jemand sucht, ich bin bei Franz. Er möchte mit mir die Bewerbungskandidaten für die neu geschaffene Verkäuferposition für Deutschland durchgehen. Also, wen wir für die zweite Runde einladen. Das könnte länger dauern.»

«In Ordnung.» Samantha war froh, ihrer Stimme einen festen Klang geben zu können.

Sie ging die E-Mails durch. Als sie bei der fünften angekommen war, wusste sie nicht, was sie gelesen hatte.

Samantha beschloss, sie später anzuschauen, und öffnete die INCI-Liste, die Liste mit der internationalen Nomenklatur für kosmetische Inhaltsstoffe, für die neue Antifaltencreme. Nachdem sie diese bis zur Hälfte durchgesehen hatte, realisierte sie, keinen der aufgeführten Stoffe bewusst gelesen zu haben.

Sie lehnte sich nach hinten. Arbeiten war unmöglich. Obwohl sie den Plastiksack auf den Boden gestellt hatte, war seine Präsenz deutlich.

Samantha hob ihn hoch. Gross war er nicht, und viel schien er nicht zu enthalten. Samantha griff hinein und ertastete eine kleine Box, auf der ein kleiner metallener Gegenstand befestigt war.

Sie stellte die schwarze Schachtel vor die Tastatur und musterte verwundert den darauf angebrachten Schlüssel. Das war der Schlüssel, den sie Joel für ihre Lenzburger Wohnung gegeben hatte. Die Rückgabe unterstrich das Aus ihrer Beziehung und jagte neue Tränen in die Augen.

Heulsuse, schalt sie sich. Er hat dich betrogen. Hatte er das? Sie dachte an Ranjanas Aussage, wie leicht heutzutage Fotos manipulierbar waren.

Ging Lorenas Abneigung gegen Joel so weit, dass sie sich die Zeit nahm, Fotos entsprechend anzupassen? War sie dazu überhaupt in der Lage? Lorena hatte Samantha erklärt, eine Niete zu sein, was technische Dinge betraf.

Samantha fuhr mit dem Finger über den Schlüssel. Warum sollte Lorena alles daransetzen, um Samanthas Beziehung zu zerstören? Es konnte ihr egal sein, mit wem Samantha zusammen war. Erneut hörte sie Ranjanas Stimme im Ohr: «Ist sie in ihn verliebt?»

So ein Blödsinn, dachte sie und löste den Schlüssel von der kleinen Box. Samantha brauchte mehrere Sekunden, bis sie verstand, was auf dem Deckel geschrieben stand: «Chiaras Goldstube».

Sollte das ein Witz sein? Samantha packte die Schachtel und wollte sie in den Kübel werfen, besann sich aber anders. Zuerst wollte sie wissen, was darin war, und hob den Deckel ab.

Entgeistert starrte sie den goldenen Ring an, der auf dunkelblauem Samt lag. Der Ring war fein gearbeitet. Die Oberfläche war uneben und erinnerte an den handgearbeiteten Schmuck, den sie in Chiaras Vitrinen gesehen hatte. Ein kleiner Diamant und ein leuchtend grüner Stein waren integriert.

«Samantha?»

Dominik stand neben ihr. Samantha rutschte ein Stück zur Seite. Warum hatte sie das Gefühl, Dominik schlich ihr hinterher und beobachte alles genau, was sie machte?

«Wow», stiess er hervor. «Das hat er dir gegeben? Zur Trennung? Das nenne ich ein luxuriöses Abschiedsgeschenk.»

Schnell schloss Samantha die Schachtel. «Das ist nicht von ihm», presste sie hervor.

«Chiaras Goldstube. Guten und exklusiven Geschmack hat er, das muss man ihm lassen. Er muss speziell sein, wenn er für ein Trennungsgeschenk so tief in die Tasche greift. Chiara Tomasi macht erstklassigen Schmuck.» Er beugte sich zu Samantha herunter. «Das ist das Goldatelier, in das eingebrochen wurde. Die Diebe hatten ebenfalls einen exklusiven Geschmack.»

Bildete Samantha es sich ein, oder versuchte er ein Grinsen zu unterdrücken?

***

Das Klingeln des Handys schreckte Samantha auf.

Ärgerlich, aus der Arbeit gerissen zu werden. Da sie sich endlich einmal konzentrieren konnte, wollte sie das Gespräch ablehnen, erkannte aber Nussbaums Namen. Erstaunt schaute sie das Display an. Sie konnte sich nicht erinnern, seine Kontaktdaten abgespeichert zu haben.

Das Handy klingelte weiter. Gleich würde sich die Combox einschalten.

«Sie haben mich gesucht?», fragte Nussbaum.

Vor einer Stunde war Samantha siedend heiss eingefallen, dass sie Nussbaum wegen des Sticks hatte verständigen wollen.

Er sei in einer Sitzung, hatte man sie wissen lassen.

Samantha hatte um Rückruf gebeten, da sie die Angelegenheit mit dem Stick mit ihm selbst besprechen wollte.

«Den Stick?», fragte Nussbaum. «Etwa den, der in dem Couvert war, das Ihnen entwendet worden ist? Ist das Couvert etwa aufgetaucht?»

«Das nicht. Der Stick muss herausgefallen sein. Ich habe es nicht bemerkt und ihn erst gestern zufällig gefunden.»

«Können Sie ihn vorbeibringen?»

«Ich habe gleich Mittagspause.»

«Ich muss über Mittag weg, aber geben Sie ihn Lorenz Bühler.»

«Das mache ich.»

«Vielen Dank.»

Samantha holte den Stick hervor und wiegte ihn in der Hand hin und her. Sollte sie vorher nachschauen, was darauf abgespeichert war?

Die Neugier wuchs. Bestimmt weitere Sexbilder oder sogar entsprechende Videos. Das war eindeutig nicht das, was man an seinem Arbeitsplatz anschauen sollte. Wenn jemand, eventuell sogar Franz, in ihr Büro kam … In einem solchen Fall war sie ihren Job schneller los, als es ihr lieb war. Das wollte sie nicht riskieren.

Samantha steckte den Stick in ihre Handtasche.

«Ich bin über Mittag im Stedtli», sagte sie zu Christian und David, die das Büro betraten.

Den Besuch bei der Polizei verschwieg sie vorsichtshalber.

Es war besser, wenn David nichts von dem Stick wusste. Nicht fair, aber ihr Misstrauen ihm gegenüber konnte sie nicht einfach ignorieren.

Christian schob die Tastatur zur Seite und breitete Blätter auf der Tischplatte aus.

«Ich komme nachher mit», sagte David, der sich neben Christian gestellt hatte.

«Ich treffe mich mit Bekannten.»

«Wir können trotzdem zusammen gehen.»

«Ein anderes Mal gerne. Ich muss aber sofort los.» Samantha schnappte die Handtasche und stand auf.

«So früh?» Er musste bemerkt haben, wie sie versuchte, die Flucht zu ergreifen. «Es ist erst halb zwölf.»

«Es ist egal, wann Samantha Mittagspause macht», sagte Christian und tippte mit dem Finger auf ein Blatt. «Wir müssen uns das dringend anschauen. Bevor wir den Fehler nicht gefunden haben, gibt es keine Pause. Franz hat gesagt, er brauche es vor zwei Uhr.»

Samantha bog in die Rheinstrasse ein und wandte sich Richtung Stedtli. Sie spazierte an dem rosafarbenen Gebäudekomplex des Kantonsspitals vorbei und erreichte kurz darauf den Polizeiposten Gutsmatte.

Bühler erschien keine zwei Minuten, nachdem sich Samantha am Empfang gemeldet hatte. Er führte sie in ein Zimmer, in dem ein langer Tisch stand. Bühler gab Samantha mit einer Geste zu verstehen, sich zu setzen. Zu ihrer Verwunderung nahm er nicht gegenüber Platz, sondern setzte sich an die kurze Seite über das Eck.

Das Licht des Fensters spiegelte sich in seinen Brillengläsern. Erneut war Samantha von dem Kontrast zwischen den dunkelblonden Haaren und dem schneeweissen Vollbart fasziniert. Sie fragte sich, ob er die Haare färbte.

Beides schienen jedoch Naturfarben zu sein, da einzelne weisse Haare erkennbar waren. Im Bart entdeckte Samantha einzelne dunkle Haare.

«Herr Nussbaum sagte, Sie hätten den Stick gefunden?»

«Ja. Es tut mir leid, dass es so spät ist.»
«Besser als gar nicht.»
Samantha kramte in ihrer Handtasche und förderte den Stick zutage.
«Haben Sie geschaut, was drauf ist?»
«Nein.»
Ein Beamter betrat den Raum, den Samantha nicht kannte. Bühler reichte ihm den Stick.
«Hoffentlich haben wir darauf brauchbare Hinweise», sagte der Mann. Er nickte Samantha zu und verliess den Raum.
«Der Stick war in dem Couvert, wenn ich Sie richtig verstehe», fuhr Bühler fort.
«Ja. Da das Couvert nicht verschlossen gewesen war, muss er herausgefallen sein.»
«Zum Glück.» Bühler machte Anstalten aufzustehen.
«Ich weiss nicht, ob es einen Zusammenhang gibt, aber in meine Wohnung in Lenzburg wurde eingebrochen, und sie wurde verwüstet.»
Verwirrung pur in Bühlers Gesicht. «Wohnen Sie und Herr Gyger nicht im gleichen Haus?»
Offenbar hatten Nussbaum und er nicht vertieft über Samantha und Joel gesprochen.
«Ja und nein. Ich habe eine Wohnung in Lenzburg. Seit ich in Liestal arbeite, habe ich vermehrt bei Joel gewohnt.»
«Jetzt nicht mehr?»
«Wir haben uns getrennt.»
«Wann wurde in Ihre Wohnung eingebrochen?»
«Gestern.»
«Sie wollen damit andeuten, es könnte jemand nach dem Stick gesucht haben?»
Samantha dachte an Ranjanas Vermutung und nickte.
«Waren Sie in der letzten Zeit häufig in Lenzburg?»
«Eher selten.»
«Bei Herrn Gyger ist keiner eingebrochen?»
«Soviel ich weiss, nicht.» Samantha musste ihm zustimmen. Ein Einbruch bei Joel würde mehr Sinn machen.

Bühler trommelte mit den Fingern auf die Tischplatte. «Ein Zusammenhang ist meiner Meinung nach unwahrscheinlich. Ausser Acht lassen dürfen wir es jedoch nicht. Ich werde mich mit den Aargauer Kollegen in Verbindung setzen.»

***

Samantha hielt hinter Joels blauem Audi an. Sie schaltete den Motor ab, blieb aber sitzen. Halb sechs – er war heute früh zu Hause. Sie wusste nicht, ob sie froh sein sollte oder nicht. Ihr Entschluss, mit ihm zu reden, geriet ins Wanken. Sie konnte den Ring in den Milchkasten legen, wie sie ursprünglich geplant hatte. Mit der Notiz, den Ring nicht annehmen zu können.

Sie musterte den silberfarbenen Briefkasten. Vermutlich war die Idee nicht so gut, ihn im Milchkasten zu deponieren. Es bestand die Gefahr, dass er gestohlen wurde. Allerdings war es unwahrscheinlich, dass jemand dort nachschaute und die Schachtel herausholte. Trotzdem wollte sie das Risiko nicht eingehen.

Somit blieb nur die Möglichkeit, ihn persönlich zurückzugeben. Samantha griff nach der kleinen Box, die sie auf den Beifahrersitz gelegt hatte. Sie wechselte sie von der rechten in die linke Hand und zurück. Es würde nicht einfacher werden, wenn sie es hinauszögerte.

Samantha stieg aus. Ihre Füsse waren schwer wie Blei, als sie auf das Haus zuging. Vor der Haustür blieb sie stehen. Der Drang, unverrichteter Dinge zu verschwinden, wurde grösser.

Es ist Diebstahl, wenn du den Ring behältst, dachte sie. Er steht dir nicht zu.

Sie klingelte. Sekunden verstrichen, in denen nichts geschah. Offenbar war er nicht da oder hatte die Klingel nicht gehört. Sie drehte sich um. Rita und Oliver Marti standen auf der Terrasse ihres Hauses und schauten zu ihr herüber.

Es musste sie seltsam anmuten, weil Samantha nicht ins Haus ging. Ein zweites Mal würde sie nicht klingeln. Das wäre aufdringlich. Erleichtert, einen Grund gefunden zu haben, wollte Samantha den Rückzug antreten. Das Klicken des Schlüssels im Türschloss liess sie innehalten. Gleich darauf stand Joel vor ihr.

«Was willst du?», fragte er barsch. Abweisung pur.

«Ich … dir …», stammelte Samantha und schaute weiterhin zu den Martis.

Joels Augen folgten ihrem Blick. «Komm rein.»

Samantha schlüpfte an ihm vorbei ins Haus. Dabei streifte ihr Arm seinen. Die Berührung fühlte sich wie ein Stromstoss an. Er schloss die Tür und ging ins Wohnzimmer.

Unschlüssig, ob sie die Schuhe ausziehen oder anbehalten sollte, blieb Samantha stehen. Sie entschied sich fürs Ausziehen. Das hier war einmal ihr Zuhause gewesen.

Zuhause … Diese Erkenntnis traf sie wie ein Schlag. Sie war inzwischen hier mehr daheim gewesen als in Lenzburg. Die Trauer schlug unvermittelt zu. Lass das, dachte sie. Du musst dich zusammenreissen.

Samantha streifte die Schuhe ab und folgte Joel. Er hatte sich gegen die Wand neben dem Schwedenofen gelehnt und die Arme vor der Brust verschränkt. Sein Kinn war nach vorne gestreckt und der Mund ein schmaler Strich.

«Was willst du?», wiederholte er.

«Dir das zurückgeben.» Samantha stellte die Schachtel auf den Esstisch.

«Ich kann damit nichts mehr anfangen», sagte er.

«Es wäre nicht richtig, wenn ich ihn behalte.» Tränen traten in ihre Augen, und sie senkte rasch den Kopf. Das Ticken der Wanduhr war das einzige Geräusch.

«Ich weiss nicht, was Lorena dir erzählt hat, aber es muss offenbar recht glaubwürdig gewesen sein. Obwohl du es eigentlich wissen solltest. Sie hat es nicht aufgegeben, uns auseinanderzubringen», sagte Joel so unvermittelt, dass Samantha zusammenzuckte.

«Es war alles detailliert, was sie sagte», flüsterte Samantha. «Sie habe dich gesehen, und du hättest Chiara Tomasi umarmt und geküsst. Bis ins kleinste Detail hat sie geschildert, was sie gesehen hat. Und sie hat mir Fotos gezeigt.»

«Fotos?»

«Von dir und Chiara. Wie du sie umarmst.»

«Himmel. Lorena hat was? Mein Gott, hat die Nerven», stiess Joel hervor. «Sie schreckt offenbar vor nichts zurück. Ich weiss nicht, was ich ihr getan habe. Seit dem ersten Tag hat sie was gegen mich.» Er löste sich von der Wand und trat auf die andere Tischseite. «Wann hat sie mich gesehen?»

«Diese Woche am Mittwochmorgen.»

In Joels Kopf arbeitete es. «Ja», sagte er nach einigen Sekunden. «Da war ich in Chiaras Goldstube. Ich wollte den Ring abholen, bevor ich zu AarePharm fuhr.» Er deutete auf die Schachtel. «Ich hatte nichts von dem Überfall am Vorabend gewusst, und es war Zufall, dass Chiara gerade da war. Sie müsse Schadensbestandesaufnahme machen, hat sie mir erklärt. Und ja, ich habe sie umarmt, aber so, wie man eine gute Freundin umarmt, der soeben quasi die Existenzgrundlage entzogen worden ist. Lorena hat dir offenbar die Information vorenthalten, dass im Laden ein einziges Chaos herrschte. Das muss sie gesehen haben, als sie uns beobachtete.»

Davon hatte Lorena in Lenzburg nichts gesagt. Auf den Fotos war ebenfalls nichts von der Verwüstung zu sehen gewesen, soweit Samantha sich erinnern konnte. Entweder hatte Lorena geschickt fotografiert, oder Samanthas Wahrnehmung war reduziert gewesen.

«Im Vorjahr hat Chiara endlich einen kleinen Gewinn gemacht», fuhr Joel fort. «Und ich habe sie geküsst, wie man eine gute Freundin zum Abschied küsst. So wie du es bei Cédric oder Maik machst.» Er tippte dreimal mit dem Zeigefinger gegen die Wangen. «Ich kenne Chiara von früher. Was hatte Lorena in Liestal zu suchen, und was wollte sie von Chiara?»

«Eheringe anschauen», erwiderte Samantha. «Sie haben bisher keine passenden gefunden, und jemand hat ihr den Tipp gegeben, bei Chiaras Goldstube zu schauen. Sie hatte einen Termin abgemacht.»

«Allein? Ohne Cédric?», fragte Joel.

Mit Cédric, dachte Samantha, schwieg aber.

«Der Termin war ausgerechnet an dem Morgen nach der Verwüstung von Chiaras Laden?»

«Als sie den Termin abgemacht hat, hat keiner geahnt, was passieren würde.»

Neues Schweigen setzte ein, das abermals von Joel gebrochen wurde.

«Chiara war Katjas beste Freundin. Sie war sogar ihre einzige Freundin.»

Katjas? Ausgerechnet. Sie war Joels Verlobte, die vor über zehn Jahren bei einem Autounfall ums Leben gekommen war.

«Ohne Chiara hätte Katja nie die Kraft für den Entzug gehabt. Chiara war es, die sie gedrängt hatte, den Schulabschluss nachzuholen und eine Ausbildung zu machen. Die sie ermutigt hat, sich mit mir einzulassen. Allerdings wäre es besser für Katja gewesen, Letzteres nicht zu tun.»

Inzwischen wusste Samantha, dass Joels Eltern Katja spüren liessen, nicht in der Familie willkommen zu sein. Sie hatten sie rausgeschmissen, als Joel sie seinen Eltern vorstellen wollte. Im Anschluss daran war sie gegen einen Baum gefahren. Ob es ein tragischer Unfall oder Selbstmord gewesen war, war nie geklärt worden.

«Chiara gab mir die Schuld an Katjas Tod.»

Da war sie nicht die Einzige, dachte Samantha. Noch immer fühlte Joel sich schuldig an dem, was damals geschehen war.

«Sie hat mir die Pest an den Hals gewünscht und mir gesagt, ich solle mich nie mehr in ihrer Nähe sehen lassen. Na ja, bis vor Kurzem hat das funktioniert. Ich habe nicht gewusst, dass sie die Goldschmiedin ist, die sich hinter Chiaras Goldstube verbirgt.» Joel ging zur Terrassentür und blickte nach draussen. «Sie hat sich gefreut, weil ich eine neue Frau an meiner Seite habe. Und sie hat sich gefreut, den Ring für dich anfertigen zu dürfen.»

Das war wie ein Faustschlag in die Magengrube. Samantha war ausserstande zu sprechen. Mit dem Zeigefinger tippte sie die Schachtel an. Eine Hand erschien in ihrem Blickfeld und griff nach ihrer.

«Warum vertraust du mir nicht, Sammy?»

«Die Fotos», gab sie leise zurück. «Es sah …» Eindeutig aus, hatte sie sagen wollen. War es wirklich so eindeutig gewesen? Oder hatte Lorena mit Photoshop nachgeholfen oder nachhelfen lassen, wie Ranjana vermutete? Wer hatte sie in diesem Vorhaben unterstützt? Cédric?

Samantha hatte nur kurz auf die Bilder geschaut. Der Schock war zu gross gewesen. Wenn sie ehrlich war, konnte sie nicht beurteilen, wie verfänglich die Bilder waren.

Joels Finger umfassten Samanthas weiterhin. Am liebsten wäre sie um den Tisch herumgegangen und hätte ihn umarmt. Sie hielt sich zurück, als sie seine grimmige Miene sah.

«Für diese Aktion sollte Lorena in der Hölle schmoren», knurrte er und öffnete die Schachtel mit der anderen Hand, ohne ihre loszulassen. Er steckte den Ring an ihren Finger, bevor Samantha ihre Hand zurückziehen konnte. «Ein wenig zu gross», sagte er. «Aber das wird kein Problem sein. Chiara hat gesagt, sie könne ihn jederzeit anpassen.»

Überrumpelt starrte sie den Ring an. Der grüne Stein schien stärker zu leuchten.

«Das ist nicht –» Samanthas Handy klingelte. Sie fischte es aus der Gesässtasche.

«Lorena», stiess sie hervor. «Sie will bestimmt abmachen, wann wir uns das nächste Mal wegen ihrer Hochzeit zusammensetzen. Mit ihr will ich definitiv nicht sprechen, und eine neue Brautführerin kann sie sich auch gleich suchen.» Sie legte das Handy auf den Tisch. Bevor sie sich versah, hatte Joel das Gespräch entgegengenommen.

«Nicht!» Samantha wollte ihm das Handy wegnehmen.

Joel hielt ihre Hand fest.

«Joel! Nein.»

«Ja, ich. Wer soll es sonst sein?», sagte er. «Warum ich Sammys Handy habe? Es lag auf meinem Küchentisch.» Joel legte den Zeigefinger an die Lippen. In seinen Augen blitzte es. «Sammy geht es gut, warum? – Das ist gerade schlecht, sie ist unter der Dusche. Soll ich etwas ausrichten, oder soll sie sich bei dir melden? – Okay.» Er beendete das Gespräch. «Sie will zu einem späteren Zeitpunkt zurückrufen.»

Das würde Lorena nicht tun, war Samantha sich sicher.

Er legte das Smartphone auf den Tisch und hatte offenbar Mühe, sich ein Grinsen zu verkneifen. «Schade, dass wir keinen Videoanruf hatten. Zu gerne hätte ich ihr Gesicht gesehen.»

«Du hast Nerven.»

«Ich? Wohl eher sie.» Der harte Zug um seinen Mund war zurück. «Die Leviten werde ich ihr später lesen. So einfach kommt sie nicht davon.»

Sie schauten einander an, und Samantha musste kichern. Das Kichern verstärkte sich zu einem Lachen, in das Joel einstimmte. Sie umrundeten den Tisch und trafen sich auf halber Strecke. Joel zog sie an sich und presste seine Lippen auf ihren Mund.

***

Es war kalt und dunkel. Samantha sah nicht einmal die Hand vor den Augen. Sie tastete sich die feuchte Wand entlang. Von der Decke tropfte es. Einer der Tropfen traf Samantha mitten ins Auge. Sie blieb stehen und rieb über das geschlossene Lid. Als sie die Augen öffnete, umhüllte sie nach wie vor die gleiche Schwärze. Sie ging weiter an der Wand entlang und hatte das Gefühl, der Gang würde enger. Ihre Atmung beschleunigte sich. Ihr Herz raste. Ganz ruhig, ermahnte sie sich und zwang sich durchzuatmen. Wenn sie wüsste, wie sie herauskommen sollte. Samantha stiess mit dem Kopf gegen die Decke und sackte auf den Boden. Nicht nur von den Seiten wurde der Gang enger, sondern auch die Decke neigte sich offenbar Richtung Boden. Handelte es sich um eine Sackgasse? Am anderen Ende gab es keinen Ausgang. Sie musste weiter. Das schmerzhafte Pochen ebbte langsam ab, verschwand aber nicht ganz. Auf allen vieren krabbelte Samantha über den feuchten, unebenen Felsboden.

Unverhofft meinte sie, vorne einen Lichtstrahl auszumachen. Das Klingeln eines Telefons drang an ihr Ohr. Endlich ein Zeichen von Zivilisation. Eilig krabbelte sie weiter. Sie schlüpfte durch einen schmalen Spalt und fand sich auf einmal in einem engen Raum wieder. Durch ein Loch an der Decke schimmerte Licht. In der Mitte des Raums stand ein Telefon. Das Klingeln setzte aus, als Samantha es erreichte. Samantha presste das Mobilteil ans Ohr. Die Leitung war tot. Sie blickte im Raum umher. Es gab keine Tür und keinen weiteren Gang. Unerwartet wurde es dunkel und gleich darauf wieder hell, und Samantha stand in ihrer Wohnung. Alles war verwüstet. Schritte kamen aus der Richtung ihres Schlafzimmers. Raus hier. Samantha drehte sich um und schrie auf. Neben ihrer Wohnungstür sass eine Person gegen die Wand gelehnt. Die Augen waren weit aufgerissen. Das weisse Hemd war blutdurchtränkt. Samantha erkannte Kurt Dobler. Sie schrie erneut und presste die Hände vor ihre Augen.

Der Schrei hallte in ihren Ohren nach. Nach einer Weile nahm sie die Hände weg und schaute sich verwirrt um. Dunkelheit. Wo war sie? Wo war die Leiche? Sie fasste neben sich und fühlte etwas Weiches. Eine Decke? Ein Bett. Mit einem erleichterten Aufstöhnen liess Samantha sich zurückfallen.

Sie war in Liestal. Alles war gut.

Nein, korrigierte sie sich. Nichts war gut. Ihre verwüstete Wohnung und der Mord an Kurt Dobler waren real.

Beruhige dich und denk an etwas anderes. Das war schwierig. Gestern gegen Abend hatte die Polizei sie wissen lassen, ihre Wohnung sei freigegeben. Als sie das Gespräch beendet hatte, klingelte ihr Handy ein weiteres Mal. Es war Christa Ott. Sie wollte wissen, ob Samantha einen speziellen Wunsch für das Nachtessen habe. Ihre Freude war gross gewesen, als Samantha ihr erzählte, sich mit Joel ausgesprochen zu haben.

Samantha fröstelte und realisierte, nackt zu sein. Sie fand die Bettdecke und zog sie über sich. Sie erinnerte sich, wie sie nach den beiden Telefongesprächen in Joels Schlafzimmer verschwunden waren. Später hatten sie gegessen und waren danach ins Schlafzimmer zurückgekehrt, um das von vor dem Nachtessen zu wiederholen. Ein wohliges Schaudern durchlief Samanthas Körper, das von einem Glücksgefühl begleitet wurde. Sie fuhr mit den Händen ihrem Körper entlang und dachte an Joels Hände, wie sie über ihren Körper geglitten waren. Sie seufzte auf. Ihre Erregung steigerte sich weiter, und sie rutschte Richtung Joel. Aber die Bettseite neben ihr war leer.

Irritiert tastete sie über die freie Fläche. Gleich darauf hörte sie Schritte. Jemand schlich die Treppe hoch. Die Schritte näherten sich. Samantha hielt den Atem an. Ein dunkler Schemen. Die Gestalt setzte sich auf Joels Seite auf das Bett. Die Person legte sich hin.

«Joel?», flüsterte Samantha.

«Du bist wach?», kam es zurück.

«Ist was passiert?»

«Bis auf diesen Anruf nichts.»

«Welchen Anruf?»

«Keine Ahnung. Derjenige hat sich nicht gemeldet.» Joel rutschte näher zu Samantha. Im gleichen Augenblick klingelte das Telefon erneut.

«Himmel!», rief er.

Die Bettdecke raschelte. Schritte. Samantha suchte nach ihrem Pyjama und zog ihn an. Sie folgte Joel ins Wohnzimmer. Im Lichtschein des Halbmondes erkannte sie seine Silhouette gegen das Fenster. Er stellte das Mobilteil zurück. «Es hat sich wieder keiner gemeldet. Ich weiss nicht, was das soll, diese Anrufe mitten in der Nacht. Schon in der letzten Nacht war das so.»

«Wie spät ist es überhaupt?»

«Kurz nach vier.»

«Hast du die Telefonnummer erkennen können?»

«Sie war unterdrückt.»

Samantha bekam ein ungutes Gefühl.

«Ich stelle es auf lautlos», knurrte er.

Bevor sie Joel zurück ins Schlafzimmer folgte, versicherte Samantha sich, ob die Haustür und die Fenster verschlossen waren.

SIEBZEHN

Samantha hastete an der Stadtkirche vorbei und bog in die Rathausstrasse ein. Sie war spät dran und hoffte, Joel warte nicht bereits vor Chiaras Goldstube. Sie atmete auf, als sie das Atelier erreichte. Weder Chiara noch Joel waren dort. Das «Geschlossen»-Schild sprang ins Auge. Chiara hatte nicht wieder eröffnet, wie Samantha von Joel wusste. Sie bearbeitete aber einzelne Aufträge, damit es wenigstens einige Einnahmen gab.

Samantha lehnte sich gegen die Wand und genoss die warmen Sonnenstrahlen. Sie schaute der Rathausstrasse entlang zum Törli. Keine Chiara und kein Joel. War etwas dazwischengekommen, oder hatte sie die falsche Zeit im Kopf? Sie holte ihr Handy hervor. Keine Nachricht.

«Was machst du hier?»

Samantha schaute auf und erblickte David. Als Samantha am Mittag gesagt hatte, sie würde heute früher Feierabend machen und ins Stedtli gehen, hatte er wie am Freitag gesagt, er würde auch früher Schluss machen und sie begleiten. Nachdem Samantha abgelehnt hatte, hatte er sie mit dem gleichen misstrauischen Blick angeschaut. War er ihr heute gefolgt?

«Ich warte auf jemanden», sagte sie.

«Auf mich nicht, nehme ich an.» Der Unterton und sein breites Grinsen steigerten das Unwohlsein, das sie in letzter Zeit häufiger in seiner Gegenwart empfand.

«Nein, warum? Wieso bist du hier?»

«Ich bin mit jemandem verabredet, der sich Josefinas Kosmetikstudio anschauen möchte.»

«Du hast jemanden gefunden?»

«So weit bin ich nicht, aber es wäre die einfachste Lösung, wenn ich einen Nachmieter präsentiere, der gleichzeitig das gesamte Inventar übernimmt. Zu wem willst du?» David schob den Schlüssel ins Schloss.

«Zu Chiara.»

«Wieso das?»

«Warum nicht?», gab Samantha zurück. Das ging ihn nichts an.

«Heute ist Montag. Da hat sie normalerweise geschlossen.»

«Sie hat eine Ausnahme gemacht und sich mit mir um siebzehn Uhr verabredet.»

David stiess die Tür auf. Aber er betrat den Laden nicht, sondern schaute ins Innere.

«Was ist hier passiert?»

Samantha spähte über seine Schulter. Schranktüren und einzelne Schubladen standen offen. Einige Tuben und Dosen lagen auf dem Boden. Zwei Stühle waren umgestossen.

David funkelte Samantha an.

«Ich habe damit nichts zu tun.»

Sie folgte ihm ins Innere und hinter die spanische Wand. Hier lagen wie im Vorderbereich einige Kosmetikartikel auf dem Boden, und die Schranktür stand offen. Schrank und Regal waren ein Stück von der Wand weggeschoben worden.

«Einbrecher?», stiess Samantha hervor.

«Wohl kaum, die Tür war abgeschlossen.» David hob einige Tuben auf.

«Wann warst du das letzte Mal hier?»

«Mit dir. Oder halt. Ich bin am nächsten Tag nochmals hergekommen und habe Fotos gemacht, damit sich potenzielle Interessenten ein Bild machen können. Da sah es nicht so aus.» David stiess mit dem Fuss gegen die zerbrochene weisse Schale. Die Rosenblätter waren auf dem Boden verteilt. «Der Vermieter wollte das auch tun. Er sagte, er wollte ausserdem die Schränke ausmessen. Vermutlich war er neugierig und hat in den Schränken herumgestöbert.»

Und ein solches Durcheinander hinterlassen? Das konnte Samantha sich nicht vorstellen.

«Verdammt, wenn die Nachmieterin das Chaos sieht, kann ich es vergessen», fuhr David fort, bevor Samantha ihre Zweifel zum Ausdruck bringen konnte.

Als Chaos würde Samantha es nicht unbedingt bezeichnen.

Aber Unordnung reichte aus, um einen potenziellen Nachmieter zu vergraulen.

Samantha bückte sich und hob einige Dosen auf. «Ich helfe dir rasch. So ist das Problem innert kürzester Zeit behoben.» Gemeinsam schoben sie Schrank und Regal zurück an die Wand und räumten die Kosmetikartikel ein. Samantha holte einen Besen und wischte die Scherben und Rosenblätter auf. Als sie danach den Puder auffegen wollte, der sich aus einigen geöffneten Tiegeln über den Boden verteilt hatte, hielt sie inne und bückte sich. Was war das in dem hellblauen Pulver? Ein Schuhabdruck? Erinnerungen an den blutigen Abdruck in Doblers Wohnung tauchten auf. Sie hob ihren Fuss an und betrachtete die Sohle. Es musste das gleiche Profil sein, aber sicher war sie nicht. Vorsichtig stellte sie ihren Fuss neben den Abdruck. Er war grösser und stammte nicht von ihr.

Eindeutig war hier jemand drin gewesen. Nicht nur der Vermieter.

Sie sollten die Polizei rufen. Samantha holte das Handy hervor, hielt aber inne. Das meiste war aufgeräumt, und David wischte mit einem Tuch über die Regale. Zu spät, dachte sie. Die Spuren waren beseitigt. Samantha machte mit dem Handy ein Foto vom Abdruck.

«Was machst du da? Die Frau kommt gleich», herrschte David sie an.

Samantha deutete auf den Fussabdruck.

«Ja und?» Er nahm Kehrschaufel und Besen und wischte das Pulver auf.

«Es hat sich jemand unbefugt Zutritt verschafft.»

«Die Tür war intakt. Ich nehme an, das stammt von Josefina. Ihr wird etwas heruntergefallen sein. Bestimmt hatte sie keine Lust zu putzen und hat es auf später verschoben.»

Samanthas Verwirrung nahm zu. Hatte er nicht eben den Vermieter in Verdacht, die Unordnung verursacht zu haben? Ausserdem war alles blitzblank gewesen, als sie das letzte Mal mit David hier gewesen war. Die Unordnung konnte unmöglich von Josefina stammen. Oder war David dafür verantwortlich? Hatte er aus einer Frusthandlung Dosen und Tiegel auf den Boden geworfen? So impulsiv schätzte sie ihn nicht ein, obwohl er ihr zu einem immer grösseren Rätsel wurde.

«Hallo?», rief jemand von der Tür. «Sammy? Bist du hier?» Joel.

«Ja.» Samantha kehrte in den Kundenbereich zurück.

«Wer sind Sie?», fragte David misstrauisch.

«Joel Gyger.» Er reichte David die Hand und gab Samantha einen Kuss.

«Dein Freund?», fragte David. «Ich dachte, ihr habt euch getrennt.»

Am liebsten hätte Samantha ihn erwürgt.

«Das wurde rückgängig gemacht.» Joel setzte ein übertrieben liebenswürdiges Lächeln auf.

Es klopfte am Türrahmen. Eine rothaarige Frau stand im Eingangsbereich. «Herr Gerber?» Fragend schaute sie einen nach dem anderen an.

«Das bin ich», sagte David und reichte ihr die Hand.

Samantha nutzte die Gelegenheit, das Studio zu verlassen, und zog Joel mit sich nach draussen.

«Wer ist dieser ungehobelte Kerl mit dieser Extraportion Feingefühl?», fragte Joel.

«David, unser IT-Fachmann.»

«Der Ex von Josefina?»

«Ja.»

«Ich kann verstehen, dass sie sich von ihm getrennt hat. Komm, Chiara wartet.»

Das Lächeln, mit dem Chiara sie begrüsste, war nicht so strahlend wie zu dem Zeitpunkt, als Samantha ihr das erste Mal begegnet war. Sie sah übernächtigt aus und hatte Ringe unter den Augen, die ihren Glanz verloren hatten.

«Du bist Joels Freundin?», sagte sie anstelle einer Begrüssung. «Das hätte ich mir denken können.»

«Warum?»

«Er sprach davon, seine Freundin stamme aus Indien. So viele Inderinnen gibt es in Liestal nicht. Ich kann euch leider keinen *caffè* anbieten. Die Maschine ist hin. Die Einbrecher haben sie auf dem Gewissen.»

Samantha blickte sich unauffällig um. Die Scherben von den Vitrinen waren weggeräumt, nur die Sockel standen noch da. Der Tisch und die Stühle waren weg. Der Raum hatte die Gemütlichkeit verloren.

Chiara bat sie in den hinteren Teil des Raumes, in dem die Werkbank stand. Sie holte aus dem Nebenraum zwei Stühle und bat Samantha und Joel, sich zu setzen.

«Joel hat am Telefon gesagt, der Ring sei zu gross.»

«Ja, ich hatte Samanthas Finger offenbar breiter in Erinnerung.» Joel holte die kleine Box heraus und entnahm ihr den Ring. Er reichte ihn Samantha, die ihn überstreifte. Chiara beugte sich vor. «Ja, den müssen wir enger machen.» Sie blickte Samantha in die Augen. «Nun kann ich nachvollziehen, warum Joel auf den grünen Stein bestanden hat.»

«Was ist das für einer?», fragte Samantha.

«Das ist ein Tsavorit.»

«Davon habe ich noch nie gehört.»

«Tsavorite gehören zu den Granaten. Die Fundorte liegen in Tansania und Kenia.»

«Nur dort?», fragte Samantha.

«Ja, er ist nicht so häufig.»

«Der Stein ist wunderschön, so wie er leuchtet.»

«Die starke Leuchtkraft ist eine Besonderheit, die nicht verloren geht, wenn man den Stein in ein Schmuckstück integriert. Aber ich möchte euch nicht mit Fachsimpeleien langweilen.» Chiara holte aus einer Schublade ein Bündel mit Ringen hervor. Sie nahm Samanthas Hand und streifte abwechselnd drei Ringe über den Ringfinger. «Ist dieser bequem, oder ist er zu eng?»

«Der ist gut.»

«Schwellen deine Finger leicht an?»

«Damit hatte ich bisher keine Probleme.»

«Gut.» Chiara machte Notizen in ein kleines Heft. «Morgen oder übermorgen habe ich das gemacht.»

«Du musst nicht extra stressen», sagte Samantha.

Chiaras Augen verdunkelten sich. «Im Moment habe ich wenig zu tun. Ich kann den Laden nicht offen haben, weil er in dem Zustand abschreckend ist. Ich führe nur Auftragsarbeiten aus, und die sind rar im Moment.»

«Wegen des Einbruchs?», fragte Joel.

«*Sì.* Die Leute haben davon in der Zeitung gelesen. Es wurden sogar Aufträge deswegen storniert, obwohl ich ihnen gesagt habe, die Werkstatt sei offen. Sie haben offenbar Angst, ihre Schmuckstücke könnten gestohlen werden.» Sie lehnte sich nach hinten. «Weisst du, seit ich die Goldschmiede vor drei Jahren eröffnet habe, habe ich letztes Jahr zum ersten Mal eine schwarze Null geschrieben. Langsam fing ich an, mir einen Namen zu machen. Das Jahr hat vielversprechend angefangen. Ich lag sogar über dem Budget. Und jetzt ...» Samantha meinte, Tränen in den Augen schimmern zu sehen. «Die Goldschmiede war Katjas und mein Traum.»

«Katjas?» Joel spannte sich an.

Deutlich sah Samantha Chiara die Frage an, ob sie von Joels verstorbener Verlobten wusste.

«Bevor sie dich kennenlernte, hatten wir Pläne in diese Richtung geschmiedet», fuhr sie fort, als weder Joel noch Samantha auf ihre unausgesprochene Frage eingingen. «Katja wollte aber erst die Schule nachholen. Unser Projekt wurde vertagt. Vor vier Jahren bin ich zurück nach Liestal gezogen, nachdem ich vier Jahre in Bern gelebt habe. Ich verlor meinen Job in einer grossen Bijouteriekette. Beim Ausmisten der alten Wohnung entdeckte ich unsere Notizen. Das sah ich als Zeichen, unseren Traum zu verwirklichen. Der Start war harzig, aber es hat sich gelohnt. Und nun das.»

«Ich dachte, es wäre umgekehrt. Die Leute würden erst recht angezogen werden.»

«Bis zu den Berichten war das so.»

«Welchen Berichten?», fragte Joel.

«Hast du die nicht in der Zeitung gesehen?»

«Ich bin in den letzten Tagen nicht zum Zeitungslesen gekommen», sagte Joel.

«Die Polizei denkt inzwischen, ich habe das gemacht.»

«Was sollst du gemacht haben?»

«Den Laden verwüstet», erwiderte Chiara. «Oder anders ausgedrückt, ihn verwüsten lassen.»

«Welchen Grund solltest du dazu haben?», rief Samantha.

«Damit ich die Versicherungsprämie kassieren kann, da meine Goldschmiede Startschwierigkeiten hatte.»

«Du sollst das alles selbst zerschlagen haben?» Joel machte eine Bewegung mit der Hand, die den gesamten Verkaufsraum einschloss. «Das Geld der Versicherung würde für die Neuanschaffung draufgehen, nehme ich an. Du hättest keinen Mehrgewinn. Hast du keine Überwachungskameras, auf denen man erkennt, dass du es nicht warst?»

«Es hat Kameras. Doch an diesem katastrophalen Dienstagabend war der Wurm drin. Ich bin länger geblieben, da ich die Abrechnung fertig machen musste. Plötzlich ist die Sicherung rausgeflogen. Als ich den Fehlerstromschalter eingeschaltet habe, musste ich die Alarmanlage und die Kameras neu starten. Dazu bin ich nicht mehr gekommen.» Mit einer fahrigen Bewegung fuhr sie durch ihr Gesicht. «Ich hörte, wie jemand den Laden betrat, worüber ich mich gewundert habe. Offenbar hatte ich vergessen, die Tür abzuschliessen. Ich bin nach vorne gegangen. Anstelle potenzieller Kunden standen die beiden Vermummten da. Sie kamen auf mich zu, aber ich konnte durch die Tür in meinem Büro entkommen.» Sie deutete auf den Nebenraum.

«Welche Tür?», hakte Joel nach.

«Das hier war früher zusammen mit dem Kosmetikstudio eine Wohnung mit Zugang vom Treppenhaus. Diesen Ausgang hat der Vermieter behalten, um sich die Option offenzuhalten, diesen Bereich wieder in eine Wohnung umzufunktionieren.»

Chiaras Gesicht war aschfahl. Sie schien eindeutig den Abend zu durchleben.

«Du hast Hilfe geholt», folgerte Joel, da sie nicht weitersprach.

«*Sì.* Als die Polizei kam, waren sie weg. Aber der Schaden war angerichtet.»

«Die Polizei glaubt, du hättest das mit der rausgeflogenen

Sicherung erfunden und alles manipuliert oder mit den Eindringlingen gemeinsame Sache gemacht?», fragte Joel.

Chiaras Blick war Antwort genug. «Das ist nicht alles. Es gab einen zweiten Einbruch. Dieses Mal wurde nichts verwüstet, aber ich weiss, es war jemand im Laden. Vorgestern, am Samstag, habe ich es bemerkt. Regale sind verschoben worden, und andere Dinge standen nicht mehr dort, wo ich sie hingetan hatte.»

«Was sagt die Polizei dazu?»

«Sie glaubt mir nicht.»

«War die Alarmanlage wieder ausgefallen?», fragte Samantha.

«Nein. Der oder die Einbrecher müssen einen Schlüssel benutzt und die Kameras ausgeschaltet haben, bevor sie von ihnen erfasst worden sind.»

«Wie das?» Samantha sah zur Tür des Geschäfts.

«Nicht dort.» Chiara deutete auf den Nebenraum. «Sie müssen durch die Tür vom Treppenhaus gekommen sein. In dem Raum hat es keine Kameras. Die Tür ist nicht mit einer Alarmanlage gesichert, weil sie zum Treppenhaus führt. Sie ist normalerweise verschlossen.»

Joel und Samantha folgten Chiara in den Nebenraum. Licht drang durch ein kleines Fenster in den Raum, das auf einen Hinterhof hinausging. An der gegenüberliegenden Wand stand ein Schreibtisch, neben dem ein Tresor in der Wand eingelassen war. Neben der Tür führte eine Treppe nach unten. Auf der anderen Seite der Tür hatte es eine kleine Küchenzeile mit einem Kühlschrank und einem Spülbecken. Daneben stand ein für Samantha seltsam anmutendes Gerät.

«Meine Poliermaschine haben sie immerhin in Ruhe gelassen», sagte Chiara, die Samanthas Blick offenbar bemerkt hatte.

«War die Tür nicht abgeschlossen?», fragte Joel.

«Doch.» Chiara öffnete sie und liess Samantha und Joel den Vortritt ins Treppenhaus.

«Das heisst, der Einbrecher musste sowohl einen Schlüssel für das Haus als auch für den Hintereingang zu deinem Laden gehabt haben.»

Chiara sackte in sich zusammen.

Samantha beugte sich über das Treppengeländer und blickte nach oben. «Wie viele Wohnungen hat es in diesem Haus?»

«Vier. Zwei alleinstehende Männer und zwei alleinstehende Frauen.»

«Wer hat alles einen Schlüssel?», fragte Joel. «Ich meine zur Haustür und zu deiner Hintertür hier?»

«Der Hausmeister und ich. Ansonsten keiner, denke ich. Der Vermieter hat natürlich auch einen.»

«Wohnt der Hausmeister im Haus?»

Bevor Chiara antworten konnte, kam ein Mann um die fünfzig die Treppe herunter. Mit seiner gedrungenen Gestalt und den wirren weissen Haaren sah er wie ein Troll aus.

«*Ciao bella*», sagte er. «Ist alles wieder gut?»

«Nicht wirklich, Gian.»

«Wenn ich dir helfen kann, musst du es einfach sagen.»

«Danke.»

Er nickte Joel und Samantha zu. Einige Sekunden später betrat er durch die Haustür die Strasse.

«Das ist unser Hausmeister», sagte Chiara. «Gian wohnt im ersten Stock.»

Sie kehrten in das Atelier zurück. Chiara schloss die Tür zum Treppenhaus ab.

«Wie sollen die Einbrecher an den Schlüssel gekommen sein?»

«Du klingst wie dieser Polizist», rief Chiara.

Joel hob die Hände zu einer beschwichtigenden Geste. «Das ist eine berechtigte Frage.»

«*Scusa.* Du hast recht. Den Bund mit den Schlüsseln für die Hintertür und die Haustür habe ich im Laden, da ich sie nie benötige. Ich betrete den Laden von der Frontseite und nie vom Treppenhaus.» Sie zog eine Schublade auf und deutete auf einen Bund mit zwei Schlüsseln.

Samantha nahm ihn heraus. Am Anhänger war ein Etikett angebracht. «Eingang Treppenhaus», stand darauf.

«Es waren ursprünglich zwei Schlüsselpaare», sagte Chiara.

«Du bewahrst beide hier auf?», fragte Joel.

«*Sì.*»

«Wie sollen die Einbrecher ihn mitgenommen haben?»
«Das weiss ich nicht.»
«Hatten sie genügend Zeit, deinen Schreibtisch zu durchwühlen, und woher sollten sie von diesen Schlüsseln gewusst haben? Ich denke, das Interesse war ein anderes. Nämlich der Schmuck.»
Schulterzucken war die Antwort.
«Hast du das der Polizei gesagt?», fragte Joel.
«Sie glauben mir nicht.»
«Sie können deinen Vermieter fragen. Das sollte beweisen, dass du nicht diejenige bist, die manipuliert.»
«Das heisst es nicht automatisch. Ich kann den Schlüssel verschwinden lassen und die beiden beauftragt haben, den Laden zu verwüsten. Ich kann nichts Gegenteiliges beweisen. Das nächste Problem ist meine Versicherung. Unter diesen Umständen wird sie nicht zahlen.» Chiara wischte sich über die Augenwinkel.
«Bitte lass uns wissen, wenn wir dir helfen können», sagte Joel.
«Ihr könnt mir nur helfen, indem ihr beweist, dass ich die Einbrüche nicht vorgetäuscht habe», sagte sie leise. «Das wird aber schwierig, wenn nicht sogar unmöglich sein.»

***

Joel legte den Arm um Samanthas Schultern, nachdem sie aus Chiaras Geschäft getreten waren.
«Wenn ich wüsste, was wir für sie tun können», sagte er.
«Sie braucht den Beweis, den Einbruch nicht vorgetäuscht oder ihn in Auftrag gegeben zu haben», wiederholte Samantha das, was Chiara zum Abschied gesagt hatte.
«Das wird schwierig. Weisst du, was das Verrückte ist? Wir wissen nicht, ob das stimmt, was sie uns erzählt hat.»
Samantha blieb stehen. «Du traust es ihr zu, das alles inszeniert zu haben, um an die Versicherungsprämie zu kommen?»
«Das nicht gerade. Aber mehr als ihr Wort haben wir nicht. Bitte versteh mich nicht falsch. Ich verdächtige sie nicht, das

getan zu haben, was die Polizei ihr unterstellt. Ich kann nur die Haltung der Ermittler nachvollziehen.»

Samantha wollte zu einer Erwiderung ansetzen, liess es aber bleiben. Joel hatte recht.

«Wo hast du geparkt?»

«Neben deinem Smart im Schildareal. Ich dachte, das ist das Einfachste, und es fällt hoffentlich nicht auf, wenn ich nach Feierabend ein Parkfeld von Amry Cosmetics blockiere.»

Sie schlenderten der Rathausstrasse Richtung Stadtkirche entlang. Es waren viele Leute unterwegs. Alle machten einen entspannten Eindruck und schienen den milden Spätnachmittag zu geniessen.

Samanthas Handy klingelte, und sie blieb stehen.

«Lorena», stiess sie hervor. «Sie wagt es, anzurufen.»

Sie hatte sich seit Freitagabend nicht mehr gemeldet. Samantha hatte angenommen, Joels Botschaft sei angekommen.

«Sie möchte sich entschuldigen», schlug Joel vor.

«Das glaube ich nicht. Seitdem du mit ihr am letzten Freitag gesprochen hast, hat sie sich nicht mehr getraut. Ich denke, ihr Plan ist es, ihre Aktion geflissentlich zu übergehen. Sie denkt nur an sich und ihre Hochzeit. Sie braucht nicht mehr angekrochen kommen.»

Joel stiess mit dem Zeigefinger gegen ihr Kinn und zwang sie, ihn anzusehen. «Damit würdest du Gleiches mit Gleichem vergelten. Möchtest du dich auf ihr Niveau herablassen?»

«Was meinst du damit?»

«Sie wollte uns einmal mehr auseinanderbringen. Wenn du ihr einen Korb gibst, was die Hochzeit betrifft, würdest du nach ihrer Methodik vorgehen. Ich weiss nicht, wie ich es anders ausdrücken soll.»

«Ich glaube, ich verstehe, was du meinst.»

«Du würdest ihr den Wind aus den Segeln nehmen und den Zwischenfall für sie peinlicher machen, als er ohnehin hoffentlich ist. Du zeigst im Gegensatz zu ihr Grösse, und sie wird dir nie vorwerfen können, eure Freundschaft belastet zu haben.»

Samantha blickte die Strasse zurück Richtung Törli. Freundschaft … Empfand sie das noch für Lorena? Sie waren füreinander da gewesen, wenn der andere jemanden brauchte, und hatten sich aufeinander verlassen können. Das war nicht mehr so. Sie würde Lorena nicht mehr mit der gleichen Herzlichkeit begegnen können. Zumindest für den Augenblick nicht. Allerdings musste Samantha zugeben, dass Joels Ansicht Sinn machte. Trotzdem brauchte sie Zeit und sah sich nicht in der Lage, jetzt mit Lorena zu sprechen.

Das Handy hatte aufgehört zu klingeln, und ein «Pling» vermeldete den Eingang einer Sprachnachricht. Samantha steckte das Handy zurück in ihre Tasche.

Eine Bewegung vor dem Kosmetikstudio zog Samanthas Aufmerksamkeit auf sich. David und die Interessentin traten heraus. David schloss die Tür und reichte der Frau die Hand. Sie wandte sich Richtung Törli, während David auf sie zukam.

«Da ist ja Nationalrat Scherer», sagte Joel.

«Was? Wer?» Samantha wandte sich in die Richtung, in die Joel deutete.

«Der eine Mann auf Josefinas Fotos.» Er wies mit dem Kopf auf einen der Zweiertische, die das Café auf die Strasse gestellt hatte. «An dem Tisch ganz rechts.»

Samantha erkannte den Mann, den sie bei dem Eierläset in Sissach gesehen hatte. Er beugte sich zu einer Frau vor, die ihm gegenübersass. Sie neigte sich ebenfalls vor, und selbst aus dieser Entfernung konnte Samantha den tiefen Ausschnitt ihrer engen Bluse erkennen.

«Ist das seine Frau?», fragte Samantha.

«Nein. Ich glaube, das ist jemand aus seiner Partei.»

«Du klingst nicht gerade wie ein Fan.»

«Seine Ansichten und die seiner Partei sind nicht mit meinen identisch.»

Die Frau tippte auf seinen Arm und zeigte in ihre Richtung.

Scherer löste den Blick vom Dekolleté, stand auf und winkte. Für einen Augenblick dachte Samantha, das gelte ihr.

«David!», rief Scherer laut.

Samantha bemerkte David, der sich genähert hatte. Er hob

den Kopf und ging mit ausgestreckten Armen auf Scherer zu. Die Männer umarmten sich. Scherer deutete zum Tisch. David schüttelte der Frau die Hand, zog für sich einen Stuhl vom Nachbartisch heran und setzte sich.

«Die beiden kennen sich?», fragte Joel. «Hast du das gewusst?»

«Nein», sagte Samantha erstaunt.

Samantha bog hinter Joel von der Burg- in die Seltisbergerstrasse ein. Sie folgten ihr hangaufwärts und bogen nach mehreren hundert Metern links ab und erreichten Joels Haus.

Samantha wartete, bis Joel das Garagentor geschlossen hatte. Sie wandten sich dem Haus zu.

«Warte», sagte Samantha erschrocken. Gerade noch konnte sie erkennen, wie eine Gestalt um das Haus eilte und im Garten verschwand. «Hast du den gesehen?»

«Wen?», fragte Joel.

«Den Mann, der in unseren Garten gerannt ist.»

«Bleib hier», sagte Joel.

Er stellte seine Tasche ab und huschte zur Ecke des Hauses. Samantha schlich ihm hinterher und spähte mit Joel um die Ecke. Niemand war zu sehen.

«Vielleicht habe ich es mir eingebildet», flüsterte sie.

Joel legte den Zeigefinger an seine Lippen und schlich im Schutz der Büsche weiter, deren zarte grüne Blätter nicht dicht genug waren, um genügend Sichtschutz zu liefern. Mit der Hand machte er eine Geste, die Samantha dazu aufforderte, ihm nicht zu folgen. Gleich darauf war er aus Samanthas Blickfeld verschwunden.

Samantha kehrte zu der Einfahrt zurück. Sie horchte. Ausser Vogelgezwitscher, das kurzfristig von dem Geräusch eines vorbeifahrenden Autos in den Hintergrund geschoben wurde, war nichts zu hören.

Die Sekunden verstrichen, und Samantha wurde unruhig. Sie umrundete die Garage und betrat den Rasen aus der entgegengesetzten Richtung. Niemand war zu sehen. Auch Joel nicht.

Samantha schlich weiter und spähte um die Hausecke auf die

Terrasse. Sie wollte sich abwenden, als sie Joel von der anderen Seite her kommen sah. Er schüttelte den Kopf und machte eine fragende Geste mit den Händen, aber Samantha wurde von einer Bewegung auf der Terrasse abgelenkt.

Hinter einem der Blumenkübel erkannte sie eine dunkel gekleidete Gestalt, die am Boden kauerte. Samanthas Puls raste, und sie meinte, keine Luft mehr zu bekommen. Joel kam näher. Er schien die Person auf der Terrasse nicht gesehen zu haben. Mit einer hektischen Bewegung machte Samantha ihn auf den Einbrecher aufmerksam.

Die Person schoss in die Höhe. Ein silberner Gegenstand fiel aus ihrer Hand und polterte auf die Terrassenplatten. Die Gestalt hatte eine Maske auf, die nur die Augen freiliess. Aufgrund der muskulös gebauten Statur musste es sich um einen Mann handeln.

Der Blick schien Samantha zu durchbohren. Joel hatte ihn fast erreicht, aber der Mann musste die Bewegung aus den Augenwinkeln gesehen haben und rannte los – direkt auf Samantha zu. Sie war starr und konnte sich nicht bewegen. Augen mit einem so hellen Blau hatte sie nie gesehen. Sie schienen regelrecht zu leuchten.

In den Weg stellen oder entkommen lassen?

Bevor Samantha eine Entscheidung getroffen hatte, rannte er gegen sie. Der Zusammenprall raubte Samantha den Atem. Sie stürzte. Mit dem Kopf stiess sie gegen eine Kante. Sie griff nach vorne und erwischte ein Bein. Der Mann strauchelte, aber er erlangte sein Gleichgewicht zurück.

Ein derber Fluch. Samantha krallte sich fest und wurde mitgeschleift. Ein neuer Fluch, dem ein Tritt in die Seite und ein zweiter in die Magengegend folgten. Samantha blieb die Luft weg. Sie liess das Bein los.

Der Mann rannte weiter und verschwand um die Hausecke, gefolgt von Joel.

Ein krampfartiger Schmerz übernahm die Regie. Samantha krümmte sich zusammen. Sie kreuzte die Arme über dem Bauch und presste sie fest dagegen.

«Verdammt, Sammy!» Joel war zurückgekehrt und hockte sich neben sie. «Du sollst nicht die Heldin spielen.»

«Wo ist er?», quetschte Samantha zwischen zusammengebissenen Zähnen hervor.

«Weg. Geht es? Bist du verletzt?»

«Ja und nein. Es wird schon.» Vorsichtig richtete sie sich auf.

«Wo hat er dich erwischt?»

«Hier.» Samantha strich links neben ihren Bauchnabel.

«Du blutest.»

Samantha tastete an die schmerzende Stirn. Sie betrachtete das Blut an ihren Händen.

Joel zog sie hoch, und sie stand schwankend vor ihm. Er dirigierte sie zum Haus ins Badezimmer.

«Setz dich.»

Samantha liess sich auf den WC-Deckel nieder, während Joel auf den Tablaren im Medizinschränkchen nach dem Wunddesinfektionsmittel suchte.

«Hast du ihn erkennen können?», fragte er.

«Nein. Autsch, das brennt.»

«Stillhalten. Zum Glück ist es nur eine kleine Schramme.»

«Er hatte eine Maske, trug schwarze Jeans und eine schwarze Jacke.»

«Mehr habe ich auch nicht gesehen. Komm, wir müssen die Polizei rufen.»

Nussbaum sass auf dem Sofa und musterte abwechselnd Samantha und Joel. Zuerst hatte er den Beamten, die ihn begleiteten, Anweisungen gegeben, bevor er ins Haus gekommen war. Die Männer waren nun im Garten zugange.

Samantha hatte Mühe, sich auf das zu konzentrieren, was Nussbaum sagte. Das Schmerzmittel wirkte nur halb, und Samanthas Kopf brummte, als schwirrte eine Horde Hornissen darin herum.

Als Joel gesagt hatte, es wäre besser, wenn sie zu einem Arzt ginge, hatte sie abgelehnt. So schlimm war es nicht. Immerhin hatte der Schmerz in der Magenregion und der Seite nachgelassen.

Nussbaum betrachtete nun ihre Stirn, auf der ein Pflaster klebte.

Samantha wich seinem Blick aus und schaute Richtung Terrasse. Einer der Beamten untersuchte die Tür. Ein anderer hielt einen Schraubenzieher in seiner behandschuhten Hand. Er begutachtete ihn ausgiebig, bevor er ihn in einen durchsichtigen Beutel gleiten liess und diesen beschriftete.

Nussbaum holte ein Notizbuch hervor und bat sie, ihm zu erzählen, was genau passiert war. Zu Samanthas Erleichterung übernahm Joel.

Er berichtete von ihrem Eintreffen, wie Samantha den Mann überrascht hatte und wie er entkommen war. Erschrocken starrte Samantha ihn an, als Joel eine Waffe erwähnte, die der Einbrecher in den Hosenbund gesteckt hatte. Diese hatte sie nicht gesehen.

Nussbaums Blick kehrte zu Samantha zurück, während Joel erzählte, wie Samantha dem Eindringling den Fluchtweg versperrt hatte. Samantha wusste bereits, was er sagen wollte, bevor er zu sprechen begann.

«Es war eine blöde Idee, sich ihm in den Weg zu stellen. Solche Aktionen sollten Sie in Zukunft lassen. Sie können sich glücklich schätzen, dass er von der Waffe keinen Gebrauch gemacht hat.»

Samantha öffnete den Mund und schloss ihn wieder. Derartige Diskussionen hatten sie in der Vergangenheit zur Genüge geführt. Sie brachten nichts.

«Sie sind ihm gefolgt?», wandte Nussbaum sich an Joel.

«Ja.»

«Auch so eine dumme Idee, aber ich enthalte mich jeglicher weiterer Kommentare.»

«Er hat sich rechts gehalten, nachdem er die Strasse erreicht hatte», fuhr Joel unbeirrt fort.

«Sind Sie weiter hinter ihm hergerannt?»

«Nein. Ein grüner Kombi ist an unserer Einfahrt vorbeigerast. Als ich an der Strasse ankam, war der Mann weg, und der Wagen verschwand aus meinem Blickfeld.»

Ganz stimmte das so nicht. Der Wagen hatte Joel beinahe erfasst, und er hatte sich nur mit einem Sprung auf die Seite retten können. Dabei war er in der Rabatte der Nachbarn gelandet. «Ich werde ihnen beichten müssen, dass die flach gedrückten Stauden und die abgebrochenen Äste der kleinen Büsche mein Verdienst sind», hatte er gesagt, mit dem Versuch, dem Ganzen den Schrecken zu nehmen.

Nussbaum schien zu merken, dass Joels Schilderung nicht der Wahrheit entsprach, aber Joel hielt seinem Blick stand.

Ein grüner Kombi, dachte Samantha entsetzt. Die Farbe des Wagens hatte Joel bei ihrem Gespräch ausgelassen. Es konnte kein Zufall sein, wenn so ein Auto bei jedem Zwischenfall in der Nähe war.

«Haben Sie das Kennzeichen erkannt?»

«Die Ziffern nicht, es war ein Baselbieter.»

«Die Automarke?»

«Keine Ahnung. Es muss ein älteres Modell und ein Dieselfahrzeug gewesen sein. Als er Gas gab, stiess er eine riesige schwarze Wolke aus, und es schepperte, als sei was an dem Wagen lose.»

«Älterer grüner Kombi mit Baselbieter Kennzeichen. Vermutlich Dieselfahrzeug», murmelte Nussbaum, während er die Worte in sein Notizbuch schrieb. «Haben Sie den Fahrer erkannt?»

«Nein, leider nicht. Ich konnte nur sehen, wie der Mann ins Auto sprang.»

«Zu dem Mann und dem Fahrer können Sie keine weiteren Details sagen?»

«Tut mir leid. Den Fahrer habe ich nicht erkannt, und den anderen habe ich in erster Linie von hinten gesehen.»

«Seine Augen waren hellblau», mischte Samantha sich ein.

«Ungefähres Alter?»

«Keine Ahnung. Er muss jünger gewesen sein, da er flink und wendig war.»

«Auch ältere Leute können das sein.»

«Er hat sich wie ein Rugby- oder Eishockeyspieler bewegt», sagte Joel.

«Wie meinen Sie das?», fragte Nussbaum.

«Er hat Samantha regelrecht gerammt. Bodycheck.»

«War er so kräftig wie ein Rugbyspieler gebaut?»

Samantha und Joel sahen einander an. «Das nicht gerade, aber durchtrainiert», erwiderte Samantha langsam.

Einer der Beamten betrat den Raum und hielt Nussbaum den Sack mit dem Schraubenzieher entgegen. «Wie es aussieht, hat er versucht, die Terrassentür aufzuhebeln. Diese schliesst nicht richtig.»

«Ja, der Rahmen hat sich verzogen. Nächste Woche wollte der Fensterbauer vorbeikommen, um das Problem zu beheben.»

«Der Rahmen hat sich verzogen?», fragte Nussbaum. «Einfach so? Wann haben Sie das bemerkt?»

«Im letzten Winter. Es zog. Meine Vermieterin hat gesagt, die Terrassentür sei ersetzt worden, kurz bevor ich vor eineinhalb Jahren hier eingezogen bin. Allerdings war es eine günstige Variante.»

«Das ist eines der Dinge, an denen man nicht sparen sollte», brummte Nussbaum. «Habt ihr sonst verwertbare Spuren entdeckt?», wandte er sich an den Beamten.

«Abgeknickte Äste, Fussspuren in einem Beet, die wir zuerst zuordnen müssen. Und das hier, auf dem wir hoffentlich einen Fingerabdruck finden werden.» Er deutete auf den Sack in seiner Hand.

«Das werden Sie nicht, da er Handschuhe trug», fiel es Samantha ein.

Der Frust war dem Beamten deutlich anzusehen, als er sich zurück auf die Terrasse verzog.

«Können Sie sich einen Grund vorstellen, warum jemand bei Ihnen einbrechen wollte?», fuhr Nussbaum fort.

«Nein», sagte Joel.

«Er hat hier nach dem gesucht, was er in meiner Lenzburger Wohnung nicht gefunden hat», sagte Samantha.

«Richtig. Herr Bühler hat etwas in dieser Richtung erwähnt. Haben Sie eine Vorstellung, was das sein könnte.»

«Der USB-Stick?»

«Grund dazu gibt es eindeutig, wenn ich bedenke, was alles auf dem Stick ist», sagte Nussbaum gedehnt.

***

«Meinst du, es war David, der versucht hat einzubrechen?», fragte Samantha, nachdem Nussbaum und die Leute von der Spurensicherung gegangen waren.

Sie konnte nicht glauben, was sie von Nussbaum erfahren hatte. Zunächst hatte er nicht damit herausrücken wollen, was alles auf dem Stick abgespeichert war. Allerdings war es ihm bei der Befragung später herausgerutscht, es gäbe weitere Fotos und Videos von David bei verschiedenen Sexpraktiken. Alle jüngeren Datums. Also nach seiner Trennung von Josefina.

Nussbaum war offensichtlich ärgerlich über seinen Fehler gewesen und hatte ihnen eingeschärft, nichts von dem Gespräch an Dritte weiterzugeben. Es würde sonst Konsequenzen haben.

Als Joel gefragt hatte, ob Fotos oder Videos von Nationalrat Scherer dabei waren, hatte Nussbaum nichts gesagt. Dafür war in seinen Augen kurz etwas aufgeflackert, was Samantha als Bestätigung ansah. Anhand der Fragen, die Nussbaum gestellt hatte, mussten weitere einflussreiche Persönlichkeiten darunter sein.

«Ich frage mich, warum Josefina all das gefilmt hat. Wollte sie sich absichern? Wenn ja, wovor?»

«Oder sie sah es als Rückversicherung, um die Männer zu erpressen.»

Es machte Sinn, was Joel sagte.

«Sie könnte einige von ihnen erpresst haben», sagte Joel.

«Und einer davon hat sie getötet?»

«Das wäre nicht das erste Mal, dass jemand dafür tötet.»

«David?»

«Oder Nationalrat Scherer oder einer der anderen. Jeder Einzelne hat etwas zu verlieren: sein Ansehen, die Partnerin oder gleich beides zusammen.»

«Nationalrat Scherer und David kennen sich», sagte Samantha. «Woher? Über Josefina oder von anderswo.»

«Parteikollegen?», fragte Joel. «Ist David politisch aktiv?»

«Davon weiss ich nichts.»

«Interessant wäre zu wissen, ob sie die anderen Männer kannten», sagte Joel. «Ich denke, es macht Sinn, wenn einer von ihnen Josefina zum Schweigen bringen wollte. Das Chaos in ihrem Haus ist nun auch erklärbar. Die Person hat nach dem Erpressungsmaterial gesucht oder wollte Beweise vernichten. Genauso ist nachvollziehbar, dass es keine Einbruchsspuren gab. Josefina wird ihn ins Haus gelassen haben.»

«Was ich bei dem Ganzen seltsam finde, sind die Grabungen, die in Josefinas Keller unternommen wurden», sagte Samantha. «Auf die Idee, sie könnte den Stick und Fotos dort vergraben haben, würde ich nie kommen.»

«Eventuell hat sie was in dieser Richtung verlauten lassen, als sie bedroht wurde. Sie könnte an mehreren Stellen Beweismaterial aufbewahrt haben.»

«Das heisst, die Suche war erfolgreich, und er hat nicht weitergesucht? Ich meine damit das Versteck im Nachttischchen.»

Joel hob die Hände. «Keine Ahnung.»

«Wie passt der Tod von Josefinas Vater da rein?», fragte Samantha.

«Der Täter muss davon ausgegangen sein, dass der Vater auch davon wusste. Er musste sichergehen, dass nicht ein anderer der Polizei entsprechende Hinweise gibt. David kann durchaus dahinterstecken.»

«Warum hat er so lange damit gewartet? Ich hätte an seiner Stelle sofort gehandelt.»

«Keine Ahnung.»

«Und was hat das mit dem Einbruch in meine Lenzburger Wohnung und dem Versuch, in dein Haus einzusteigen, zu tun?»

«Du hast mit David über Josefinas Tod gesprochen und Spekulationen angestellt. Du warst mit Josefinas Vater im Haus. David musste davon ausgehen, dass du mehr weisst. Er weiss von deiner Lenzburger Wohnung und hat dort nach Beweismaterial gesucht.»

«Warum nimmt Herr Nussbaum ihn nicht fest?»

«Dazu braucht es mehr als diese Vermutungen.»

«Du hast recht, es kann jeder gewesen sein. Auch Oliver Marti», sagte Samantha.

«Du meinst, Rita hat mit ihrer Annahme recht, er habe sie mit Josefina betrogen?»

«Er hat gesehen, wie ich die Kiste mit den Fotos geholt habe. Oliver muss Angst gehabt haben, es könnten Bilder von ihm und Josefina existieren.»

«Du bist nicht gleich losgefahren, und er hat dies ausgenutzt, um einen Vorsprung haben.» Joel blickte an Samantha vorbei. «Interessant wäre zu wissen, ob es von Oliver Fotos oder ein Video auf dem Stick gibt.»

ACHTZEHN

«Entweder stinken sie, oder die Fläschchen sind undicht.»

Emma Hofmann schob Samantha und Franz Ammann eine Schachtel zu. Sie sassen an einem Tisch im Labor einander gegenüber.

Am Morgen hatte Samantha die E-Mail in der Mailbox vorgefunden, dass die zweite Lieferung des Mandelöls ebenfalls mangelhaft war.

Samantha nahm eines der Fläschchen in die Hand. Die Oberfläche war ölig. Sie schraubte den Deckel ab und schnupperte. «Immerhin stinkt es dieses Mal nicht.»

«Toll», sagte Emma. Sarkasmus pur. «Aber schau mal hier.» Sie reichte Samantha eine andere Flasche.

Samantha verzog das Gesicht. «Du hast recht. So geht das nicht. Dabei waren die Proben erstklassig. Sowohl von der Qualität als auch von der Verpackung.» Samantha reichte die Flasche an Franz weiter.

«Die Proben des anderen Lieferanten waren ebenfalls perfekt», sagte Franz.

«Ich weiss, ich hätte mich nicht für diesen Lieferanten starkmachen sollen», sagte Emma. «Meine Schuld.»

«Darum geht es nicht», erwiderte er. «Wie haben sie auf die erste Reklamation reagiert?», wandte er sich an Samantha.

«Sie haben sich entschuldigt und wollten abklären, wie es dazu kommen konnte, dass das Öl ranzig geworden ist. Angeblich sei es in Ordnung gewesen, als es ihr Lager verlassen hat.»

«Und seitdem?»

«Nichts mehr. Sie haben sofort Öl eines anderen Batches geschickt und die Abholung der ersten Lieferung veranlasst.»

«Eine Erklärung haben sie nicht geliefert?»

Samantha verneinte. «Auch nicht auf meine neue Rückfrage.»

Franz stand auf und durchquerte den Raum. Beim Arbeitstisch mit dem Luftabzug blieb er stehen.

«Wir alle wissen, es braucht nicht viel, damit Mandelöl ranzig wird, aber gleich zweimal hintereinander sollte das nicht passieren. Das Ganze zusätzlich mit undichten Flaschen kombiniert, geht gar nicht.» Er kehrte zu Samantha und Emma zurück. «Hast du dem anderen Lieferanten abgesagt?»

«Nicht direkt», antwortete Samantha. «Ich habe erklärt, wir hätten im Moment keinen Bedarf, würden aber gerne zu einem späteren Zeitpunkt auf sie zukommen.»

«Okay. Bitte schreib Frau Stephani eine *nette* E-Mail.» Sein «nett» klang alles andere als freundlich. «Bitte mit Kopie an mich und an Herrn Bosshard, dass es so nicht geht und wir uns gezwungen sehen, einem anderen Lieferanten den Vorzug zu geben, wenn die nächste Lieferung mangelhaft ist. Gleichzeitig kontaktierst du bitte den anderen Lieferanten und bestellst eine kleine Menge. Exklusivität funktioniert hier nicht.»

«Mache ich», sagte Samantha, während sie die Anweisungen notierte.

«Mittagessenszeit», sagte Franz, nachdem sie das Labor verlassen hatten. «Soviel ich weiss, wollte Dominik Pizza anstelle von Geburtstagskuchen spendieren.»

Das stimmte. Am Morgen hatte er sie gefragt, welche Pizza sie gerne hätten.

Samantha folgte Franz auf die Terrasse. Dominik war dabei, Pizzaschachteln auf den Tischen zu verteilen, die er zusammengestellt hatte.

«Ihr kommt genau richtig», sagte er.

David, Christian und Jasmin betraten die Terrasse. Emma liess nicht lange auf sich warten.

Samantha klappte die Schachtel auf und sog den Duft der Pizza Frutti di Mare ein. Phantastisch.

«Stimmt es, dass in deine Wohnung eingebrochen wurde?», fragte Emma und schob sich ein Stück ihrer Quattro Stagioni in den Mund.

Samanthas Hand verharrte auf halbem Weg zum Mund. «Ja.» Woher wusste sie das? Sie hatte nur davon erzählt, sich von Joel getrennt zu haben und inzwischen wieder mit ihm zusammen zu sein. Den Einbruch hatte sie nicht erwähnt, soweit sie sich erinnerte.

«Himmel, ist das wahr?», fragte Franz entsetzt.

«Wann?», fragte Christian. «Du hast nichts davon gesagt.»

«Du bist selten in deiner Lenzburger Wohnung», sagte David. «Die Diebe werden das realisiert und die Chance genutzt haben.»

«Wie sollen sie das bemerkt haben?», fragte Emma.

«Wenn es abends dunkel bleibt.»

«Ich wohne ganz oben», sagte Samantha. «In den anderen Wohnungen ist Licht.»

«Entweder haben sie es gut abgeklärt, oder es ist jemand, der Bescheid weiss, dass du in der Regel in Liestal bist», sagte Christian.

Jemand, der Bescheid wusste. Samantha schaute unweigerlich zu David.

«Es muss keiner aus dem direkten Umfeld sein», sagte David. Was würde Samantha darum geben, zu wissen, was in seinem Kopf vor sich ging. «Jemand hat von jemandem davon gehört, und dieser jemand hat es einer weiteren Person erzählt.»

Oder du warst es, weil du den Stick gesucht hast, dachte Samantha.

Ihre Lenzburger Adresse war kein Geheimnis. Jeder aus der Firma hatte Zugriff auf die Adressliste. Obwohl Samantha davor zurückschreckte, die Wohnung allein zu betreten, nahm sie sich vor, nach Lenzburg zu fahren und zu schauen, ob sie einen Hinweis fand, der auf David deutete. Das hätte sie längst tun sollen.

«Möchtest du einen Kaffee?», fragte David, nachdem sie fertig gegessen hatten und Emma und Christian in ihre Büros gegangen waren.

«Gerne», sagte Samantha.

David schaute Franz und Dominik fragend an.

«Für mich nicht», sagte Franz. «Ich habe gleich ein Telefonat.»

«Ich nehme gerne einen», sagte Dominik. Er stellte die Schachteln zusammen. «Lass mich das übernehmen.»

Er verschwand mit den Schachteln im Inneren des Gebäudes.

«So ein schöner Tag.» David lehnte sich zurück und verschränkte die Hände hinter dem Kopf.

«Vorbehaltlos kann man das schöne Wetter nicht geniessen», sagte Samantha.

«Warum nicht?»

«Es ist zu warm und zu trocken für diese Jahreszeit.»

«Fang du nicht auch noch mit der Leier von der Klimaerwärmung an. Ändern können wir nichts, und ich geniesse es, wie es ist.»

Es gab genügend Dinge, die man ändern konnte, dachte Samantha. Aber sie hatte keine Lust auf eine Diskussion über Klima, Umweltprobleme und die Menschheit.

«Hast du eine Idee, warum jemand in deine Wohnung eingebrochen ist?»

Ja, dachte Samantha, erwiderte aber nichts. Sie versuchte so unauffällig wie möglich, in Davids Gesicht zu lesen. Allerdings ohne Erfolg.

«Gibt es Hinweise auf einen Zusammenhang mit dem Einbruch und dem Mord an Josefina?», fragte David weiter.

«Wieso glaubst du das?», fragte Dominik, der mit einem Tablett auf die Terrasse trat.

Er stellte zwei Espresso und einen Cappuccino auf den Tisch. Nachdem er das Tablett gegen das Tischbein gelehnt hatte, setzte er sich neben Samantha.

«Samanthas Wohnung ist in Lenzburg und Josefinas Haus in Liestal», fuhr Dominik fort. «Es müsste eher jemand bei Samanthas Freund einsteigen wollen, wenn es einen Zusammenhang gäbe.»

«Das hat gestern jemand versucht», sagte Samantha.

«Echt?», rief Dominik entsetzt.

David streute zwei Löffel Zucker in seinen Espresso und rührte langsam um. Dabei schaute er auf einen Punkt auf dem Tisch zwischen seiner und Samanthas Tasse.

Während Samantha von dem Vorfall berichtete, liess sie David nicht aus den Augen. Er schaute nicht auf, gab einen neuen Löffel mit Zucker in seinen Espresso und rührte ausgiebig weiter.

«Oh Mann», sagte Dominik, nachdem sie geendet hatte. «Was sagt die Polizei dazu?»

«Wir sollen die Augen offen halten.»

«Hast du den Täter erkannt?», fragte Dominik.

«Nein.»

«Es war hell, und er hat dich umgerannt. Du bist ihm also nahe gekommen.»

«Es ging zu schnell, und er war vermummt. Das Einzige, an das ich mich erinnere, sind seine Augen. Hellblau.»

Unweigerlich schaute sie David an. Er hatte blaue Augen. Sie waren allerdings dunkler als die der Person gestern. Oder täuschte es, weil die Maske fast schwarz gewesen war und dieser Farbkontrast die Augen zum Leuchten gebracht hatte?

David war muskulös gebaut, und er war kräftiger als die Person gestern. Der Mann hatte athletischer ausgesehen. Lag das an der unterschiedlichen Kleidung? Es war frustrierend. Ihre Vermutung reichte nicht als Beweis.

Dominiks Handy klingelte. Er stand auf und entfernte sich vom Tisch.

«Ich habe eine Nachmieterin für Josefinas Studio gefunden», sagte David.

«Die rothaarige Frau von gestern?», fragte Samantha.

David schaute sie einen Augenblick verwirrt an. «Stimmt, du hast sie gesehen. Sie hat heute Vormittag angerufen. Sie übernimmt das Studio, wie es ist. Wir haben uns auf den Preis für Inventar und Kosmetika geeinigt. Josefinas Vermieter ist einverstanden. Er ist froh, dass es so schnell eine Lösung gegeben hat.»

«Das kann ich mir vorstellen. Ich wusste nicht, dass du Nationalrat Scherer kennst.»

«Was? Wen?» Verwirrung, danach Panik. Aber Letztere flammte nur den Bruchteil einer Sekunde in Davids Augen auf.

«Nationalrat Scherer. Er sass gestern vor einem Café, und du –»

«Da musst du mich mit jemandem verwechseln.» Das klang unwirsch. «Ich kenne ihn nicht. Also nicht persönlich.» David leerte den Espresso und verzog das Gesicht. Das Getränk musste mit dem vielen Zucker ekelhaft süss sein.

Er stand ruckartig auf, und beinahe wäre sein Stuhl umgekippt.

«Hoppla», sagte Dominik, der zurückgekehrt war und den Stuhl auffing. «Wohin so schnell?»

«Mir ist eingefallen, ich muss dringend etwas erledigen.» David hastete ins Haus.

«Was ist mit dem los?» Dominik zog einen Stuhl heran.

Samantha begnügte sich mit einer vagen Handbewegung, während ihre Gedanken auf Hochtouren liefen.

***

Samantha fuhr den Computer herunter und stand auf. Sie brauchte eine Bestätigung, ob David in ihrer Wohnung gewesen war, und beschloss, nach Lenzburg zu fahren. Sie winkte Dominik und Jasmin zu und verliess das Gebäude. Als sie in ihren Smart einstieg, klingelte ihr Handy.

«Der Ring ist fertig», sagte Chiara, nachdem Samantha das Gespräch entgegengenommen hatte.

Samantha war hin- und hergerissen. Gerne würde sie den Ring sofort holen, aber genauso gerne wollte sie wissen, ob es Hinweise auf Davids Anwesenheit in ihrer Wohnung gab.

Ein mulmiges Gefühl machte sich breit, wenn sie daran dachte, allein in der Wohnung herumzustöbern.

Du könntest Christa und Norbert fragen. Ein entschiedenes Nein war die Antwort. Sie würde die beiden in Gefahr bringen.

Das ungute Gefühl verstärkte sich. Den ganzen Tag hatte sie dieses Unwohlsein zur Seite gedrängt, das sie unterschwellig durch den Tag begleitet hatte. Die Alternative, den Ring zu holen, klang eindeutig verlockender. Lange würde das nicht dauern, und sie konnte im Anschluss nach Lenzburg fahren.

Samantha stieg aus und schlug die Autotür zu. «Ich bin in fünfzehn Minuten bei dir.»

«Das passt perfekt.»

Erleichtert, eine Ausrede gefunden zu haben, machte Samantha sich auf den Weg Richtung Rathausstrasse. Fünfzehn Minuten später erreichte sie Chiaras Goldstube. Aus Josefinas Kosmetikstudio traten ein Mann und eine Frau. Samantha erkannte die rothaarige Frau sofort. Sie schloss hinter dem Mann die Tür.

«Kennen wir uns?», fragte der Mann Samantha, als sie die beiden gegrüsst hatte.

«Kann sein.»

«Ich habe es. Amry Cosmetics.»

«Stimmt, Sie haben sich bei uns für die vakante Verkaufsstelle vorgestellt.» Fieberhaft überlegte Samantha, wie sein Name gewesen war.

«Wissen Sie, ob eine Entscheidung gefallen ist?»

«Da fragen Sie mich zu viel.»

«Es würde mich freuen, wenn ich zu Ihnen und dem Team stossen dürfte.» Seine Stimme war eine Nuance tiefer geworden. Seine Augen glitten von Samanthas Gesicht zu ihrer Brust und zurück. Machte er ihr etwa Avancen? Im Beisein seiner Freundin?

Offenbar dachte die Frau das Gleiche.

«Lass uns gehen», sagte sie und zog an seinem Arm.

Er reichte Samantha die Hand und hielt ihre länger als notwendig fest. «Es würde mich freuen, Ihr neuer Arbeitskollege zu werden.»

«Komm», sagte seine Freundin. Als sie davonstöckelte, blickte sie kurz in Samanthas Richtung. Wenn Blicke töten könnten.

Ich würde mich nicht freuen, dachte Samantha.

Sollte sie versuchen, Einfluss auf Franz zu nehmen? Diese Einmischung würde er nicht goutieren. Samantha beschloss, den Dingen ihren Lauf zu lassen und auf Franz' Menschenkenntnis zu hoffen.

Sie betrat Chiaras Goldstube. Leise Klaviermusik füllte den Raum.

Chiara sass an der Werkbank. Sie hob den Kopf. «Ich muss das eben fertig machen, aber du kannst nach hinten kommen.»

Samantha kam der Aufforderung nach. Auf der Arbeitsfläche lagen Zangen, Pinzetten und Feilen. Samantha konnte eine Lupe und Polierköpfe erkennen. Chiara schüttelte eine schwarze Schürze, die am Tisch festgemacht war.

«Was ist das für ein Schurz?», fragte Samantha.

«Wir nennen es das Fell. Es dient zum Auffangen.»

«Du meinst Körner von Material, damit nichts verloren geht?»

«Ja, alles wird aufgefangen und recycelt.» Chiara nahm einen gebogenen Metallstab und hielt ihn an die Innenseite eines Ringes.

«Ist das ein Stempel?», fragte Samantha.

«Sì.» Chiara schlug mit einem Hammer darauf. «Das ist die Feingehaltsangabe, und dieser hier ist der Verantwortlichkeitsstempel.» Sie deutete auf einen anderen Stab, der vor ihr auf dem Tisch lag.

«Was bedeutet Verantwortlichkeitsstempel?»

«Das ist sozusagen meine Unterschrift auf dem Schmuckstück.»

«Das heisst, dass du es gefertigt hast?»

«Richtig. Jeder Goldschmied hat einen eigenen.» Chiara legte den Ring auf die Seite und bettete einen Anhänger mit einem weiss schillernden Stein in eine mit schwarzem Samt ausgelegte Box. Sie stand auf und reichte Samantha eine kleine Schachtel. «Hier.»

Samantha öffnete sie und betrachtete den Ring, der auf schwarzem Samt lag. Der grüne Stein schien in dieser Umgebung heller zu leuchten.

«Probiere ihn an», sagte Chiara.

Samantha hatte Hemmungen, dieser Aufforderung nachzukommen. Sie holte den Ring aus der Schachtel und betrachtete ihn von allen Seiten. «Deine Schmuckstücke sind speziell schön. Lernt man das alles in der Ausbildung?»

«Man lernt das Handwerk mit der verbundenen Theorie. Gewisse Fähigkeiten erlernt man sicher, aber ein paar Voraussetzungen wie Geschick, Begabung und Kreativität muss man mitbringen.»

«Davon hast du jedenfalls genug.»

«Danke.»

Samantha streifte den Ring über und hielt ihn ins Licht der Lampe auf Chiaras Arbeitstisch. «Das ist Gelbgold, oder?»

«Sì.»

«Ist es richtig, dass die Farbe durch das andere Metall beeinflusst wird, das man dem Gold beimischt, weil dieses sonst zu weich ist?»

«Genau. Bei Weissgold ist es Platin und Silber. Kupfer ist bei Rotgold dabei, und bei Gelbgold mischt man fünfzig zu fünfzig Kupfer und Silber dazu. Wobei jedes Land ein eigenes Mischverhältnis hat.»

«Wieso das?»

«Damit der Schmuck entsprechend der Hautfarbe des Trägers gut zur Geltung kommt.»

«Wenn ich den Ring in Indien hätte machen lassen, hätte es demnach ein anderes Mischverhältnis?»

«So ist es.»

Das Telefon klingelte.

«Entschuldige mich bitte.» Chiara lief in den separaten Raum. Samantha hörte, wie sie das Gespräch entgegennahm, konnte die Worte aber nicht verstehen.

Samantha drehte ihre Hand weiter in dem Licht der Lampe auf Chiaras Arbeitstisch hin und her. Sie wollte nicht wissen, wie teuer der Ring gewesen war.

Sie betrachtete den Kettenanhänger, an dem Chiara eben gearbeitet hatte. Es musste sich um einen weissen Opal handeln, der in dem goldenen Anhänger eingefasst war. Sie schaute zum Zimmer, in dem Chiara weiterhin telefonierte. Chiara musste ein grosses Vertrauen in Samantha haben, wenn sie den Schmuck einfach so liegen liess. Oder lag es daran, weil Samanthas Eintreffen sie abgelenkt hatte? Ihr Blick wanderte weiter zu einer geöffneten Schachtel, die am Rand des Tisches lag. Eindeutig Eheringe. Die Ringe waren in Chiaras einzigartigem Stil gefertigt.

Eheringe … Samantha hob ihre Hand und betrachtete den Ring an ihrem Finger. Der Gedanke, den sie bisher erfolgreich zurückgedrängt hatte, blieb dieses Mal hartnäckig.

Das war kein Geschenk für einfach so zwischendurch. Hatte Joel ihr einen Heiratsantrag machen wollen? War dieser durch Lorenas Aktion vereitelt worden? Samanthas Knie wurden weich, und sie setzte sich auf Chiaras Stuhl.

Auf einmal machte Joels Antwort «Ich hatte Angst, du würdest ablehnend auf den Ring reagieren, und war mir unsicher, ob ich ihn dir geben sollte oder nicht» Sinn, als sie sich erkundigt hatte, warum er sich vor dem Zwischenfall mit Lorena vermehrt zurückgezogen hatte und grüblerisch gewesen war. Es war nicht wegen des Ringes, sondern wegen der damit verbundenen Frage.

Was hätte sie geantwortet? Für eine Hochzeit war es für sie zu früh. Zuerst mussten sie zusammenwohnen. Okay, das taten sie.

Samantha strich mit dem Zeigefinger über den Ring. Das gleiche Sehnsuchtsgefühl, das sie in dem Geschäft mit den Hochzeitskleidern empfunden hatte, übermannte sie.

«Was ist mit dir? Du bist ganz bleich.» Samantha hatte nicht bemerkt, wie Chiara zurückgekehrt war.

«Es ist alles in Ordnung.»

«Bist du sicher?»

«Nur der Kreislauf. Das passiert bei zu niedrigem Blutdruck hin und wieder.» Das klang lahm und nach der Ausrede, die es war.

«Möchtest du etwas zu trinken?»

«Nein, es geht wieder.»

Chiara lehnte sich gegen den Tisch. Sie war blass, wie Samantha auffiel. «Schlechte Nachrichten?»

«Nein. Ein Auftrag.»

«Das ist eine gute Nachricht.»

Chiara schien mit sich zu ringen. Samantha hatte das Gefühl, sie wollte ihr etwas sagen, wusste aber nicht, wie sie anfangen sollte.

«Kann ich dir etwas zeigen?», fragte Chiara schliesslich.

«Natürlich. Was denn?»

Sie schloss die Ladentür ab und nahm die Schachteln mit den Ringen und dem Anhänger. «Komm.»

In dem Nebenraum mit dem Büro stellte Chiara beides in den Tresor und verschloss dessen Tür. Sie bat Samantha zur Treppe, die nach unten führte. Samantha musterte diese. Unheimlich. Ein Keller war nicht Samanthas bevorzugter Aufenthaltsort. Besonders alte und dunkle, die obendrein eng waren.

Stell dich nicht so an, dachte sie und folgte Chiara die Stufen nach unten.

«Ich weiss nicht, was ich von dem halten soll», sagte Chiara.

Unten angekommen, kam ein Gefühl von Enge in Samantha auf. Der Gang war nicht breiter als ein bis maximal zwei Meter. Die Deckenlampe verbreitete schummriges Licht. Kein einziger Strahl von Tageslicht gelangte hierhin. Zwei Türen gingen von dem Gang ab. Die rechte stand offen. Chiara tastete nach dem Lichtschalter und machte eine Geste, mit der sie Samantha den Vortritt lassen wollte.

Will sie mich einsperren, dachte Samantha, und ihr Atem beschleunigte sich. Sei nicht albern, rief sie sich gleich zur Vernunft. Trotzdem konnte sie nicht verhindern aufzuatmen, als Chiara ihr in den Raum folgte und sich neben sie stellte.

Der Raum mass ungefähr neun Quadratmeter und war mit Kieselsteinen ausgelegt. An der Wand standen Regale mit Wasserflaschen, Zucker und Kaffee. Eindeutig ein Naturkeller, in dem früher Vorräte gelagert worden waren.

Samantha stutzte. Die Steine auf der rechten Seite waren zu einem Haufen zusammengeschoben, und der Lehmboden darunter war freigelegt. Die Oberfläche war aufgekratzt, und ein kleiner Haufen des Erdreichs befand sich vor den Steinen.

«Hast du das gemacht?», fragte Samantha erstaunt.

«Nein, warum sollte ich graben?»

Graben … Kälte stieg in Samantha auf. Wie bei Josefina.

«Wann ist das passiert?»

«Keine Ahnung. Heute Nachmittag habe ich mir eine Flasche Wasser geholt und habe das hier entdeckt. Letzte Woche am Donnerstag war noch nichts.»

Samantha hatte das dringende Bedürfnis, den Raum zu verlassen, und floh nach oben in Chiaras Büro. Das Licht, das durch das kleine Fenster drang, das auf einen Hinterhof hinausging, beruhigte sie, und sie konnte normal atmen.

«Das ist wie bei Josefina im Keller», sagte sie, als Chiara sie eingeholt hatte. «Du solltest die Polizei verständigen.»

«Das werde ich nicht. Die denkt, ich habe selbst gegraben.»

«So ein Blödsinn.»

«Sie gehen weiterhin davon aus, dass ich hier alles selbst inszeniert habe.»

Nach wie vor konnte Samantha den Verdacht der Polizei nicht nachvollziehen. Woher nahm sie die Begründung für diese Annahme?

«Hast du das Schloss ausgewechselt?» Samantha deutete auf die Tür, die zum Treppenhaus führte.

«Der Vermieter hat Nein gesagt.»

«Warum das? Ein Schloss auszuwechseln ist nicht schwierig.»

«Ich habe angeboten, es selbst zu zahlen. Er will nicht. Er ist nicht gut auf mich zu sprechen und gibt mir die Schuld an allem. Ich sei nicht in der Position, Forderungen zu stellen, und solle froh sein, wenn er mir nicht kündigt.» Chiara setzte sich auf den Schreibtischstuhl. «Was meintest du mit ‹wie bei Josefina›? Sie hat keinen Zugang von ihrem Studio zum Keller.»

«Ich meinte bei ihr zu Hause.»

Samantha erzählte von der Grabung in dem Naturkeller in Josefinas Haus.

Chiara wurde eine Spur blasser. Sie ging zur Tür und untersuchte sie. «Eingebrochen wurde nicht. Die müssen den Schlüssel benutzt haben, den ich vermisse.»

«Daher ist es dringend notwendig, das Schloss auszuwechseln. Das würde bedeuten, hier ist insgesamt mindestens dreimal jemand eingedrungen. Die nächste Frage: Waren das die vom ersten und zweiten Einbruch, oder gab es einen weiteren Täter?» Samantha hielt inne. Was passte nicht zusammen? «Wie konnten die Einbrecher an die Schlüssel kommen, wenn es beim zweiten Mal keine Einbruchsspuren gab und sie diese beim ersten Mal nicht mitgenommen haben?»

«Mir ist eine Möglichkeit in den Sinn gekommen», sagte Chiara. «Diese kann ich aber nicht beweisen. Am Freitag war ich an der Schmuckmesse in Basel.»

«Du meinst am letzten Freitag?»

«*Sì.* Ich hatte die Meetings vor einiger Zeit abgemacht. Sie waren wichtig für mich, und ich wollte sie daher nicht absagen.

An dem Tag hatte sich allerdings auch der Servicetechniker für die Wartung der Heizung angemeldet. Die Heizung für das Haus steht in dem anderen Kellerraum.»

«Welcher Servicetechniker?»

Chiara nannte den Namen des Unternehmens. «Sie kommen jedes Jahr. Ich kenne den Techniker. Es kommt immer der Gleiche. Normalerweise bin ich im Laden, und ich offeriere ihm *un caffè*. Ich habe Gian gebeten, ihn reinzulassen.» Chiara hob den Kopf und zupfte gleichzeitig an ihrem Daumennagel. Ein Stück riss ab. Blut sickerte aus der kleinen Wunde. Sie fluchte und steckte den Finger in den Mund. «In der Regel ist die Tür nicht abgeschlossen, wenn er unten arbeitet.» Sie deutete auf die Tür zum Treppenhaus.

«Wieso benutzt er diese Tür und nicht die durch den Laden?»

«Damit er seine Ausrüstung nicht durch den Laden tragen muss, wenn ich gerade Kunden habe. Gian hat gesagt, er hat ihn durch die Hintertür reingelassen. Er war aber nicht die ganze Zeit im Laden. Dazu sah er keine Veranlassung.»

«Es könnte also jemand hereingekommen sein und die Schlüssel genommen haben, als der Servicetechniker unten war?»

Chiara nickte heftig. «Später am Freitag oder in der Nacht auf Samstag müssen sie zurückgekehrt sein.»

In Samanthas Augen war es ein zu grosser Zufall, wenn der Einbrecher zu dem Zeitpunkt in der Nähe war, als der Servicetechniker kam. Es sei denn, er hatte den Laden beobachtet. Trotzdem war das Ganze mit dem Risiko behaftet, bei der Suche überrascht zu werden.

Samantha dachte an das Gewaltpotenzial der beiden, die Chiaras Verkaufsraum verwüstet hatten. Leicht hätten sie den Servicetechniker überrumpeln können.

Sie trat an die Treppe und blickte zum Keller. Warum hatten die Einbrecher nicht direkt beim ersten Einbruch den Keller aufgesucht? Sie hatten keine Zeit, lieferte sie sich die Antwort selbst. Zum Graben mussten sie ungestört sein.

Die Grabung in Josefinas Keller.

Der Schuhabdruck in Josefinas Studio.

Dort mussten sie nicht einbrechen. Sie hatten bestimmt einen Schlüssel aus Josefinas Haus mitgehen lassen.

«Nachdem die Einbrecher das, was sie in Josefinas Keller gesucht hatten, nicht fanden, versuchten sie es in ihrem Studio», sagte Samantha. «Sie wussten nichts von dem Umbau des Erdgeschosses von einem in zwei Läden. Und auch nicht, dass es von Josefinas Kosmetikstudio keinen Zugang zum Keller gibt. Also verschafften sie sich Zugang zu deinem Atelier, um von dort in den Keller zu gelangen. Bitte ruf die Polizei und zeige ihnen die Grabung.»

Chiara blieb skeptisch. «Das klingt weit hergeholt und nach einer phantasievollen Geschichte.»

«Für mich nicht. Hast du dort unten etwas verändert?»

«An dem Steinhaufen?»

«Ja.»

«Ich habe nichts angefasst.»

«Kennst du Herrn Nussbaum?»

«Ist der von der Polizei? Mit ihm hatte ich bis jetzt keinen Kontakt.»

Samantha holte ihr Handy hervor und rief Nussbaums Namen unter den Kontakten auf. Sie notierte seine Handynummer auf einem Post-it und reichte diesen Chiara. «Ruf ihn an und sag ihm, du hättest seine Telefonnummer von mir.»

«Okay, das werde ich machen.»

«Versprochen?»

«Versprochen.»

***

Samantha stellte die Teetasse auf das Glastischchen und liess sich auf das Sofa fallen. Nachdem sie bei Chiara gewesen war, hatte sie keine Lust mehr gehabt, nach Lenzburg zu fahren. Sie würde das morgen Abend machen und Joel bitten mitzukommen. Sie nahm das Buch, das sie gestern angefangen hatte.

Es würde einige Zeit dauern, bis Joel nach Hause kam. Vorhin hatte er eine WhatsApp-Nachricht geschrieben, sie hätten erst mit dem Hauptgang angefangen.

Samantha hob die Füsse auf das Sofa und schlug den Krimi auf. Sie hatte gerade eine Seite gelesen, als es an der Tür klingelte. Samantha war versucht, sich in ihrem gemütlichen Abend nicht stören zu lassen und nicht an die Tür zu gehen. Es klingelte ein zweites Mal.

Okay, wenn es sein muss, dachte sie und stand auf. Ihr Missfallen wegen der Störung schlug in Überraschung um, als sie die Person erkannte, die vor der Tür wartete.

«Chiara?»

«Entschuldige bitte die Störung. Ist Joel da?»

«Er hat ein Geschäftsessen.»

«*Merda!*» Chiaras Verzweiflung war deutlich.

«Ich fürchte, telefonisch ist er nicht erreichbar. Kann ich dir helfen?»

«Hast du einen Spaten oder eine Schaufel, die ich mir ausleihen kann?»

«Ja, klar.» Wieso in aller Welt kam Chiara zu ihnen und fragte nach einer Schaufel?

«Ich möchte erst selbst nachschauen, was in dem Keller vergraben ist, bevor ich die Polizei verständige.»

«Du vernichtest damit Spuren, was den Ermittlern nicht passen dürfte.»

«Sie dürften ebenfalls nicht begeistert sein, wenn sie eine Leiche ausgraben.»

Eine Leiche? Daran hatte Samantha bisher nicht gedacht. Sie hatte keine Überlegungen angestellt, was die Einbrecher bei Chiara gesucht hatten.

«Und ich möchte nicht, dass sie eine finden. Das würde meine Probleme um einiges vergrössern», fuhr Chiara fort.

Eine Leiche im Keller. Wie abgedroschen das klang. Richtig klischeehaft. Gleichzeitig fragte Samantha sich, ob das nicht hätte bemerkt werden müssen. Früher oder später musste es übel riechen.

Sie erinnerte sich an die tote Katze in ihrem Garten. Sie hatten letztes Jahr auf der Terrasse gesessen, als dieser üble Geruch zu ihnen geweht war. Zunächst hatten sie ihn nicht einordnen können, bis Joel auf die Idee kam, es rieche nach Aas. Wie sich später herausstellte, handelte es sich um die Katze, die den Leuten drei Häuser weiter gehört hatte. Sie war angefahren worden und hatte sich in ihren Garten unter den Busch geschleppt. Dort war sie gestorben.

«Eine Leiche wird es kaum sein», sagte Samantha mit belegter Stimme.

«Wieso nicht?»

«Eine Leiche wieder ausgraben, das macht keinen Sinn. Ausserdem müsste es stinken.»

«Es kommt darauf an, wie lange sie dort liegt. Es könnten nur die Knochen übrig geblieben sein. Der Boden ist trocken, und sie sind konserviert worden.»

Stimmte das? Samantha hatte keine Ahnung, wie Verwesungsprozesse unter verschiedenen Bedingungen abliefen. Aber sie hatte das Gefühl, Chiaras Annahme sei falsch. Falls nur Knochen übrig waren, hätten Chiaras Vorgänger den Verwesungsgeruch bemerkt. Es sei denn, die Leiche war gut verpackt. Ein Schauer durchlief Samanthas Körper.

Hatten Chiaras Vormieter die Leiche dort versteckt? Bevor der Laden unterteilt worden war und Chiara ihn übernommen hatte, war es eine Metzgerei gewesen. Wie passend, dachte Samantha.

«Ich bleibe dabei, du solltest das den Fachleuten überlassen», sagte sie mit Nachdruck.

Chiara schüttelte heftig den Kopf, und ihre schwarzen Locken wirbelten herum. In ihren Augen glänzten Tränen. «Du musst nicht mitkommen. Ich brauche nur eine Schaufel.»

Worauf lässt du dich ein, fragte Samantha sich, als sie sich auf den Beifahrersitz von Chiaras Wagen setzte. Wider besseres Wissen hatte sie sich dazu durchgerungen, Chiara zu begleiten.

«Am besten, du filmst das Ganze, damit die Beamten wissen, was wir gemacht haben», hatte Chiara gesagt. Ihre Erleichterung war überdeutlich gewesen.

So eine Schwachsinnsidee, dachte Samantha und schnallte sich an. Chiara fuhr rückwärts aus der Einfahrt und folgte der

Seltisbergerstrasse bergab. Sie überquerten die Bahnlinie und folgten weiter der Burgstrasse. Samantha war erstaunt, als Chiara geradeaus durch das Törli fuhr.

«Ist hier nicht Fahrverbot?»

«Ich habe eine Zufahrtsbewilligung.» Chiara hielt vor ihrem Schmuckladen an. «Warte, bis ich aufgeschlossen habe. Die Leute sollen sich nicht wundern, warum ich mit einem Spaten vor dem Laden rumstehe.»

Nachdem sie die Tür geöffnet hatte, klappte sie den Kofferraum auf und deutete auf den Spaten. Samantha schaute sich um, nahm die Schaufel und lief in den Laden. Chiara schloss die Tür ab. «Komm», sagte sie.

Widerwillig folgte Samantha ihr in den Keller. Bei dem Gedanken, einen Toten auszugraben, wurde ihr schlecht.

«Am besten stellst du dich hierhin», sagte Chiara und deutete auf die gegenüberliegende Seite.

«Möchtest du wirklich selbst graben?», unternahm Samantha einen neuen Versuch, sie von ihrem Vorhaben abzubringen.

«Ja.» Entschlossen stemmte Chiara den Spaten in den Boden. «Uff, ist das hart.»

«Wenn hier etwas versteckt wäre, wäre der Boden lockerer.» Sollte es am Ende so einfach sein, Chiara vom Graben abzuhalten?

«Vergiss das Filmen nicht.»

Samantha hob das Handy. Chiara stocherte an verschiedenen Stellen in den festgestampften Lehm.

«Siehst du, alles ist steinhart», versuchte Samantha nochmals, Chiara zu überzeugen, die Suche einzustellen. «Hier ist nichts vergraben.»

Kaum hatte sie das gesagt, glitt der Spaten in der freigelegten Fläche unerwartet leicht in den Boden. Sogar Chiara schien überrascht.

«Der Boden ist hier in der Mitte richtig locker», flüsterte sie. «Hier muss was sein.»

Es klang triumphierend. Hoffentlich bemerkten das die Polizeibeamten nicht, die gegebenenfalls diese Aufnahme anschauten.

Chiara schaufelte die Erde auf die Seite. Ihre Locken klebten am schweissnassen Kopf. Samantha war versucht, sie zu fragen, ob sie sie ablösen sollte. Der Gedanke, diejenige zu sein, die mit dem Spaten auf Leichenteile stiess, hielt sie davon ab.

«Wie tief möchtest du graben?», fragte sie, als Chiara geschätzte zehn Zentimeter hatte.

«Keine Ahnung. Auf jeden Fall noch ein Stück tiefer.»

Samantha überlegte, wie weit sie gebuddelt hätte, um etwas zu verstecken. Bestimmt nicht allzu tief. Der grobe Kies wäre die ideale Tarnung.

Die Chancen stiegen, dass sich hier nichts befand. Inzwischen musste Chiara zwanzig Zentimeter tief sein.

Samantha wollte sie erneut bitten aufzuhören, als Chiara einen Schrei ausstiess.

«Hier ist was.»

Sie kniete sich hin und wischte mit der Hand durch die aufgelockerte Erde. Bei dem Anblick drehte Samanthas Magen sich um, und sie konnte nur knapp den Würgereiz unterdrücken. Die Vorstellung, Chiara würde eine Leiche mit blossen Händen berühren, liess ihre Knie weich werden.

Sie bemühte sich, das Handy weiterhin so zu halten, dass man sehen konnte, was Chiara fand.

«Ein Beutel?», stiess Samantha aus, als sie braunen Stoff erblickte. Die Leiche oder deren Überreste waren in einem Stoffbeutel verpackt? So gross sah dieser Beutel nicht aus.

Chiara zerrte und kippte im gleichen Augenblick nach hinten. Ein kleiner Beutel landete auf ihrem Bauch.

Der war definitiv zu klein, um einen Toten zu beinhalten. Es sei denn, es handelte sich um einen Körperteil wie eine Hand oder einzelne Knochen.

Chiara rappelte sich auf und rieb sich den Kopf, mit dem sie auf dem Steinhaufen gelandet war. «Der ist für seine Grösse recht schwer», sagte sie und wog den Sack in der Hand. Ein metallenes Klirren war zu hören.

«Lass uns oben nachschauen, was drin ist», sagte sie und sprach damit Samantha aus dem Herzen.

Bevor sie Chiara folgte, schaute Samantha in die kleine ausgehobene Grube. Mehr lag nicht darin.

Sie ging zu Chiara, die vor ihrem Arbeitstisch stand. Chiara schob ihr Werkzeug zur Seite und klopfte die Erde vom Sack.

«Okay?», fragte sie.

«Okay», krächzte Samantha.

Dabei war nichts in Ordnung. Sie wollte nicht sehen, wie ein Leichenteil auf den Tisch purzelte. Am liebsten hätte sie die Augen zusammengepresst, was ihr nicht gelang. Gebannt schaute sie auf den Sack, den Chiara ausschüttelte.

Ein Laut des Erstaunens drang über ihre Lippen. «Schmuck? Du hast in deinem Keller Schmuck vergraben?»

Chiara war offenbar ähnlich perplex. «Nicht ich.»

Sie strich vorsichtig das Durcheinander an Ketten, Armreifen, Ohr- und Fingerringen auseinander.

«Wahnsinn», stiess sie hervor.

«Ist das alles echt?», fragte Samantha.

Chiara hob einzelne Stücke hoch. «Ja, es ist echtes Gold. Das sind Rubine und Diamanten. Diese rosa- und cognacfarbenen Steine sind ebenfalls Diamanten.»

«Rosa und braune Diamanten?», fragte Samantha. «Ich habe nicht gewusst, dass es so etwas gibt.»

«Man findet diese in Australien, und die rosafarbenen kommen in Indien vor. Und das da sind Opale.» Sie deutete nacheinander auf Kettenanhänger und Ringe. «Boulder, weisser und schwarzer Opal.» Sie hob den Kopf. «Die sind ein Vermögen wert. Unbezahlbar das alles.»

«Woher stammt das? Ein Kunstraub aus einem Museum?»

«Nein, das ist heutiger Schmuck. Hätte ich geahnt, was ich für einen Schatz in meinem Keller habe … Unglaublich! Die Person, die diesen Schmuck hergestellt hat, hat ihr Handwerk verstanden. Es ist erstklassige Goldschmiedearbeit.»

Samantha nahm einen Kettenanhänger mit einem weissen Opal in die Hand. Der Stein hatte einen Durchmesser von ungefähr drei Zentimetern und schillerte in verschiedenen Farben.

«War einer deiner Vormieter ebenfalls Goldschmied?»

«Nein, der letzte war Metzger. Davor war es eine Papeterie, glaube ich. Aber nicht lange. Was davor in dem Laden war, weiss ich nicht.» Ehrfürchtig legte Chiara die Kette zurück.

«Diese Colliers würde ich nicht anziehen», sagte Samantha. «Die sind mir zu klobig.»

«Stimmt, schlicht ist das nicht gerade.»

«Warum ist das in deinem Keller vergraben?», fragte Samantha. «Wenn das nicht aus einem Museum stammt, woher dann? Ich erinnere mich an keinen Schmuckraub.»

«Ich auch nicht.»

«Oder hat der Dieb die Schmuckstücke nacheinander – also von verschiedenen Personen – gestohlen, gesammelt und hier vergraben? An eine solche Einbruchsserie mag ich mich auch nicht erinnern.»

«Ich … warte mal.»

Chiara klappte den Laptop auf, der am Rand des Arbeitstisches stand. Sie öffnete Google und gab mehrere Begriffe in die Suchmaske ein, die Samantha aus der Entfernung nicht sehen konnte. Sie fuhr mit dem Cursor über die einzelnen Links, fand aber nicht das, was sie suchte, gab neue Begriffe ein und klickte auf einen Link in der neuen Auflistung.

«Hier, das liegt fünfzehn Jahre zurück.» Sie schob Samantha den Laptop hin.

Samantha las den angezeigten Artikel.

Brutaler Mord an Genfer Goldschmied

In der Nacht auf Samstag kam es zu einem Raubüberfall auf einen Genfer Juwelier. F. G. hatte den Auftrag eines Mitgliedes der saudischen Königsfamilie erhalten, für seine Tochter zur Hochzeit eine Schmuckkollektion zu fertigen. Die Ware sollte am Samstag abgeholt werden. Die Diebe müssen in den späten Abendstunden vom Freitag in das Juweliergeschäft eingedrungen sein, wie es aus Polizeikreisen heisst. Man vermutet, das Opfer wurde gezwungen, den Tresor zu öffnen. Anschliessend töteten sie F. G. und ent-

kamen unerkannt. Von dem Schmuck mit einem Wert im siebenstelligen Bereich fehlt jede Spur.

«Du meinst, das stammt aus diesem Raub?», fragte Samantha.

«Eindeutig. Das ist dieses Collier.» Chiara hob ein Schmuckstück hoch und deutete auf ein Foto auf dem Bildschirm, das neben dem Zeitungsbericht abgebildet war. «Falls Zweifel bestehen, kann man das mit der Verantwortlichkeitsmarke feststellen.» Chiara wies auf einen Stempel.

Samantha war froh zu sitzen. «Ich erinnere mich nicht an den Raub», flüsterte sie.

«Ich schon. Ich war seit einem Jahr in Liestal und besuchte die Oberstufe. Es gab kein anderes Thema an der Schule.»

«Und nun?», fragte Samantha nach einer Weile.

«Keine Ahnung.»

«Wir müssen die Polizei verständigen.»

«Die denken, ich –»

«So ein Blödsinn!», rief Samantha. «Wie alt warst du damals? Fünfzehn?»

Chiara senkte den Kopf. Samantha machte einige Fotos und schickte sie per WhatsApp an Nussbaum. Er war in dieser Angelegenheit nicht der richtige Ansprechpartner, aber ihm traute sie am ehesten zu, richtig zu handeln. Besonders nach den Erfahrungen, die Chiara geschildert hatte. Sie schickte ihm den Link zu dem Artikel, den Chiara ihr zum Lesen gegeben hatte. *Das haben wir im Keller von Chiaras Goldstube gefunden*, fügte sie an. *Bitte kommen Sie schnell.*

Sie starrte die Nachricht an. Zu dem einzelnen grauen Häkchen gesellte sich ein zweites. Sie konnten nicht warten, bis er die Nachricht las.

Sie hielt das Handy ans Ohr und lauschte dem Freizeichen. Nach dem fünften schaltete sich die Combox ein. Samantha legte auf und fluchte. Sie wählte erneut. Wieder kam die Meldung, der Teilnehmer sei zurzeit nicht erreichbar.

Samantha bat um Rückruf, verwies auf die WhatsApp-Nachricht und fügte ein «Es ist dringend» an.

«Was machen wir jetzt?», fragte Chiara.

«Warten.»

Schweigend betrachteten sie die Schmuckstücke. Chiara nahm eins, inspizierte es von allen Seiten, legte es zurück und nahm ein neues.

Samantha versuchte es erneut bei Nussbaum. Er nahm das Telefon auch dieses Mal nicht ab.

«Was machen wir, wenn er nicht zurückruft?», fragte Samantha.

Sie schielte zur Wanduhr. Kurz vor zweiundzwanzig Uhr. Joel hatte vor fünf Minuten eine WhatsApp geschickt, gleich abzufahren und in ungefähr einer halben Stunde zu Hause zu sein.

«Keine Ahnung», antwortete Chiara.

«Die ganze Nacht können wir schlecht hier sitzen bleiben.»

«Du hast recht. Das macht keinen Sinn. Ich lege den Schmuck in meinen Tresor.»

«Gute Idee.» Samantha schob einige Schmuckstücke zurück in den Beutel, als ihr in den Sinn kam, die Sachen besser nicht anzufassen. Dafür war es allerdings zu spät, da sie genau das bereits getan hatten.

«Nicht», sagte Chiara. «Ich hole Schachteln.» Sie ging zur Tür, die zur Rathausstrasse führte. Sie spähte nach links und rechts. «Keiner in Sicht. Ich hole die Schachteln, die ich in meinem Büro habe.» Sie deutete Richtung Nebenraum. «Wir versorgen alles und gehen nach Hause.» Sie öffnete die Tür zum Hinterraum, die sie geschlossen hatte, als sie mit dem Schmuck aus dem Keller gekommen waren. Gleich darauf taumelte sie rückwärts. In dem Türrahmen stand eine maskierte Gestalt, die sich im selben Augenblick auf Chiara stürzte.

«Samantha, raus hier!», brüllte Chiara und setzte zu einem Tritt und einem Schlag an. Die Gestalt reagierte und fing die Attacke gekonnt ab. Gleich darauf versetzte sie Chiara einen Schlag mit der Handkante gegen den Hals. Chiara strauchelte nach hinten. Mit dem Fuss fegte der Maskierte ihre Beine weg, und Chiara stürzte zu Boden. Hart schlug sie auf und blieb regungslos liegen.

Bevor Samantha aufspringen konnte, hatte der Angreifer sie

gepackt und ihre Arme auf den Rücken gedreht. Gleich darauf spürte sie einen scharfen Gegenstand an ihrem Hals.

«Mach nichts Falsches, sonst bist du tot.» Kaltes Metall drückte gegen Samanthas Hals. Ein Messer. Wie erstarrt blieb sie stehen.

Eine zweite vermummte Person tauchte aus dem Nebenraum auf. Sie betrachtete die Schmuckstücke auf dem Tisch. Ihre Augen wanderten zu Samantha.

Hellblaue Augen. Der Mann aus Joels Garten. Allerdings kam ihr die Person heute nicht so massig wie gestern vor. Kein Mann, sondern eine gut durchtrainierte Frau.

«Wie schön», sagte sie. Das war definitiv die Stimme einer Frau. «Ihr habt uns unsere Arbeit abgenommen. Und ein Auto habt ihr uns zusätzlich bereitgestellt. Sehr zuvorkommend.» Sie deutete zu Chiaras Wagen vor dem Laden.

«Wo ist der Schlüssel?», fragte die Gestalt, die Samantha festhielt. Das war eindeutig ein Mann.

«Keine Ahnung.»

Das Messer drückte fester gegen Samanthas Hals.

«Es ist ihr Auto. Ich weiss nicht, wo sie den Schlüssel hat.»

Samanthas Augen huschten zur Seite. Konnte man sie von der Strasse sehen? Sie waren halb durch den grossen Tisch und die Theke abgedeckt, und nur im hinteren Teil des Raumes brannte Licht. Ein zufälliger Passant würde nicht bemerken, was hier geschah, wenn er einen kurzen Blick ins Innere warf.

«Durchsuch sie», herrschte der Mann seine Kollegin an, die gleich der Aufforderung nachkam, Chiara umdrehte und absuchte. «Kein Schlüssel.»

«Lügst du uns an?» Er presste Samantha gegen sich. Hände strichen über ihren Körper und tasteten die Hosentaschen ab. Sie glitten an der Seite hoch, strichen nach vorne und verharrten an Samanthas Brust.

Bitte nicht, flehte Samantha im Stillen und konnte es nicht verhindern, dass Tränen in ihre Augen traten.

«Was machst du da?» Die Frau war aufgestanden. «Das darf doch nicht wahr sein!»

«Ich suche sie ab, ob sie den Schlüssel hat.»

«Danach sieht das nicht aus. Dort wird sie ihn nicht versteckt haben.»

«Woher willst du das wissen? Ein BH ist ein ideales Versteck.»

«Für einen Autoschlüssel? Auf so eine Idee können nur Männer kommen. Du kannst später zurückkommen und mit ihr machen, was du willst, bevor ...» Sie fuhr mit der Hand über ihre Kehle.

«Du bringst mich auf Ideen. Wir fesseln sie und sperren sie unten ein.»

Die Frau griff nach dem Paketband, das auf dem Arbeitstisch lag, und schnitt ein Stück ab, bevor sie es ihrem Kollegen reichte. Er wickelte es um Samanthas Handgelenke und nahm das neue Stück, das die Frau ihm reichte, mit dem er Samanthas Mund zuklebte.

Anschliessend dirigierte er Samantha in den Keller und stiess sie in den Naturkeller. Kurze Zeit später erschien die Frau. Sie trug Chiara über den Schultern, was ihr keine Mühe zu bereiten schien. Sie liess Chiara unsanft auf den Boden fallen.

«Ich komme zurück», sagte der Mann, während er Samanthas Fussknöchel mit dem Paketband umwickelte.

Die Tür flog zu. Das Drehen eines Schlüssels. Schritte und Gelächter, das sich entfernte.

***

Samantha hatte sich aufgerappelt und sass gegen die Wand gelehnt. Wie viel Zeit vergangen war, seit die beiden sie eingesperrt hatten, konnte Samantha nicht sagen. Gefühlt waren es mehrere Stunden. Aber in ihrer Situation konnten sich Minuten zu Stunden ausdehnen. Chiara hatte sich nicht gerührt.

Sie lag halb auf der Seite mit auf dem Rücken gefesselten Händen. Das Gesicht war Samantha zugewandt, die Augen waren nach wie vor geschlossen. Auf ihrem Mund klebte das gleiche braune Paketband wie auf Samanthas.

Deutlich sah Samantha die Szene vor sich und fragte sich,

warum Chiara den Mann angegriffen hatte. Sie musste auf das Überraschungsmoment vertraut haben, da er vermutlich nicht damit gerechnet hatte, sie werde auf ihn losgehen. Um welche Kampfsportkunst es sich dabei gehandelt hatte, konnte Samantha nicht sagen.

Chiaras Plan war aber nicht aufgegangen, da er den Angriff gekontert hatte. Wieso hätte Chiara damit rechnen sollen, einen anderen Kampfsportler vor sich zu haben?

Samantha fragte sich, ob Chiara noch lebte. Wo hatte er sie getroffen? Am Kehlkopf? Samantha versuchte auszumachen, ob Chiara atmete.

Sosehr sie sich anstrengte, sie konnte kein Heben oder Senken der Brust erkennen. Neue Tränen traten in ihre Augen. Hör auf, dachte sie. Wenn du heulst, verstopft die Nase, und du bekommst keine Luft mehr und erstickst.

Dabei wäre es egal. Früher oder später würde sie sterben.

Die Panik überschlug sich beinahe bei dem Gedanken an das, was sie erwartete.

Frau und Mann. Denk nach. In welcher Beziehung standen die beiden zueinander? Offenbar waren sie kein Paar, sondern eine Zweckgemeinschaft.

Die Stimme der Frau kam ihr rückblickend bekannt vor. Das Gleiche galt für die des Mannes. Sie musste ihm einmal begegnet sein. Nur wann und wo? Samantha konnte den Stimmen keine Personen zuordnen, die sie kannte.

Diese hellblauen Augen der Frau. Sie waren im Gegensatz zu den blaugrauen des Mannes ein Hinweis und hätten ihr nachhaltig in Erinnerung bleiben müssen. Auch bei einem flüchtigen Kontakt. Oder war sie ihnen nur einmal begegnet? Aber wo?

Es ist egal, dachte sie. Wenn sie das wüsste, würde es ihre Situation nicht ändern.

Samantha starrte auf die ausgehobene Grube und zwang ihre Gedanken in eine andere Richtung, landete aber wieder bei den beiden maskierten Personen.

Waren sie die Räuber von Genf vor fünfzehn Jahren? Die Stimmen hatten nicht so alt geklungen. Konnte man anhand von

Stimmen das Alter feststellen? Bei Kindern funktionierte das. Aber bei einem Erwachsenen?

Ein älterer Mann war genauso in der Lage, Kampfsport zu trainieren wie ein jüngerer. Warum hatten sie so lange gewartet, bis sie nach dem Schmuck suchten? Waren die beiden im Gefängnis gewesen?

Gefängnis ... Polizei ... Wo blieb Nussbaum?

Inzwischen musste er die Nachricht gesehen haben. Oder hatte er beschlossen, am heutigen Abend das Handy ausser Reichweite zu legen? Wenn er morgen früh draufschaute, war es zu spät.

Eine neue Panikattacke rollte über Samantha hinweg. Warum hatte sie Joel nicht geschrieben, was sie und Chiara vorhatten? Weil sie davon ausgegangen war, wieder zu Hause zu sein, wenn er heimkehrte, beantwortete sie sich die Frage selbst.

Joel. Er würde sich auf die Suche nach Samantha machen, wenn er sie zu Hause nicht antraf. Was nützte das? Nichts, da er nicht wusste, wo sie hingefahren war. Würde er Nussbaum kontaktieren? Das würde nichts bringen, wenn Nussbaum wie bei Samantha den Anruf nicht entgegennahm.

Hör auf damit. Diese Überlegungen brachten nichts und steigerten höchstens ihre Panik.

Chiara hatte sich weiterhin nicht gerührt. Samanthas Blick driftete zu den Regalen, auf denen Wasserflaschen standen. Ihr Mund war trocken. Durst. Was würde sie darum geben, einen Schluck trinken zu können.

Samantha lehnte den Kopf gegen die Wand und schloss die Augen. Sie drängte ihre Gedanken von den Flaschen weg und landete erneut bei den Stimmen der Maskierten.

Die Frau hatte Baselbieter Dialekt gesprochen. Inzwischen kannte sie viele Leute aus Liestal und Umgebung. Angefangen mit ihren Kollegen bei Amry Cosmetics.

In Gedanken ging sie ihre Kollegen durch. Emma schied aus. Sie war klein und pummelig und sprach Hochdeutsch. Jasmin hatte einen sportlichen Körperbau. Ihre Augen waren blau. Aber so hell? Die dunkle Maske konnte die Augenfarbe heller erscheinen lassen. Welchen Grund sollte sie für die Suche nach dem Schatz haben? War sie knapp bei Kasse?

Wie sah es bei den Männern aus? Dominik machte Kampfsport, aber er hatte braune Augen. David hätte eher einen Grund. Er hatte blaue Augen. Er war mit Dominik im gleichen Verein. Fazit, er würde wie Jasmin vom Äusseren passen.

Trotzdem war sich Samantha sicher, dass der maskierte Mann nicht David war. Die Stimme war zu tief gewesen.

Ein Stöhnen zog Samanthas Aufmerksamkeit auf sich. Chiara? Sie hatte sich nicht gerührt. Unverwandt schaute Samantha sie an. Stille. Nur ihr eigener Atem war zu hören.

Auf einmal öffnete Chiara ein Auge und stöhnte ein weiteres Mal. Die Erleichterung, die Samantha durchströmte, verpuffte gleich wieder.

Für Chiara wäre es besser gewesen, weiter bewusstlos zu sein, wenn die beiden zurückkehrten. Würde sie weiterhin regungslos im Raum liegen, bestand die Chance, dass das Verbrecherpaar sie für tot hielt.

Chiara versuchte zu sprechen, aber das Klebeband auf ihrem Mund hinderte sie daran. Die Panik in ihren Augen war überdeutlich.

Ein Geräusch vor der Tür zog Samanthas Aufmerksamkeit auf sich. Da draussen war jemand. Sie horchte, hörte aber nichts mehr. Wenn sie wenigstens in der Lage wäre, zu rufen.

Würde man sie überhaupt hören? Vermutlich nur, wenn die Person im Laden war.

Waren das Schritte über ihnen? Nussbaum und seine Kollegen?

Oder waren die Räuber zurück? Samantha zitterte, und kalter Schweiss brach aus.

Die Zeit verstrich. Niemand kam. Samantha bemühte sich vergebens, zu entspannen. Früher oder später würde zumindest er zurückkehren.

Samantha verlor das Gleichgewicht, als sie versuchte, ihre Position zu ändern. Sie schlug mit dem Kopf auf den Steinen auf.

Ein Schmerz schoss wie die Druckwelle einer Explosion durch ihren Kopf. Es dauerte eine Ewigkeit, bis das Pochen abebbte. Sie blinzelte. Ihre Augen waren auf der gleichen Höhe wie Chiaras.

Chiara hatte beide Augen geöffnet, und Samantha las die nackte Angst in ihnen.

Samantha wollte sich aufrappeln, was nicht gelang. Ihr rechter Arm, auf dem sie lag, war taub. Sie liess sich nach vorne kippen. Steine drückten in ihre Wange. Dafür entlastete es den Arm. Er begann zu kribbeln. Samantha wälzte sich ganz auf den Bauch und zog die Beine an. Nach mehreren Versuchen schaffte sie es, die Knie unter den Körper zu ziehen und den Oberkörper aufzurichten. Die Steine stachen in die Knie, und Samantha liess sich auf ihr Gesäss plumpsen. Dabei schlug sie mit dem Kopf gegen die Wand. Für einen Moment verschwamm alles vor ihren Augen, und erneut schoss Schmerz durch ihren Kopf.

Chiara schaute sie weiter an. Wenn sie wenigstens miteinander sprechen könnten. Es würde ihre Situation nicht verbessen, aber sie ablenken und eventuell beruhigen.

Das Geräusch des Schlüssels im Schloss. Samanthas Puls schnellte nach oben.

Der Mann betrat den Raum und stellte sich breitbeinig vor der Tür hin. Die Maske verdeckte bis auf seine Augen das Gesicht. Die Augen wurden zu schmalen Schlitzen.

Als Nächstes erkannte sie das Messer in seiner Hand. Es sah wie das Tranchiermesser ihres Metzgers aus.

Mit der flachen Seite der Klinge schlug er in seine Handinnenfläche.

«Nun werden wir zwei Spass haben, meine Hübsche.» Er stieg über Chiara, die er bisher keines Blickes gewürdigt hatte. Ging er davon aus, sie sei weiterhin bewusstlos oder sogar tot?

Er kniete sich vor Samantha hin. Trotz der Maske konnte sie erkennen, wie er sich über die Lippen leckte.

«Vorher machen wir etwas anderes.»

Die Hand schnellte vor und umfasste Samanthas Brust. Grob knetete er sie. Samantha versuchte, zur Seite zu rutschen.

«Du wirst deinen Spass haben.»

Als er nach dem Messer griff, konnte Samantha hinter ihm Chiara erkennen. Ihre Augen waren vor Schreck geweitet.

Mit einer schnellen Bewegung schnitt er das Paketband durch, mit dem Samanthas Füsse gefesselt waren.

Er warf das Messer auf die Seite und riss Samanthas Bluse auf. Samantha stiess sich mit den Füssen ab und versuchte, von ihm wegzurutschen. Sie trat nach ihm, als er ihr folgte und sich über sie beugte.

Geschickt wich er den Tritten aus. «Eine kleine exotische Wildkatze», sagte er und warf sich auf sie.

Die gefesselten Hände wurden zwischen ihrem Rücken und den Steinen eingeklemmt. Er zerrte an ihrem Gürtel. Samantha wand sich und strampelte, aber sie konnte sein Gewicht nicht abschütteln.

Unverhofft liess er von ihr ab und stand auf. Breitbeinig stellte er sich vor sie und liess seinen Blick über ihren Körper gleiten. Als er sich erneut zu ihr hinunterbeugte, umfasste ihn ein Arm von hinten, und er wurde zur Seite geschleudert.

Ihm gelang es, sich zu befreien, und er wollte sich auf den Angreifer stürzen.

Chiara, die nach wie vor auf der Seite lag, streckte ihre Beine und traf ihn schräg an der Wade. Die Beine knickten ein, und er stürzte zwischen sie. Sofort warf sich ein Mann auf ihn und drehte seine Hände auf den Rücken.

Samantha brauchte einige Sekunden, bis sie Nussbaum erkannte.

Samantha kauerte benommen auf Chiaras Bürostuhl. Neben ihr sass Chiara. Sie hatte sich neben ihrem Schreibtisch in ihrem Büro an die Wand gelehnt. Ihr Gesicht war aschfahl.

Nussbaum tastete vorsichtig über ihren Hinterkopf. Blut konnte Samantha keines erkennen, was sie erstaunte. Bei der Wucht, mit der Chiaras Kopf auf den Boden geprallt war, hätte es eine Platzwunde geben müssen.

«Das ist eine rechte Beule», sagte er. «Das sollte sich ein Arzt anschauen. Ich rufe die Ambulanz. Und die Kollegen, damit sie ihn abholen.» Er deutete auf den Mann, den er mit Handschellen an das Gestell gefesselt hatte.

Er trug weiterhin die Maske. Die Augen funkelten Samantha zornig an. Unweigerlich zog sie Nussbaums Jacke, die er ihr gegeben hatte, fester um die Schultern, da ihre Bluse zerrissen war.

«Bevor die Kollegen hier sind, will ich wissen, mit wem ich die Ehre habe», sagte Nussbaum, nachdem er die Anrufe getätigt hatte. Er stand auf und riss dem Mann die Maske vom Kopf.

Samantha stiess einen Laut der Überraschung aus.

«Wenn ich das richtig deute, kennen Sie den Mann.»

«Ich bin ihm einmal in Lenzburg begegnet», brachte Samantha hervor und überlegte fieberhaft, wie der Mann geheissen hatte, der sie spontan zu Kaffee und Rüeblitorte eingeladen hatte.

Im gleichen Augenblick kam ihr die Eselsbrücke in den Sinn, die er ihr gegeben hatte. «Rolf, Ihr edler Ritter.»

«Was ist … Scheisse!»

Eine blonde Frau war im Türrahmen aufgetaucht. Sie wirbelte herum. Nussbaum sprang auf. Er erwischte ihren Arm, doch sie zog ihn aus dem Raum.

Aus Chiaras Geschäftsbereich drang Tumult, begleitet von derben Flüchen, in den Raum. Kurze Zeit später erschien Nussbaum mit der Frau, die er vor sich herschob. Bei jedem Versuch, sich zu befreien, drückte er ihre auf den Rücken gedrehten Hände nach oben.

«Sag kein Wort», herrschte Rolf sie an.

«Offenbar kennen die Herrschaften sich», sagte Nussbaum.

Rolf schwieg.

«Kennen Sie die Frau?», wandte Nussbaum sich an Samantha.

«Ich glaube, ich bin ihr einmal begegnet, aber ich weiss nicht mehr, wo. Warten Sie, es war in –»

Erschrocken brach Samantha ab, als zwei Männer den Raum betraten. Auf den zweiten Blick erkannte sie, dass es sich um Polizeibeamte handelte.

NEUNZEHN

Samantha sprühte Glasreiniger auf die Vitrine und wischte die Fingerabdrücke fort. Joel schob ein Regal an die Wand, und Chiara schaltete den Staubsauger aus.

«Wie neu», sagte Joel.

«Schöner als vorher», fügte Samantha an.

«Der Wiedereröffnung morgen steht nichts mehr im Weg.» Joel verliess das Geschäft und kehrte mit einer Kiste Sektgläser zurück, die er in Chiaras Büro stellte.

Samantha und Chiara holten Chips und Nüsse aus Chiaras Wagen, der vor dem Geschäft stand, und legten sie neben die Gläser.

«Ohne euch hätte ich es nie geschafft», sagte Chiara und stellte Prosecco in den Kühlschrank.

«So viel haben wir nicht gemacht.» Joel inspizierte die neue Kaffeemaschine.

«Ihr habt heute extra freigenommen.»

«Wir haben unser Wochenende verlängert.»

«Das meine ich.»

Joel hatte offenbar den Knopf zum Einschalten gefunden, und die Maschine erwachte zischend zum Leben. «Darf ich?»

«Natürlich. Aber lass mich das übernehmen.»

Im Verkaufsraum meldeten die Glöckchen an der Tür, dass jemand das Geschäft betreten hatte.

«Habt ihr nicht abgeschlossen?», flüsterte Chiara.

Anstelle zu antworten, ging Joel nach vorne.

«Es ist nur Herr Nussbaum», rief er.

Chiaras Aufatmen war deutlich zu hören. «Wann werde ich nicht mehr jedes Mal denken, es könnte einen Überfall geben?»

«Mit der Zeit wird das aufhören.» Samantha berührte ihren Arm. «Komm.»

«Es ist schön geworden», sagte Nussbaum, nachdem er allen die Hand gereicht hatte. «Haben Sie einen Augenblick Zeit?»

Chiara wies auf das runde Tischchen, das vor dem Schaufenster stand.

Samantha und Joel setzten sich.

«Ich dachte, Sie möchten gerne erfahren, was es mit allem auf sich hat», sagte Nussbaum.

Chiara nickte.

«Angefangen hat es mit dem Überfall auf den Juwelier in Genf. Sie hatten mir den Link zu dem Zeitungsartikel geschickt», sagte Nussbaum zu Samantha. «Fabrice Girard hatte damals den Auftrag erhalten, den Schmuck für die Tochter eines Mitglieds der saudischen Königsfamilie herzustellen, die zwei Monate später heiraten sollte. Das war als Mitgift gedacht.»

«Damit beauftragte er einen Schweizer?», fragte Joel erstaunt.

«Soweit ich weiss, hat er regelmässig seine Ferien in Genf verbracht und war begeistert von der Stadt und der Schweiz. Bei Fabrice Girard hatte er häufig Schmuck und Uhren als Geschenke gekauft. Mit diesem Auftrag hatte Fabrice Girard den Lottogewinn gezogen. Natürlich hat er Werbung gemacht. Es gab sogar Artikel in verschiedenen Zeitungen. Aber nicht nur die Öffentlichkeit wurde darauf aufmerksam, sondern auch der Onkel von Rolf Ritter und seiner Schwester Pascale. Ritters Onkel war auch ein Juwelier und kannte Girard. Sie haben zusammen die Goldschmiedeausbildung gemacht. Als sich die Gelegenheit ergab, ein bekanntes Juweliergeschäft in Genf zu übernehmen, wollten sie sich zusammentun. Im letzten Moment hat Girard einen anderen Partner genommen und Marc Ritter über den Tisch gezogen.»

Das Klingeln seines Handys unterbrach Nussbaum. Er schaute kurz auf das Display und drückte den Anruf weg.

«Marc Ritter stammt aus Liestal», fuhr er fort. «Er kehrte zurück und versuchte hier sein Glück, scheiterte aber und stand kurz vor dem Konkurs. Als er von Girards Grossauftrag gehört hatte, sah er neben Rache die Gelegenheit, sich finanzmässig zu sanieren. Er reiste mit seinem Kollegen nach Genf und plante den Überfall bis ins kleinste Detail. Wir können nur spekulieren, weshalb es zu diesem brutalen Mord kam: Herr Girard muss ihn erkannt haben. Sie kehrten mit der Beute nach Liestal zurück. Der Zwist zwischen Marc Ritter und Girard war allgemein bekannt. Daher vergruben sie den Schmuck in seinem ehemaligen Juweliergeschäft im Naturkeller, da sie befürchteten, in den Fokus der Ermittler zu kommen.»

«Ausgerechnet in seinem Geschäft», rief Chiara. «War das nicht der erste Ort, an dem die Polizei suchen würde?»

«Nicht unbedingt», erwiderte Nussbaum.

«Häufig wird das Offensichtliche übersehen», sagte Joel.

«Richtig. So auch dieses Mal. Marc Ritters Befürchtungen bewahrheiteten sich, und der Verdacht der Ermittler fiel auf ihn. Er beschloss, sich ins Ausland abzusetzen. Sein Kollege blieb hier. Ritter gelang die Flucht. Er tauchte in Australien unter. Dort erwarb er eine Farm. Sein Kollege hingegen wurde aufgespürt. Nach einer spektakulären Verfolgungsjagd verunfallte er und verstarb.» Nussbaum räusperte sich. «Haben Sie einen Schluck zu trinken?»

«Natürlich, entschuldigen Sie bitte. Wasser? *Caffè?*»

«Ein Glas Wasser reicht.»

Chiara brachte vier Gläser mit Wasser und stellte sie auf den Tisch.

«Marc Ritter erkrankte an Krebs und nahm Kontakt mit seinem Neffen auf», fuhr Nussbaum fort, nachdem Chiara sich wieder gesetzt hatte.

«Wusste keiner von der Familie, wo er sich aufhielt?», unterbrach Joel ihn.

«Nein. Er hatte keinen Kontakt zu seiner Familie. Eine Ausnahme war sein Neffe nach der Diagnose der Krankheit. Warum er ausgerechnet an ihn herantrat, wissen wir nicht. Rolf Ritter hat sich dazu nicht geäussert. Marc Ritter war das schwarze Schaf der Familie, und er hatte den Kontakt zu seiner Familie bereits lange Zeit abgebrochen, bevor er sein Juweliergeschäft in Liestal eröffnete.»

Samantha sah Skepsis in Joels Gesicht.

«Offenbar schärfte er Rolf Ritter ein, seiner Familie nichts von der Kontaktaufnahme zu sagen. Die kryptische Botschaft war, in seinem ehemaligen Keller sei ein Schatz vergraben. Bevor sein Neffe nachfragen konnte, verstarb er. Für Rolf Ritter kam die Info mit dem Schatz zum richtigen Zeitpunkt. Er war Schreiner und hatte ein Unternehmen gegründet, das alles andere als gut lief. Er hatte Schulden und stand kurz vor dem Konkurs.»

Von wegen Versicherungsangestellter in Zürich, dachte Samantha.

«Pleitezugehen scheint in der Familie zu liegen», sagte Chiara.

Nussbaums Mundwinkel zuckten nach oben, aber er enthielt sich eines Kommentars.

«Wieso war seine Schwester mit von der Partie, wenn er keinem seiner Familie vom Schmuck erzählen durfte?», fragte Samantha.

«Gemäss Pascale Ritter hat er sich verplappert, als sie eins ihrer Geschwistertreffen machten. Pascale ist seit Längerem arbeitslos und hat nichts in Aussicht. Der Geldsegen hätte also auch ihr gutgetan, sofern es ihnen gelungen wäre, den Schmuck zu verkaufen.»

«Wie haben sie sich das vorgestellt? Ich nehme an, es ist nicht einfach, Diebesgut zu verkaufen.»

«Wie sie sich das vorgestellt haben, kann ich Ihnen nicht beantworten», erwiderte Nussbaum. «Wir haben den Schmuck in Pascales Wohnung sichergestellt.»

«Sie wollten zusammen den Schatz heben?», fragte Samantha.

«Den Geschwistern war klar, dass es sich um den Schmuck handeln musste. Sie kannten Marc Ritters Vergangenheit.»

«Woher wussten sie, wo sie suchen mussten?», fragte Joel.

«Das war das Problem. Die Angaben waren wie erwähnt kryptisch. Sie suchten daher zuerst in Ritters ehemaligem Wohnhaus.»

«In dem Josefina lebte?», ging es Samantha auf.

«Richtig. Die Familie wollte das Haus nicht behalten. Sie wollten so viel Distanz wie möglich zu Marc schaffen und mit alldem nichts zu tun haben. Daher haben sie es damals nach Marc Ritters Flucht an diese Immobilienagentur verkauft, die es vermietete.»

«Josefina musste sterben, weil sie die beiden überraschte?», folgerte Samantha.

«Genau. Als sie dort nichts fanden, beschlossen sie, im ehemaligen Laden nachzuschauen. Von dem Umbau und der Unterteilung in zwei Geschäfte wussten die beiden nichts. Der Eingang zu dem Kosmetikstudio war der ursprüngliche, und der zu Ihrem Atelier wurde nachträglich eingebaut. Vom Kosmetikstudio hatten sie keinen Zugang in den Keller, wie sie feststellen mussten. Der erste Versuch, es in Frau Tomasis Geschäft zu versuchen, war unüberlegt. Nach diesem missglückten Versuch brauchten sie einen Plan. Den Rest kennen Sie.» Er nickte Chiara zu.

Inzwischen wusste Samantha, dass ihre Vermutungen stimmten, was die Beschaffung des Schlüssels betraf, die sie mit Chiara diskutiert hatte. Rolf und Pascale hatten den Laden beobachtet und sahen die Chance, als der Servicetechniker im Keller war.

«Später konnten sie mit dem Schlüssel ungehindert in den Laden gelangen», sagte Samantha.

«So ist es. Sie beide sind ihnen mit dem Ausgraben zuvorgekommen», sagte Nussbaum. «Es tut mir leid, dass ich so spät reagiert habe. Ich hatte an dem Abend mein Handy auf lautlos gestellt und nicht mehr daraufgeschaut.»

Inzwischen wusste Samantha, dass Joel sich Sorgen gemacht hatte, als er sie nicht zu Hause angetroffen hatte. Nachdem seine Suche und die Anrufe bei Samantha erfolglos waren, versuchte er, Nussbaum zu erreichen. Nach mehreren vergeblichen Bemühungen rief er Bühler an. Dieser erreichte Nussbaum schliesslich auf dem Festnetzanschluss. Daraufhin hatte Nussbaum Samanthas Nachricht gesehen und war sofort zu Chiaras Atelier gefahren.

«Leider waren die Diebe weg, als wir ankamen. Auch war Ihr Atelier verschlossen. Alles war dunkel und machte einen ruhigen Eindruck. Daher wollten wir nicht gewaltsam in den Laden eindringen. Glücklicherweise war der Hausmeister zu Hause und liess uns rein. Einzelne Schmuckstücke lagen auf Ihrem Arbeitstisch, die die beiden offenbar übersehen hatten», wandte er sich an Chiara. «Wir gingen davon aus, die beiden hätten Sie als Geiseln mitgenommen, und haben eine Fahndung herausgegeben. Auf die Idee, Sie könnten im Keller eingesperrt sein, sind wir nicht gekommen. Zum Glück habe ich auf mein Bauchgefühl gehört und das Geschäft beobachten lassen – mit der Bitte, mich sofort zu verständigen, falls etwas Verdächtiges geschehen würde.»

Also hatte Samantha sich nicht getäuscht, als sie gemeint hatte, oben im Laden jemanden reden zu hören.

«Warum musste Josefinas Vater sterben?», fragte Joel nach einer Weile des Schweigens.

«Er traf Pascale an der Haustür an, als er die Sachen zusammensuchte, die er behalten wollte. Pascale befürchtete, ihre Erklärung, sie habe sich in der Haustür geirrt, habe er ihr nicht abgenommen. Sie wollten kein Risiko eingehen.»

«So viel Brutalität», sagte Samantha fassungslos. Sie griff nach Joels Hand. «Warum war mein Autoschlüssel in der Wohnung von Herrn Dobler?»

«Sie hatten Pascale beim Eierläset getroffen. Später sind Sie mit Pascale und ihren Eltern zum Eieressen gegangen. Dort war der Mord an Josefina Dobler eins der Themen. Und auch, wie Sie Kurt Dobler geholfen hatten. Damit haben Sie Pascale Ritter alarmiert. Beim Abschied ist Ihnen das Missgeschick mit der Handtasche passiert.»

Dieser peinliche Zwischenfall. Ihr war die Handtasche aus den Händen gefallen, und der Inhalt hatte sich über den Boden verstreut. Pascale hatte ihr beim Zusammensuchen der Sachen geholfen.

«Sie hat den Schlüssel von mir unbemerkt an sich genommen», sagte Samantha.

«Richtig. Später hat Pascale Ritter sich die gleichen Schuhe wie Sie gekauft.»

«Der Verdacht sollte auf Samantha gelenkt werden», sagte Joel.

«Genau. Dieser Plan stammte von Pascale Ritter. Sie hoffte, uns bei den Ermittlungen abzulenken. Zudem befürchtete sie, irgendwann würden Sie einen Zusammenhang herstellen.»

«Wie sollten wir das tun?», fragte Joel.

«Da alles nicht so glattlief, wie sie sich das vorstellten, gerieten sie langsam in Panik, und die ganze Sache verselbstständigte sich. Sie haben Sie beobachtet.» Er nickte Samantha zu.

«Der grüne Kombi war keine Einbildung», sagte sie.

«Ja, Rolf und seine Schwester sind Ihnen abwechselnd mit Pascales Wagen gefolgt», erwiderte Nussbaum. «Das Zerstechen Ihrer Pneus sollte eine Warnung sein.»

«Was ist mit dem Einbruch in meine Wohnung und dem versuchten in Joels Haus? Sollte das auch eine Warnung sein?»

«Wie gesagt, sie gerieten in Panik und hatten das Gefühl, Sie hätten etwas herausgefunden, das sie belasten könnte. Um sicher zu sein, haben Sie Ihre Wohnung nach Beweisen durchsucht und wollten das Gleiche bei Herrn Gyger machen.»

«Das heisst, Josefinas Nebenerwerb hatte nichts mit allem zu tun?», fragte Joel.

«So ist es.»

«Ist das Tagebuch aufgetaucht?», fragte Samantha.

«Es ist und bleibt verschwunden. Entweder hat es nie existiert, oder das Unternehmen, das Herr Dobler mit der Räumung beauftragte, hat es entsorgt. Von David Gerber haben wir inzwischen einige Details erfahren. Nach der Geburt seiner Tochter traf er Josefina zufällig im Stedtli und klagte ihr sein Leid von stinkenden Windeln und schlaflosen Nächten. Sie sagte, sie könne ihn ablenken, was David dankend annahm. Er hat ihr Kunden vermittelt und konnte seitdem ihre Dienste umsonst in Anspruch nehmen.»

«Kunden wie zum Beispiel Nationalrat Scherer», fügte Joel hinzu.

«Richtig. Lukrative Kundschaft, der sie Diskretion versprach.»

«Gehörte Oliver Marti dazu?» Samantha dachte an die verzweifelte Rita, wie sie ihr erzählt hatte, ihr Mann habe eine Affäre mit Josefina.

«Soweit ich weiss, hat es Josefina Dobler bei ihm versucht. Zunächst war er nicht abgeneigt. Seine Frau war schwanger und von ständiger Übelkeit geplagt. Am Ende hat er es sich anders überlegt.»

«Möchten Sie noch etwas Wasser?», fragte Chiara, als Nussbaum sein Glas austrank.

«Nein, danke. Mit Josefina Doblers Versprechen war es nicht

weit her. Sie hat sich und ihre Kunden heimlich gefilmt. Man könne nie wissen, hat Josefina David erklärt.»

«Wie widerlich», rief Chiara.

«Da Herr Gerber andeutete, eine Vermittlungsprovision haben zu wollen, hat sie ihn ebenfalls vorsichtshalber bildlich festgehalten.»

«Für eine Erpressung, falls er das Vorhaben in die Tat umsetzte?»

«Gewissermassen.»

«*Mamma mia*, ihr habt eine tolle Nachbarschaft», sagte Chiara. «Und du einen tollen Kollegen.»

Das kannst du laut sagen, dachte Samantha.

«Herr Gerber hat zugegeben, die Fotos aus Ihrer Handtasche gestohlen zu haben», sagte Nussbaum. «Er hat gehört, wie Sie mir davon am Telefon erzählt haben. Er sah sich gezwungen, die Beweise verschwinden zu lassen, damit seine Partnerin nicht davon erfuhr.»

Das hatte sie nun, dachte Samantha. Seine Partnerin hatte ihn rausgeschmissen.

Nussbaum blickte auf seine Armbanduhr und stand auf. «Ich muss los. Kommen Sie bitte im Laufe der nächsten Woche zum Polizeiposten, damit wir Ihre Aussage nochmals durchgehen und Sie unterschreiben können.»

«Kommen Sie morgen?», fragte Chiara, als sie Nussbaum die Tür aufhielt.

«Gerne schaue ich vorbei. Ich brauche ein Geburtstagsgeschenk für meine Frau.»

Verenas Osterwähe

Zutaten für ein rundes Blech von 26 cm Durchmesser
Teig:
250 g Mehl
70 g (kalte) Butter
½ TL Salz
100 ml Wasser

Füllung:
3 dl Milch
1 dl Rahm
3 bis 4 EL Hartweizengriess
1 TL abgeriebene Zitronenschale
1 Beutel Vanillinzucker
2 EL Zucker
3 Eier
1 Prise Salz
80 g Rosinen (Alternative: dunkle Backschoggi-Würfel)

Zubereitung
Für den Teig Mehl, Butter, Salz und Wasser rasch zusammenfügen und kalt stellen.
Die Zutaten für die Füllung bis auf die Rosinen mischen. Das Blech mit Backpapier auslegen und mit dem Teig belegen. Die Füllung auf den Teigboden giessen und die Rosinen gleichmässig darüber verteilen. Im auf 200 °C vorgeheizten Ofen bei Umluft 20 bis 25 Minuten backen.

Christas Bärlauch-Krawättli

Zutaten
400 g Krawättli (Farfalle)
80 g Pinienkerne
2 EL gemahlene Haselnüsse
1 EL Olivenöl
500 g Cherrytomaten
1 bis 2 Frühlingszwiebeln
Salz
Pfeffer
4 bis 6 TL Bärlauchpesto (je nach Geschmack)
100 g gehobelte Parmesanplättchen

Pesto:
100 g frischer Bärlauch
30 g Pinienkerne
30 g Parmesan
80 bis 100 ml Olivenöl
½ TL Salz
Pfeffer

Zubereitung
Die Krawättli im Salzwasser kochen.
Die Zutaten für das Pesto pürieren und mit Pfeffer abschmecken.
In einer Pfanne die Pinienkerne und danach die gemahlenen Haselnüsse jeweils separat goldbraun rösten. Auf die Seite stellen.
Das Olivenöl in der Pfanne erwärmen. Die Cherrytomaten hinzufügen und unter Wenden zwei bis drei Minuten erwärmen (bis die Haut beginnt aufzuplatzen).
Das Grün der Frühlingszwiebeln in Ringe und die weisse Zwiebel

in Stücke schneiden. Unter die Tomaten mischen. Mit Salz und Pfeffer würzen.
Das Nudelwasser abgiessen und zuerst das Pesto und anschliessend die Tomaten mit den Frühlingszwiebeln unter die Teigwaren mischen. Die Pinienkerne ebenfalls dazugeben.
Alles auf Tellern anrichten und mit dem Parmesan und den gerösteten Haselnüssen bestreuen.

Glossar

Bise – Nordostwind im Schweizer Mittelland
Brautführerin – Trauzeugin
Brockenhaus – Secondhandladen für gebrauchten Hausrat
Café Crème – Kaffee mit Kaffeerahm
Couvert – Briefumschlag
D-A-CH-Region – deutschsprachiger Raum (Deutschland, Österreich und die Schweiz)
Finken – Hausschuhe
Garette – Schubkarre
Gestell – Regal
Kehrichtsack – Abfallsack
Kittel – Anzugsjacke
Kübel – Eimer
Lachstranche – Lachsscheibe
Lavabo – Waschbecken
Meteo – Schweizer Wetterdienst
Mueti – liebevoll für Mutter
Papeterie – Papierwarenhandlung
(Papier-)Sack – (Papier-)Tüte
Plättli – Fliesen
Pneu – Autoreifen
Rahm – Sahne
Rüebli – Möhren
Schoggi (Mundart) – Schokolade
Schwingbesen – Schneebesen

Spital – Krankenhaus

Stedtli (Mundart) – liebevoll für die Liestaler Innenstadt

Store – Markise, Rollladen

Tablar – Regalbrett

TCS – Automobilclub, vergleichbar mit dem ADAC in Deutschland

Teigwaren – Nudeln

Törli – Oberes Tor in der Liestaler Altstadt

Trottinett – Tretroller

Trottoir – Bürgersteig

Wähe – flacher Kuchen

(Wohn-)Block – Mehrfamilienhaus

Die Kriminalromane von Erfolgsautorin Ina Haller im Überblick
Alle Titel sind auch als eBook erhältlich.

Krimis mit Andrina Kaufmann

Tod im Aargau
ISBN 978-3-95451-076-4

Gift im Aargau
ISBN 978-3-95451-264-5

Der Metzger von Aarau
ISBN 978-3-95451-483-0

Schatten über dem Aargau
ISBN 978-3-95451-796-1

Aargau-Fieber
ISBN 978-3-7408-0058-1

Der Fluch von Aarau
ISBN 978-3-7408-0284-4

Aarauer Finsternis
ISBN 978-3-7408-0513-5

Nebel im Aargau
ISBN 978-3-7408-0925-6

Aargauer Abgründe
ISBN 978-3-7408-1259-1

Krimis mit Samantha Kälin

Rüebliland
ISBN 978-3-7408-0631-6

Chriesimord
ISBN 978-3-7408-0791-7

Chienbäse
ISBN 978-3-7408-1123-5